VERA V.
Mach mich heiß!

Buch

»Die Nacht ist nicht allein zum Schlafen da ...« In erregenden Geschichten, knisternd vor Erotik und Sinnlichkeit, werden geheimste Fantasien und Wünsche wahr. Atemlos nimmt der Leser an den schamlosen Abenteuern von Frauen teil, die auf lustvolle Entdeckungsreisen gehen und in die entlegensten Winkel ihrer eigenen Sexualität vordringen.
Ein faszinierendes Kaleidoskop menschlicher Leidenschaften, geheimnisvoller Abgründe und prickelnder Begegnungen – »... die Nacht ist dafür da, dass etwas geschieht.«

Autorin

Vera V. ist das Pseudonym einer jungen deutschen Autorin, die unter ihrem richtigen Namen bereits mehrere große Erfolge veröffentlicht hat.

Weitere Titel von Vera V. in Vorbereitung.

Vera V.

Mach mich heiß!

Scharfe Stories

Originalausgabe

FSC
Mix
Produktgruppe aus vorbildlich
bewirtschafteten Wäldern und
anderen kontrollierten Herkünften

Zert.-Nr. SGS-COC-1940
www.fsc.org
© 1996 Forest Stewardship Council

Verlagsgruppe Random House FSC-DEU-0100
Das für dieses Buch verwendete FSC-zertifizierte Papier
Holmen Book Cream
liefert Holmen Paper, Hallstavik, Schweden.

1. Auflage
Copyright © 2009 by Blanvalet Verlag,
in der Verlagsgruppe Random House GmbH
Umschlaggestaltung: HildenDesign München
Umschlagfoto: © Mauro Fermariello / Camera Press/Picture Press
Redaktion: Theda Krohm-Linke / Thomas Paffen
HK · Herstellung: RF
Satz: DTP Service Apel, Hannover
Druck und Einband: GGP Media GmbH, Pößneck
Printed in Germany
ISBN: 978-3-442-37173-0

www.blanvalet.de

INHALT

Heut werd ich dich verführen 7

Karibisches Abenteuer 24

Der Naturbursche 40

Süßer Abschied auf Hawaii 55

Lady mit Jaguar 72

Ein Sommer in Irland 87

Männlicher Akt 106

… und drinnen brodelt ein Vulkan 123

Der Mann mit der Olivenhaut 139

Wie zähmt man einen Verführer? 155

Nachhilfe in Sachen Liebe 171

David, der Magier 188

Judith und der Mann am Nebentisch 204

Eine frivole Wette 218

Eine Liebe auf Paros 232

Das Geheimnis des roten Luftballons 247

Verdammt heiße Party 257

Süße Rache im Hotel 274

Der Straßenmusikant 288

Auf nach Sylt 304

HEUTE WERD ICH DICH VERFÜHREN

Das Telefon klingelte gegen zehn Uhr abends.

Christina griff nach dem Hörer, und schon ging es los: »He, Mäuschen! Los, raff dich auf, wir ziehen gleich noch um die Häuser ...«

»Wer ist wir?«, fiel Christina der hörbar aufgekratzten Zoe ins Wort. Obgleich sie genau wusste, es konnte sich ja doch nur um das übliche Häufchen aus ihrer Studentengruppe handeln. Sie wollte allerdings ein wenig Zeit schinden, um innerlich die schwierige Gewissensentscheidung zu fällen – ob sie heute noch raus wollte oder doch lieber verzichtete.

Zoe lachte erst mal eine Runde auf ihre typisch heisere Art, die stets so klang, als hätte sie heute bereits mindestens zehn Zigaretten und ebenso viele Whiskys intus. Schließlich zählte sie aber doch geduldig auf: »Na, die übliche Gang eben. Robbie, Jan, Billy, Yvonne, ich und hoffentlich du.«

»Ich komme heute nicht mit!«, erklärte Christina mit plötzlicher Bestimmtheit, die sogar Zoe auf der Stelle den Ernst der Ansage vermittelte.

Aber Zoe wäre nicht Zoe gewesen, hätte sie nicht trotzdem protestiert: »Warum denn nicht? Die Semesterferien sind doch gerade erst losgegangen, bis zu den

Prüfungen haben wir mithin noch fast drei Monate Zeit.«

»Ich jobbe ab morgen für ein paar Wochen, Süße, das weißt du doch. Und deshalb muss ich frühmorgens aus den Federn. Das packe ich so schon kaum. Und zweimal nicht, wenn ich mir die Nacht mit euch vertreibe. Sorry!«

»Ts, ts, wie kann man sich auch bloß ausgerechnet einen Aushilfsjob bei der Post suchen?«, erkundigte sich Zoe jetzt, wobei sie das Fragezeichen am Ende deutlich hörbar mit aussprach. Niemand konnte das so wie sie.

»Beziehungen«, erklärte Christina seelenruhig. »Ich springe für jemanden ein, der dringend und vor allem ziemlich plötzlich zur Kur musste. Das Timing passte perfekt, deshalb.«

Zoe lachte bereits wieder, dann allerdings fiel ihr etwas anderes zur Sache ein. Etwas Dramatisches, und das hörte sich so an: »Dein Liebesleben wird darunter ebenfalls leiden, Mäuschen! Ich hoffe, das ist dir klar?« – Klar war vor allem, dass Zoe die Freundin unbedingt heute Nacht mit dabeihaben wollte ...

»Pfff, welches Liebesleben denn?«, schmetterte Christina den Ball zurück. »Das im Moment so gut wie nicht vorhandene?«

»Na ja, vielleicht lernst du ja beim Briefaustragen deinen Traumprinzen kennen!« Zoe klang bereits wieder begeistert. Die Kunststudentin besaß ohnehin schon eine überbordende Fantasie, und die schien jetzt auch noch vollends mit ihr durchzugehen.

»Sicher, ganz bestimmt!«, hörte Christina sich sagen und merkte selbst, wie wenig überzeugt sie klang.

»Du hast doch diesen Traumbezirk zu beackern,

Mäuschen!« Zoe plapperte munter weiter, sie war nicht mehr zu bremsen. »Hör mal ... da draußen wohnen doch all diese Prominenten, Schicken und Reichen. Halt einfach deine schönen blauen Augen weit offen, ja? Und wenn irgendwann ein toller Typ irgendwo in der Haustür steht ... *Lächeln!* Und zwar, was das Zeug hält. Lächeln, zum *Schwanz komm raus!* Ist doch ganz einfach, du musst bloß im entscheidenden Moment dran denken ...« – Zoe lachte.

»Dummes Stück!«, sagte Christina lapidar und legte dann einfach auf.

Es war ein wundervoller Morgen, die Luft noch frisch und relativ kühl von der Nacht, aber schon duftend wie ein warmes Kräuterbad.

Der Sommer stand in voller Blüte, es würde wieder einen heißen Tag geben, aber das konnte ihr herzlich wenig anhaben. Ganz im Gegenteil, sie würde den freien Nachmittag später auf dem Balkon verbringen, mit einem kühlen Drink, und dabei die Nase in ein Lehrbuch und die Füße in ein eiskaltes Wasserbad stecken.

Christina fand, während sie jetzt beschwingt ihrem Bezirk entgegenradelte, dass sie es bei der Jobsuche wirklich schlechter hätte treffen können.

Kurze Zeit später bog sie nach rechts in den Kaiserweg ein. Vor einem schmiedeeisernen Schild mit der geschwungenen Nummer 11 trat sie kräftig in die Bremsen. Sie sprang vom Rad und lehnte das knallgelbe Ding einfach an die Gartenmauer. Direkt unter das Schild, das in protzigen Goldlettern verkündete: Architekturbüro Steiner.

Sie kramte aus der Fahrradtasche mit dem gelben Posthorn vorn drauf einen Briefumschlag heraus und drückte schließlich zweimal kräftig auf den Klingelknopf direkt neben dem Namensschild.

Es dauerte ein Weilchen, dann aber meldete sich doch eine Männerstimme über die Hausanlage.

»Ja, bitte?«

»Die Post!«, rief Christina und unterdrückte gerade noch ein albernes »Trara, trara« – *Himmel, bin ich heute Morgen gut gelaunt, kaum zu glauben!*

»Tatsächlich?« Die Männerstimme klang amüsiert, anscheinend war die gute Laune mindestens so ansteckend wie ein sommerliches Grippevirus.

»Sie sind tatsächlich von der Post?«

Hat der sie nicht alle, oder will er mich veräppeln?

»Aber sicher! Ich habe ein Einschreiben für Sie und benötige Ihre Unterschrift.«

»Ich komme sofort.«

Wurde aber auch Zeit, warum nicht gleich so, Süßer?

Das Tor der Gartenmauer flog schließlich auf, und ein hochgewachsener schlanker Mensch erschien auf der Bildfläche.

Gut gebaut, breite Schultern, schmale Hüften, sinnliche Lippen, grüne Augen, dunkelblonde Wuschellocken ... Wow!

Sie hatte diese blitzartige Bestandsaufnahme seiner geballten körperlichen Vorzüge im Bruchteil einer einzigen Sekunde gemacht.

Die grünen Augen schienen sie ihrerseits ebenfalls deutlich interessiert anzublitzen.

Oder bilde ich mir das bloß ein?! Falls ja, dann ist

dies zweifelsohne Zoes Schuld ... dieses Weib und ihre albernen Traumprinzen-Storys.

Der Kerl hier sah allerdings wirklich unverschämt gut aus!

»Hallo«, sagte er, »ich bin Harald Steiner. Normalerweise bringt mir ja der gute alte Leopold meine Post. Ich bin so an ihn gewöhnt, dass ich einen Augenblick lang tatsächlich glaubte, Sie wollten mich auf den Arm nehmen. Hätte nur noch gefehlt, dass Sie sich als *Christel von der Post* anmeldeten!« – Er lächelte jetzt breit, ohne die geringste Spur von Verlegenheit. Die Sache schien ihm zusehends Spaß zu machen. Gleichzeitig musterte er sie geradezu unverschämt von oben bis unten.

Christina streckte die Hand aus und hielt ihm den Briefumschlag unter die gebräunte Nase. Er ließ sich dadurch nicht ablenken.

»Seit wann beschäftigt die Post eigentlich Models als Briefbotinnen? Ist das ein spezieller brandneuer hochsommerlicher Kundenservice?«

»Ihr Einschreiben, Herr Steiner!«

Bravo, Mäuschen! Kühl die Stimme, eisig blau die Augenblitze, garniert mit einem Lächeln, von wegen besonderer Kundenservice, haha!

Ein Blick in Christinas Augen ließ Harald Steiner tatsächlich verstummen. Vermutlich fühlte er sich von ihrem Blick durchbohrt, was ihm ganz recht geschah.

Christel von der Post! Hast du Töne ... der Typ bildet sich wohl mächtig was ein auf sein gutes Aussehen. Vermutlich ziehen seine ultrablöden Sprüche sogar tatsächlich bei den Schickimicki-Zicken, bei Nacht, in den angesagten Clubs der Stadt. Aber nicht bei mir, mein Lieber!

»Ihre Unterschrift hier unten, bitte!« Sie hielt ihm auch noch diesen Wisch samt Kuli unter die Nase, damit sie es endlich hinter sich brachte.

Wieso flattert eigentlich mein Puls? Und die Hände zittern auch! Verdammt, wie peinlich … das muss vom Radfahren kommen, ich war einfach zu schnell und bin aus der Puste, daran liegt es.

»Verzeihung.« Er nahm zuerst den Kugelschreiber, dann den Wisch. »Ich reiße manchmal dumme Scherze am frühen Morgen. Der gute alte Leopold ist daran gewöhnt und flachst außerdem gern mal mit. Wo steckt er eigentlich, hat er endlich mal wieder Urlaub?«

»Herr Kranich ist zur Kur. Ich bin die nächsten Wochen als Aushilfe für seinen Bezirk eingestellt worden.«

Das ist Erklärung genug! Ich werde den Teufel tun und dir auch noch verraten, dass »der gute alte Leopold« außerdem mein Onkel ist! Sonst quatschst du mir am Ende noch die Ohren voll von wegen »Vetternwirtschaft bei der Post«.

»Im Übrigen ist es schon lange nicht mehr früher Morgen, sondern bereits kurz nach zehn Uhr.«

Den kleinen Seitenhieb konnte ich mir jetzt leider auch nicht verkneifen. Seltsam, aber irgendwie reizt du mich, Harald Steiner. Zum Widerspruch nämlich. Keine Ahnung, wieso.

»Aha«, sagte er und grinste schon wieder frech. »Nur zur Aushilfe also? Was machen Sie denn sonst so, wenn man fragen darf?«

»Ich bin Studentin.«

»Na, dann müsste Ihnen ja geläufig sein, dass der frühe Morgen durchaus auch später liegen kann.«

Er lachte schallend und sah ihr dann noch einen Tick zu tief in die Augen. Sie versuchte dem eindringlichen Blickkontakt auszuweichen, brachte es aber zu ihrem Ärger nicht fertig. Wie hypnotisiert starrte sie sogar zurück, während er weiterredete: »Dafür dauert mein Arbeitstag oft bis Mitternacht. Oder sitzen Sie morgens um acht bereits brav in irgendwelchen Hörsälen herum?«

Endlich gelang es ihr, den Blick von seinem irritierend grünen Augenpaar loszueisen. »Okay, alles klar. Dann sind wir jetzt wohl quitt. Einen schönen Tag noch.«

»Dasselbe wünsche ich Ihnen.«

Er blieb breitbeinig im Eingang stehen, als sie sich abrupt umdrehte und möglichst lässig auf ihren quietschgelben Drahtesel zusteuerte.

Deutlich konnte sie seine taxierenden Blicke spüren, während sie sich aufs Rad schwang. Ihre gesamte Wirbelsäule begann plötzlich zu kribbeln – von oben bis ganz nach unten. Schließlich griff das seltsam prickelnde Wohlgefühl auch noch auf ihre strammen Pobacken über.

Die Feuchtigkeit zwischen den Schenkeln und im hauchdünnen Slip kam ihr erst mit einer kleinen Verzögerung richtig zu Bewusstsein. Dann jedoch trat fast zeitgleich Verwirrung über die eigenen körperlichen Reaktionen ein und trieb ihr augenblicklich die Röte ins Gesicht. Ob vor Scham oder Zorn, konnte sie selbst nicht sagen. Peinlich war es jedenfalls.

Zum Glück konnte *er* das alles ihrer Kehrseite ja wohl kaum ansehen – oder etwa doch?

Reiß dich zusammen, Mäuschen! Immer schön cool bleiben!

Sie trat heftig in die Pedale und machte, dass sie seinem Blickfeld entkam. Denn sie wusste: Er starrte ihr hinterher.

Ein paar Tage vergingen.

Harald Steiner bekam kein weiteres Einschreiben mehr, also bestand auch kein Grund für Christina, ihn herauszuklingeln. Die normale Post warf sie durch einen breiten Schlitz in dem formschönen dunkelblauen Briefkasten, der ebenfalls außen an der Gartenmauer befestigt war.

Im Inneren des Anwesens Kaiserweg 11 blieb währenddessen stets alles vollkommen still, vielleicht war er ja auch gar nicht zu Hause? Immerhin herrschte Ferienzeit, die halbe Stadt schien wie ausgestorben zu sein, jedenfalls in den nobleren Vierteln wie diesem hier. Wo Leute mit reichlich Kohle residierten, die sich Cannes und Saint Tropez gleich wochenlang leisten konnten.

Trotzdem beschleunigte sich jeden Vormittag ihr Puls spürbar, sobald sie sich dem Kaiserweg auch nur näherte.

Sie ertappte sich dabei, dass sie extra langsam und umständlich seine Post aus ihrer Tasche hervorkramte, nochmals die Adresse auf dem Umschlag kontrollierte – eine völlig überflüssig Aktion, ganz klar! – und dann noch einmal deutlich zögerte, ehe sie die Post endlich durch den Schlitz in den Briefkasten stopfte.

Jeden Morgen hoffte sie insgeheim aufs Neue darauf, dass ein weiteres Einschreiben darunter wäre.

Oder dass Harald in dem Moment das Haus verließ, während sie rein zufällig in diesem Augenblick um die Ecke geradelt käme.

Aber nichts dergleichen passierte, natürlich nicht!

Solche Dinge geschahen im Kino, aber nicht in ihrem kleinen realen und lächerlich durchschnittlichen Leben.

Verdammte Schweinerei so was! Dabei hat sogar Zoe schon was gemerkt und löchert mich mit ihren Fragen. Warum musste ich bloß Samstagabend in der Kneipe diese verräterische Bemerkung machen? Himmel, ich hab doch wirklich in letzter Zeit echt ein Rad ab!

Natürlich verklärte sich auch Haralds äußeres Erscheinungsbild in ihrer Erinnerung immer mehr: Er erschien ihr von Tag zu Tag begehrenswerter.

Selbst seine frechen Sprüche, die er bei ihrer ersten und bislang einzigen Begegnung von sich gegeben hatte, erschienen ihr mittlerweile ausgesprochen witzig, ja charmant.

Der ultimative Höhepunkt war allerdings in jener Nacht erreicht, als sie heftig von ihm träumte ...

Sie lag in seinen Armen, Haralds freche Zunge wilderte in ihrem Mund, weiter unten spürte sie seinen riesigen Ständer, der fragend an ihren Bauch klopfte.

Sie waren natürlich beide längst nackt in dieser Filmeinstellung, und ihre Erregung wuchs von Sekunde zu Sekunde.

Schließlich küsste er sie am ganzen Körper, seine Zunge war höchst geschickt im Einsatz und stieß bald bis tief in ihr feuchtes Loch vor, ehe er sich vollends über sie hermachte und ihr endlich auch seinen steinharten Schwanz bis an die Wurzel hineintrieb.

Natürlich erwachte sie inmitten dieser Szene, ihr Puls raste, die Beine bebten, der ganze Körper war schweißnass.

Christina stöhnte leise und presste dabei instinktiv die Oberschenkel zusammen, und in diesem Moment jagte auch schon ein erlösender Orgasmus durch sie hindurch.

Hinterher fühlte sie sich besser, weil angenehm entspannt von dem Sex-Solo, einschlafen konnte sie aber trotzdem für eine ganze Weile nicht mehr.

Also lag sie nur ruhig im Bett, auf dem Rücken, und starrte in die Dunkelheit, während sie sich fragte, was Harald Steiner wohl gerade treiben mochte. War er im Augenblick gar mit irgendeiner Schönen der Nacht in seiner Villa im zerwühlten Bett zugange?

Was weiß ich schon von ihm? Verheiratet scheint er allerdings nicht zu sein – oder auch nur liiert. All seine Post lautet immer nur auf Harald Steiner ...

Unwillkürlich wanderte ihre Hand hinunter zwischen die Schenkel und fand zielgenau die noch feuchte Perle.

Sie rieb wie zur Probe sanft mit dem Mittelfinger darüber hinweg, zwei, drei Mal, und schon meldete sich die Lust zurück.

Dazu fiel ihr die erotische Geschichte wieder ein, die sie noch vor dem Einschlafen gelesen hatte. Das Buch mit der Story-Sammlung war ein Geschenk von Zoe gewesen, neulich erst, einfach so, aus heiterem Himmel – »Weil du doch zur Zeit kein Liebesleben hast, Mäuschen! Vielleicht bringt dich das hier wieder auf den Geschmack oder zumindest auf andere Gedanken ...«

Auf »andere Träume«, meine Liebe! Auf andere Träume. Vielen Dank auch, Süße!

Die Geschichte war seltsam, wenngleich äußerst faszinierend zu lesen gewesen. Christina hatte sich während der Lektüre deutlich erregt gefühlt, aber noch damit gezögert, sich selbst zu befriedigen. Hinterher war sie dann eingeschlafen und hatte natürlich prompt diesen feuchten Traum geträumt, mit Harald Steiner in der Hauptrolle ...

Die Story selbst spielte irgendwo in einem nicht näher bezeichneten exotischen Land, Indien vermutlich.

Dort wird eine junge hübsche Frau von ihrem Vater verkauft. An einen schönen Fremden, der beim Anblick des Mädchens nicht zögert und einen enormen Brautpreis bietet.

Sie wiederum ist völlig einverstanden mit dem Handel, sie fühlt sich vom ersten Moment an stark von dem attraktiven Freier angezogen.

Willig lässt sie sich von ihm in sein Dorf heimbringen.

Dort ist in einem schönen großen Haus das Brautzimmer bereits vorbereitet.

Die junge Frau ist allein vom Anblick des schönen Mannes bereits so sehr und vor allem auf vorher nie gekannte Weise erregt. Sie legt sich sogleich aufs Bett, lüpft ihre seidenen Röckchen und spreizt willig und einladend die zarten Schenkel für ihn. Sie ist bereit, ihm ihr kostbares Jungfernhäutchen hier und auf der Stelle zu opfern.

Er aber wirft nur einen zärtlichen Blick auf ihre rosenfarbene rasierte und duftende Muschel und bittet sie dann, sich wieder zu bedecken.

Anschließend legt er sich auf dem Teppich vor dem Bett schlafen, nimmt also somit – den Landessitten gehorchend – die Position ihres gehorsamen Dieners ein.

Er erklärt der verwirrten jungen Braut, sie brauche

ihm nur zu sagen, wenn sie etwas benötige, er werde es ihr mit Freuden und auf der Stelle bringen.

Und dann beginnt ein höchst erregendes Spiel!

Von Tag zu Tag nähert sich der schöne Fremde seiner jungen Frau ein wenig mehr, berührt und liebkost sie mal hier, mal da, ohne jedoch bestimmte Grenzen zu überschreiten. Und obwohl sie natürlich bebt und fleht und sogar bettelt oder droht – er bleibt bei seiner Verführungstaktik, die quasi wie in Zeitlupe abläuft.

Eines Tages schlüpft er dann endlich zu ihr ins Bett, irgendwann entblößt er dabei langsam und zärtlich lediglich ihre Brüste, liebkost die beiden festen runden Halbkugeln dermaßen geschickt, bis das Mädchen sich vor Lust windet. Weiter allerdings geht er in dieser Nacht noch immer nicht.

Weitere Nächte folgen, jedes Mal entfernt er ein weiteres Kleidungsstück.

Trotzdem vergehen viele Tage, bis sie schließlich völlig nackt vor ihm liegt.

Zum ersten Mal verschwindet sein Kopf zwischen ihren weit gespreizten Schenkeln, sein Mund sucht und findet die kostbare Perle in der Muschel, er küsst und leckt sie, bis das Mädchen vor Verlangen zerspringen möchte und gleichzeitig vor Lust zu schreien beginnt.

Tagsüber bedient der attraktive Kerl seine Herzensdame weiterhin wie gewohnt, wahrt dabei die Distanz wie ein echter Diener.

Bis zu diesem Zeitpunkt hat er noch immer nicht mit ihr geschlafen, dabei ist sie ihm längst mit Haut und Haaren völlig verfallen. Sie wirft sich ihm nackt, verzweifelt und wunderschön zugleich zu Füßen.

Und endlich, endlich hebt er sie hoch, wirft sie

aufs Bett und lässt seinem Verlangen freien und unge-
hemmten Lauf.

Bis es endlich so weit kommt, ist allerdings die erotische Spannung für den Leser beinahe ebenso unerträglich geworden wie für das Mädchen in der Geschichte.

Die Idee kam wie ein Geistesblitz über Christina und
schlug gewaltig ein. Sie stand auf, schaltete zuerst das
Licht und dann ihren Computer auf dem Schreibtisch
im Wohnzimmer an und machte sich ans Werk.

Sie hämmerte die ersten Seiten der Geschichte in die
Tastatur und druckte sie anschließend gleich aus.

Als sie damit fertig war, fischte sie einen harmlosen
weißen Briefumschlag aus einem Fach im Schreibtisch
und schmückte diesen mit einem Adressaufkleber, der
gerade aus dem Drucker flutschte.

Den Absender sparte sie sich, sie konnte ja wohl
schlecht *Anonyma* hinschreiben, jedenfalls nicht beim
allerersten Mal.

Sie fischte wieder im Schreibtischfach herum und
fand schließlich das Gesuchte: einen Aufkleber EIN-
SCHREIBEN.

Anschließend legte sie sich zufrieden wieder in ihr
warmes Bett und war im Nu tief und fest eingeschlafen.

Mit Genugtuung bemerkte sie nach einigen Tagen und
den ersten beiden »Lieferungen«, wie Harald Steiner
gespannt auf ihr Erscheinen zu lauern schien.

Kaum hatte sie auf den Klingelknopf gedrückt, antwortete er schon über die Hausanlage. Und Sekunden
später stand er vor ihr und streckte die Hand aus.

»Wieder ein Einschreiben für mich dabei?«

Sie nickte nur knapp, ohne ein Lächeln und natürlich auch, ohne eine Miene zu verziehen – immerhin gab es kaum etwas Langweiligeres auf der Welt, als einem Postkunden sein Einschreiben auszuhändigen und ihn dann den Empfang quittieren zu lassen.

Zwar starrte Harald Steiner sie von Mal zu Mal mehr auf eine bestimmte Art und Weise an, die ihren Puls heftigst zum Flattern brachte, aber mittlerweile hatte sie zu Hause vor dem Spiegel Gesichtsausdruck und Körperhaltung eingeübt, speziell für diese köstlichen Sekunden.

Er sollte aus ihr nicht schlau werden, und das wurde er auch nicht. Seine steigende Nervosität verriet ihn – jetzt zitterten nämlich *seine* Hände, während er unterschrieb, und sie bemerkte es. Wusste sie doch, worauf sie achten wollte!

Sie teilte die abgeschriebenen Seiten in der Folge so ein, dass er die vorletzte Sendung an Christinas letztem Aushilfstag bei der Post erhielt.

Ab morgen würde Onkel Leopold den Dienst wieder übernehmen und sie sich in die Prüfungsvorbereitungen stürzen. Falls sie sich konzentrieren konnte, aber das musste sie wohl oder übel.

Ganz klar würde *der gute alte Leopold* kein weiteres Einschreiben dieser Art mehr für Harald Steiner in seiner Posttasche haben.

Einige Tage später klingelte eines Abends Christinas Telefon.

Es war Harald.

»Hallo«, sagte er heiser, »ich habe endlich gewagt,

Leopold nach dir zu fragen. Die Telefonnummer konnte ich ihm schließlich entlocken, aber zum Glück stehst du ja mit voller Adresse im Telefonbuch. Du kleines Biest hast mich an der Nase herumgeführt. Du schuldest mir noch etwas, und das weißt du auch!«

»Nichts weiß ich!«, gab sie keck zurück und spürte, wie ihr Höschen wieder einmal feucht wurde. Haralds Stimme klang nämlich auch am Telefon umwerfend männlich.

»Ich will den Schluss der Geschichte!«, sagte er jetzt.

»Welche Geschichte?«, fragte sie unschuldig.

»Ich bin in fünfzehn Minuten bei dir!« Damit legte er auf.

Als es klingelte und sie die Tür öffnete, stand er vor ihr, ohne ein Lächeln, dafür mit diesem hungrigen Ausdruck in den grünen Augen, den sie bereits kannte, allerdings war er heute noch wesentlich deutlicher auszumachen.

Sie sagten beide einige Sekunden lang gar nichts, sondern fixierten einander bloß. Dann lagen sie sich auch schon in den Armen.

Er nahm sie noch im Flur, im Stehen.

Schob ihren schwarzen Mini nach oben, riss ungeduldig den winzigen Slip herunter, während Christina seinen steifen Schwanz massierte, den sie eben aus der Hose geholt hatte.

Haralds Zunge machte sich währenddessen in ihrem Mund auf die Reise, erforschte das Terrain.

Gleichzeitig hob sie sich jetzt ein wenig auf die Zehenspitzen und nahm dabei die Knie auseinander.

Harald drückte sie mit dem Rücken hart gegen die Wand.

Als Nächstes spürte sie, wie sein steinharter Schaft ihre äußere Rosette teilte und auch schon direkt in ihre vor Feuchtigkeit und Verlangen leise schmatzende Muschel vordrang.

In ihrer heißhungrigen Möse entfachte er damit einen regelrechten Flächenbrand. Im Nu stand Christinas gesamter Körper in Flammen, eine gewaltige Hitzewelle durchfuhr ihr Becken und ließ sie aufschreien.

Dann schob Harald auch noch einen Finger zwischen die Pobacken in ihr anderes Loch. Sie keuchte nur noch und klammerte sich an seinem Hals fest.

Sie küssten einander wild, während er seinen Schwanz und gleichzeitig auch den Finger immer weiter in sie hineintrieb.

Es brauchte nicht mehr als ein paar kräftige Stöße, und beide kamen gleichzeitig. An ein Hinauszögern war kein Denken. Die angestaute Spannung war zu groß gewesen, da konnte es keinen Aufschub mehr geben.

Aber es lag ja noch eine ganze Nacht vor ihnen, sagte Christina sich, als sie wieder ein wenig zu Atem gekommen war.

Viel später im Bett lasen sie aneinandergekuschelt gemeinsam das letzte Kapitel der Geschichte.

»So etwas Verrücktes ist mir vorher noch mit keiner Frau passiert. Dabei hättest du es einfacher haben können«, brummte Harald irgendwann.

Die federleichte Bettdecke hatte etwa in Höhe seiner Lenden bereits wieder ein verräterisches Zeltdach gebildet.

Sie legte ihre Hand fest darauf und wartete sein leises Aufstöhnen ab, ehe sie antwortete.

»Möglich. Aber wäre es dann nicht einfach eine Affäre wie jede andere geworden?«

Die Art und Weise, wie er sie daraufhin wieder einmal ansah und zugleich ihre Brüste zu liebkosen begann, schließlich die Bettdecke abwarf und abtauchte zwischen ihre bereitwillig geöffneten Schenkel, war Antwort genug.

Sie hatte natürlich Recht, und das wusste sie auch.

KARIBISCHES ABENTEUER

Bea erwachte von dem seltsamen Traum, der immerhin so intensiv gewesen war, dass ihr Herz immer noch heftig pochte und ihre Haut sich feucht anfühlte von dem vergossenen Schweiß.

Sie glaubte sogar, den Mund des fremden Mannes noch spüren und schmecken zu können. Hart und fordernd hatten seine sinnlichen Lippen ihren gesamten Körper und vor allem die intimsten Stellen liebkost. Es kam beinahe einer Folter gleich, mittendrin aufzuwachen und sich der schnöden Realität stellen zu müssen.

Sie drehte sich leise seufzend auf den Rücken und hoffte darauf, dass die Erregung endlich abklingen würde. Neben ihr atmete ihr Mann gleichmäßig und tief. Irgendwann würde er auch zu schnarchen beginnen, sie kannte die verschiedenen Phasen in seinem Schlafrhythmus nach all den Jahren nur zu gut.

Wenn Bert aber erst einmal schnarchte, dann würde sie überhaupt nicht mehr einschlafen können, während sein tiefer Schlummer so leicht durch nichts zu stören war.

Sie drehte sich wieder seitlich in ihre gewohnte Einschlafposition und schloss die Augen. Vielleicht konnte sie sich ja selbst überlisten und noch einmal in diesen wunderbaren Traum abdriften?

Und wirklich – das Gesicht des Fremden tauchte tatsächlich auf ihrer inneren Filmleinwand erneut auf. Sie musste sich nur auf die kleine Szene konzentrieren, die sich heute beim Abendessen auf der Hotelterrasse abgespielt hatte.

Er saß allein am gegenüberliegenden Tisch und schaute immer wieder in ihre Richtung. Bert bekam davon nichts mit, solche Gefühle wie Eifersucht kannte er ohnehin nicht. Bea hingegen genoss die sichtlich bewundernden fremden Männerblicke. Sie spürte, wie sich sogar ihre Nackenhärchen aufrichteten vor Vergnügen.

Äußerlich war Bea natürlich völlig ruhig geblieben, durch und durch Dame. So, wie sie es gewohnt war von zu Hause, von Hamburg. Und immerhin war sie die Ehefrau eines erfolgreichen Geschäftsmannes, nie würde sie Bert in der Öffentlichkeit bloßstellen, indem sie vor aller Augen schamlos herumflirtete.

Meine Träume allerdings gehören mir ganz allein. Und wenn ich darin ein hemmungsloses Flittchen spielen kann, dann freut mich das diebisch.

Bert hatte noch nie einen Grund zur Klage über seine Frau gehabt. Was er durchaus zu schätzen wusste, deshalb erfüllte er ihr auch im Rahmen seiner Möglichkeiten allerlei Extrawünsche. Wie etwa diese Karibikreise, auf der sie sich soeben befanden. Er verbrachte seine Freizeit nämlich eigentlich viel lieber irgendwo in den Bergen.

Während der Fremde heute Abend wieder einmal ihren Blick gesucht hatte, war ihr dummerweise genau dies durch den Kopf gegangen – *Bert ist nur mir zuliebe hier* –, und prompt senkte sie auch schon schuldbewusst die Augen auf ihren Teller. Damit war der heimliche Flirt mit dem anderen Mann unterbrochen. Er schien dies verstanden zu haben und zog sich bald diskret zurück.

Sie warf sich mit einem unterdrückten Aufstöhnen auf die andere Seite herum. Die Luft im Zimmer erschien ihr nun endgültig unerträglich schwül. Sogar das Atmen fiel ihr schwer.

Bert hatte wieder einmal die Klimaanlage ausgeschaltet, weil er stets fürchtete, sich zu erkälten. Außerdem störte ihn der Lärm, zumindest behauptete er das. Dabei schlief er doch immer als Erster ein, ganz gleich unter welchen Bedingungen.

Bea strampelte sich ungeduldig frei, die dünne Bettdecke glitt zu Boden. Der hoteleigene Radiowecker auf dem Rattantischchen neben dem breiten französischen Bett zeigte kurz nach Mitternacht.

Sie überlegte, ob sie vielleicht aufstehen und nach unten an die Hotelbar gehen sollte. Dort war mindestens bis drei Uhr früh Betrieb, kaum jemand ging ja wohl ausgerechnet im Urlaub so früh zu Bett wie ihr Ehemann. Bert setzte auf Erholung pur, Sport, gesunde Ernährung und viel Schlaf, aber Bea hätte zu gerne die Nacht wieder einmal zum Tag gemacht, wie damals als Studentin in Berlin.

Hätte ich bloß nie und vor allem so jung geheiratet! Und auch noch das Studium gleich abgebrochen. Zu spät, die Reue! Oder vielleicht ergibt sich ja doch eines Tages ein Fluchtweg ... Aus dem selbstgeschaffenen Gefängnis. Wenn ich bloß nicht so feige wäre und Angst vor dem Alleinsein hätte – wieso eigentlich? Wäre ich jetzt alleine hier im Urlaub, ich säße garantiert mit dem attraktiven Fremden an der Bar, und hinterher ...

Bei dem bloßen Gedanken an seine strahlend blauen Augen, die sie so unverschämt und intensiv gemustert hatten, spürte Bea, wie ihre Brustknospen hart wurden.

Einen Augenblick lang geriet sie sogar tatsächlich in Versuchung, ihren Mann zu wecken, indem sie sich eng an ihn kuschelte. Früher, zu Beginn ihrer Ehe, hatte das immer funktioniert. Bert war schnell zu erregen gewesen in solchen Situationen. Er wurde sofort wach und geriet auch beinahe zeitgleich richtig in Fahrt. Ohne großes Vorspiel pflegte er dann in sie einzudringen, und nur wenige Minuten später war alles auch schon wieder vorbei. Zumindest für ihn.

Die Erinnerung an diese Schnellschussaktionen ließ Bea heute zögern, ihr war partout nicht nach einem halbherzigen Quickie mit dem eigenen Ehemann zumute.

Wenn schon Quickie, dann einer von der klassischen Sorte, da müssen Hochspannung und Spontaneität mitspielen, am besten außerdem ein fremder Partner, der noch alle Geheimnisse in sich birgt ... damit die Lust unerwartet ansteigen und sich dann in kurzer Zeit explosionsartig entladen kann. Der Höhepunkt hat rasch zu kommen, aber dafür umso heftiger und überwältigender auszufallen. Ach, schöne Träume sind auch nur Schäume.

Mit Bert käme sie jedenfalls auch heute nicht auf ihre Kosten, wie sie aus Erfahrung wusste. Rasch rückte sie wieder ein deutliches Stück von ihm ab.

Einige Minuten verstrichen, aber das Ziehen in ihrem Becken wollte einfach nicht vergehen. Schließlich hielt sie es nicht mehr aus. Sie schwang ihre langen Beine aus dem Bett und griff im Halbdunkel des Zimmers nach dem Kleidungsstück, das ihr am nächsten auf einem Stuhl lag.

Es entpuppte sich als ihr neuer schwarzer Badeanzug, extra angeschafft für den Trip in die Karibik. Sexy war das Teil, toll geschnitten, mit einem tiefen Dekolleté.

Rasch schlüpfte sie hinein. *Jetzt im Meer schwimmen, das müsste doch herrlich sein,* schoss es ihr prompt durch den Kopf.

Während sie die Träger überstreifte, fuhr sie sich mit beiden Händen über die festen Brüste. Sie fühlten sich an wie zwei glatte, kühle Marmorhalbkugeln.

Wie es wohl wäre, wenn jetzt die Hände des Fremden darauf lägen statt meiner eigenen?

Alleine der Gedanke jagte ihr wieder einen Schauer über den Rücken.

Kurz bevor Bea aus dem Zimmer huschte, lauschte sie noch einmal auf Berts Atemzüge. Sie kamen so tief und gleichmäßig – ihr Mann würde von ihrem nächtlichen Ausflug nichts mitbekommen, so viel war sicher.

Das Zimmer verfügte über eine schöne große Terrasse mit Meerblick, wie im Prospekt angepriesen. Von hier aus gelangte man über einen kleinen Abhang auf einen schmalen gewundenen Pfad, der bis hinunter an den Strand führte.

Bea machte sich auf den Weg. Über ihr funkelte und glitzerte der karibische Sternenhimmel, es war um so

vieles heller als in Hamburger Nächten. Eine Taschen-
lampe erübrigte sich unter diesen paradiesischen Umständen.

Am Strand angekommen, ließ sie sich leise seufzend
vor Wonne und Erleichterung in den warmen Sand gleiten und starrte ein Weilchen hinauf zum Firmament.
Das Rauschen der Wellen übertönte jedes andere Geräusch.

Einen wonnevollen Augenblick lang fühlte Bea sich
tatsächlich eins mit sich selbst und dem gesamten Universum.

Dann kam ihr die verräterische Feuchtigkeit in ihrem
Schoß zu Bewusstsein. Erstaunt registrierte sie, dass ihre
körperliche Erregung wohl immer noch nicht vollständig abgeklungen war.

Hatte die Schwüle der karibischen Nacht ihre Sinne
so verwirrt?

Oder waren es immer noch die Nachwirkungen der
intensiven Blicke des Fremden beim Abendessen ...
und natürlich der erotische Traum, in dem er sie leidenschaftlich und wild genommen hatte?

Zu Hause, in den kühlen Hamburger Nächten, war
Bea so etwas jedenfalls noch nie passiert.

Ihr Körper glühte wie von einem inneren Fieber er-
hitzt!

Plötzlich hielt sie nichts mehr. Sie sprang auf und
streifte sich mit einem Ruck den Badeanzug vom Leib.
Sie ließ ihn einfach im Sand liegen und lief auch schon
den Wellen entgegen.

Zuerst spürte sie nur die Gischt, die sich wie ein
Schleier auf ihre Brüste, ihren Hals, das Gesicht legte.
Dann erfasste eine Welle Beas gesamten Körper, und

sie ließ sich mit einem kleinen spitzen Schrei fallen und vom Meer auffangen und mittragen.

Prickelnd wie Champagner umperlte das Wasser ihren nackten Leib. Es fühlte sich herrlich an.

Sie seufzte vor Wonne, als sie sich schließlich auf den Rücken legte und – das Gesicht dem Sternenhimmel zugewandt – einfach ein Weilchen nur treiben ließ.

Das Meer war immer noch wohltemperiert, beinahe lauwarm, aber dennoch deutlich erfrischender als am Tag, wenn die Luft über der Wasseroberfläche vor Hitze flimmerte.

Jetzt, in der Dunkelheit, wirkte der Ozean außerdem wie königsblaue Tinte, während er tagsüber, in der gleißenden Sonne, türkisfarben aussah. Und dies in verschiedenen Abstufungen. Als Malerin würde sie dieses Meer auf einer Leinwand verewigen.

Nach einer Weile glitt Bea zurück in die Brustlage und begann zu schwimmen, in ruhigen, kräftigen Zügen.

Sie spürte, wie das perlende Meerwasser dabei zwischen ihre Beine drang wie ein ungestümer Liebhaber, der nach dem Eingang suchte. In ihrem Schoß schienen sich währenddessen winzige Strudel zu bilden, die ihrer Liebesperle eine sanfte Massage verpassten. Kleine, lustvolle Schauer jagten dabei durch Beas Körper.

Einmal mehr war sie erstaunt und überrascht, ließ sich aber nur zu gerne mitreißen von der Sinnlichkeit dieses nächtlichen einsamen Badeausflugs.

Das Leben hat so viele reizvolle kleine Momente zu bieten, warum wird mir das ausgerechnet hier und heute bewusst?

Bea wusste nicht, wie lange sie schon so geschwommen war, als ihr Blick plötzlich von einer Bewegung am Strand angezogen wurde.

Sie beobachtete eine männliche Gestalt, die jetzt bei einem kleinen Häufchen stehen geblieben war, das sich dunkel gegen den helleren Sandstrand abhob.

Jetzt bückte sich der Mann und hielt seine Beute auch schon in die Höhe, die er anschließend eingehend zu betrachten schien.

Bea erstarrte – der Kerl hatte ihren Badeanzug gefunden! Dabei war sie sich doch so sicher gewesen, alleine am Strand zu sein, wer ging schon nach Mitternacht zum Schwimmen …?

Schon wollte sie laut rufen, ließ es dann aber lieber sein. Vermutlich hätte er sie wegen der Brandung ohnehin nicht gehört.

Erleichtert beobachtete sie weiter, wie er das Corpus Delicti vorsichtig wieder auf den Sand legte, ehe er sich seinerseits ins Meer warf. Er schien ein guter Schwimmer zu sein, das erkannte sie an der Art, wie er elegant und kraftvoll zugleich durch die Wellen kraulte.

Himmel, er schwimmt ja direkt auf mich zu!

Beate bewegte sich so wenig wie möglich, ließ sich einfach im Wasser treiben. Dennoch entdeckte er sie, als er nur noch einige Meter von ihr entfernt war. Und jetzt sah sie auch, was sie bereits geahnt … *befürchtet* … *gehofft?* … hatte.

Es war der Fremde vom Abend!

Er hob jetzt eine Hand und winkte ihr zu. Also hatte er sie ebenfalls erkannt.

»Was für eine wunderschöne Nacht zum Schwimmen!«, rief er auf Englisch, mit breitem amerikanischem Akzent.

»Ja, wirklich wundervoll«, bestätigte sie schwach.

Beas Herz pochte dabei bis zum Hals.

Der Mann schwamm näher, ein Lächeln umspielte seinen Mund mit den sinnlichen Lippen, die ihr sofort aufgefallen waren. Unwillkürlich dachte sie: *Wie attraktiv er ist, gefährlich attraktiv.* Sogar jetzt, im Dunkeln im Meer treibend, fand sie ihn ungeheuer anziehend.

»Sie sind mir nicht aus dem Kopf gegangen«, sagte er in diesem Moment. »Ich hatte gehofft, Sie heute Nacht am Strand zu treffen!«

»Ich bin verheiratet …«, warf Bea zaghaft ein und kam sich im selben Moment unsagbar albern vor.

»Das macht nichts.« Er lachte leise, fast spöttisch. Er war jetzt ganz nahe bei ihr. »Das sind viele. Aber es ändert nichts an gewissen Tatsachen.«

Natürlich nicht … etwa daran, dass ich dich wie verrückt begehre! Und was kann ein Mensch gegen seine nächtlichen Träume tun? Gar nichts, sie hinnehmen, als Teil seiner Realität akzeptieren und gleichzeitig als Hinweis auf seine tiefsten Wünsche anerkennen.

Dann spürte Bea plötzlich seine Hände, die ihre beiden Brüste umfassten. Gleichzeitig presste sich auch schon sein Mund hart und leidenschaftlich auf ihre halb geöffneten Lippen. Es war beinahe alles so wie in ihrem Traum vorhin, nur noch unvergleichlich intensiver.

Seine freche Zunge begann zu spielen, auf Forschungsreise zu gehen – und Bea suchte ein wenig hektisch mit beiden Füßen nach dem Grund, denn das Wasser war hier nicht allzu tief, es reichte ihr bis fast an die Schultern.

Der Fremde stand nun ebenfalls, und als sie impulsiv ihre Arme um seinen Hals warf und sich an ihn drängte, merkte sie erst, dass auch er splitternackt war – genau wie sie.

Augenblicklich spürte sie seine Erregung, die heftig gegen ihren Venushügel drängte.

Es war ein dicker, harter Schwanz, von erstaunlich seidenweicher Haut umschlossen, der Einlass in ihre wartende Muschel begehrte.

Der Mann stöhnte heiser und presste Bea gleichzeitig enger und härter an seinen breiten Brustkorb. Sie roch seinen männlichen Duft, der sich zusammen mit dem Geruch des Meeres zu einem ungeheuer erregenden Parfüm verdichtet hatte.

Er ließ seine Hände unter ihre Pobacken gleiten und hob sie auch schon sanft hoch, während er ihr gleichzeitig seine Lenden entgegenstieß.

Er zog ihre Hinterbacken auseinander, ein vorwitziger Finger drang in das Loch dazwischen, das sich sofort wieder – wie eine Auster um die Perle – fest um den frechen Eindringling herum schloss.

Bea seufzte und stöhnte schließlich auf vor Wonne.

Zuerst war sie zwar erschrocken, vor allem wegen des kleinen, feinen Schmerzes, den die unerwartete Attacke ausgelöst hatte. Aber dann stellte sie fest: Es gab da ja tatsächlich eine neu entfachte Lust an einer Stelle, an der sie es nicht erwartet hätte. Mit Bert jedenfalls hatte sie das nie erlebt, ob er überhaupt von solchen Spielarten wusste?

Heftig schlang sie nun ihre Beine um die fremden Männerhüften und spürte, wie er von vorne mit seinem brettharten und pochenden Stab auch schon tief in sie eindrang.

Ihr Möschen war vor Erregung regelrecht angeschwollen und wurde doch von dem zuckenden Schwanz mühelos und glatt in zwei nasse Hälften gespalten. Wie eine überreife Frucht schien es dabei aufzuplatzen.

Ein Knurren drang aus der Männerkehle, während er sich tiefer in ihr bebendes Inneres hineinschob. Ihre Muskeln dort drinnen gaben unter dem lustvollen Druck sofort nach, der Eindringling pochte und zuckte vor Gier.

Ihrer beider Körper verschmolzen mühelos zu einem einzigen, und Bea glaubte in diesem Moment tatsächlich, vor purer, unsäglicher Lust vergehen zu müssen.

Sie wippte auf diesem prallen Stab hin und her, auf und ab, während der Mann gleichzeitig ihre Pobacken weiter auseinanderzog und sein Finger in dem rückwärtigen Loch vor und zurück stieß, raus und wieder hinein, wieder und wieder.

Immer schneller und gieriger wurde ihr gemeinsamer Rhythmus, nachdem sie ihn einmal gefunden hatten. Berauschend war das, süß und sinnenverwirrend.

Der Mann in ihr schien Bea ganz und gar auszufüllen, von jedem Zentimeter ihres Körpers Besitz ergreifen zu wollen. Während er beide Eingänge zu ihrem Innersten in Anspruch nahm, mit einem Finger und seinem steinharten anbetungswürdigen Riesenständer.

Bea begann vor Lust immer stärker zu beben, schließlich zu zittern und konnte doch nur noch wimmern, weil die Stimme ihr den Dienst versagte.

Schließlich stieß er so heftig in sie hinein, dass selbst dieses Wimmern unter dem Stoß abbrach, dafür entfuhr ihrer Kehle ein lauter Schrei, in den er einfiel, den er dadurch noch verstärkte.

Die aufgestaute Lust und Begierde hatte sich explosionsartig bei beiden gleichzeitig entladen.

Sie spürte, wie aus ihrer Muschel eine feuchte Fontäne spritzte, die sich in der Weite des Meeres augenblicklich verlor. Während er noch immer keuchend in sie hineinejakulierte, bis er völlig ausgepumpt schien.

Selbst der vorwitzige Finger in ihrem Hintern kam schließlich zur Ruhe.

Seine Lippen suchten zärtlich ihren Mund, dann ihre Ohrläppchen, ihre Brustwarzen, wobei immer noch kleine, langsam verebbende Lustschauer durch Beas Körper jagten.

Ein derartiges Nachspiel erlebte sie zum ersten Mal in ihrem Leben. Und nicht nur das.

Eine kleine Ewigkeit später ließen sie sich zum Strand zurücktreiben.

Als Bea seinen glänzenden nassen Körper im hellen Mondlicht betrachtete, glaubte sie, noch nie einen so schönen Kerl gesehen zu haben. Jedenfalls nicht in nacktem Zustand.

Sein Schwanz bot auch im Ruhezustand einen appetitlichen Anblick. Groß und leicht gebogen, mit schimmernder, zarter Haut und einer kräftigen rosenholzfarbenen Eichel. *Anbetungswürdig.*

Er besaß große Hoden, die unter dem Penis baumelten – verheißungsvoll prall und knackig rund wie reife Früchte – und dem Schaft durch ihre Größe eine attraktive Stütze boten. *Ein echtes Lustpaket.*

Herausfordernd reckte dieser göttliche Schwanz sich jetzt auch schon wieder Beas neugierigen Blicken entgegen.

Der Besitzer des imposanten Hammers hingegen ließ seine Augen unterdessen bewundernd über Beas Kurven gleiten, ehe er nach ihrer Hand griff.

»Komm mit mir«, flüsterte er eindringlich, »die Nacht ist noch jung. Lass sie uns genießen.«

Sie folgte ihm ohne großes Nachdenken willig den hellen Strand entlang, bis sie eine kleine Gruppe von hohen Palmen erreichten.

Hier, unter den leise rauschenden Palmwedeln, ließen sie sich zusammen im Sand nieder.

Als er sich auf den Rücken legte, stand seine Fahne bereits wieder auf Halbmast.

Verzückt beugte sie sich über ihn und nahm ihn tief in den Mund. Und war unsäglich überrascht, als er kurze Zeit später schon erneut heftig abspritzte und der sahnige Schaum ihre Kehle hinunterrann.

Er revanchierte sich umgehend, indem er nun Bea auf den Rücken rollte und zwischen ihre noch feuchten Schenkel tauchte. Sie schloss die Augen, als seine Zunge in sie eindrang, und überließ ihren Körper dieser Zunge und den heißhungrigen Lippen.

Er verstand es, die Perle in ihrem Nest so geschickt zu reizen, dass Beas Beine unter der anrollenden Lustwelle zu beben begannen wie die Flanken eines Rennpferdes.

Sie bäumte sich auf, seiner immer wieder eindringenden Zunge entgegen, die leckte und schleckte, bis Bea sich wand und schließlich so heftig kam, dass ihr fast schwarz wurde vor Augen.

Viel später liebten sie sich dann erneut im weichen, von der Tageshitze noch warmen Sand. Sie und der fremde Mann. Dieses Mal war das Liebesspiel sanft

und langsam, aber unvermindert intensiv und lustvoll.

Als Bea Stunden später ins Hotelzimmer zurück-
schlüpfte, war Bert wach.

»Wo warst du denn?«, erkundigte er sich gähnend.

»Schwimmen. Mir war heiß, und ich konnte nicht
schlafen. Das Wasser ist herrlich.«

»Du entwickelst neue Neigungen, wie?« Er streckte
vom Bett die Hand nach ihr aus.

Weiter unten konnte sie die verräterische Wölbung
der leichten Zudecke erspähen.

Sie versuchte seinem plötzlich harten Griff zu ent-
kommen.

»Nicht, Berthold, bitte! Ich brauche jetzt eine heiße
Dusche und dann …«

»Gleich, mein Schatz, gleich!«, schnaufte er schwer,
während er mit der rechten Hand in ihr feuchtes Haar
griff, es anhob und ihren Nacken darunter abschlab-
berte.

*Himmel, ich ekel mich vor ihm! Ich ekel mich schon
seit Jahren vor diesen schlabbrigen, viel zu feuchten
Küssen …*

»Übrigens habe ich heute Morgen einen Termin mit
einem amerikanischen Geschäftspartner hier im Hotel«, murmelte Bert jetzt an ihrem Hals. »Kurz vor der
Abreise aus Hamburg habe ich erfahren, dass er auch
einige Tage Urlaub auf Antigua macht, da bietet sich ein
Treffen natürlich an. Wir kennen uns bis jetzt nur vom
Telefon. Du bist doch nicht böse? Es dauert auch nicht
allzu lange!«

»Nein, ich bin nicht böse«, erwiderte Bea und entwand sich im selben Moment geschickt seinem Zugriff. »Ich gehe jetzt duschen.«

Er brummte enttäuscht, ließ sie aber ziehen.

Ehe sie im Badezimmer verschwand, sah Bea noch, wie ihr Mann die dünne Bettdecke auf den Boden schleuderte und nach seinem aufgerichteten Schwanz griff.

Wütend begann er, sich selbst heftig zu reiben. Dabei murmelte er: »Weiber.«

Sie warf die Badezimmertür zu und stieg in die Dusche.

Draußen rief Bert laut: »Morgen früh bist du dran! Immerhin haben wir Urlaub.« Dann folgte kurz darauf ein lautes Stöhnen, schließlich herrschte wieder Stille.

Sie stellte das Wasser an, ließ den warmen Strahl minutenlang auf sich herunterprasseln und rief sich dabei das Bild der beiden Männerschwänze ins Gedächtnis zurück.

Der arme Berthold! Er zog eindeutig den Kürzeren.

Dabei ahnte er noch gar nicht, was er heute Nacht alles verloren hatte. Dafür wusste sie jetzt immerhin, was sie in all den Jahren vermisst hatte.

Als Bea einige Zeit später das Wasser abstellte, hörte sie ihren *Noch*-Ehemann drüben im Zimmer lauthals schnarchen.

Einige Stunden später stellte ihr Berthold seinen Geschäftspartner vor. Sie trafen sich in der Hotelhalle, um von dort in einen Country-Club zum Lunch zu fahren.

»Bea, das ist Mark Adams. Mark – meine Frau.«

Als sie Mark die Hand reichte und er mit dem Zeigefinger sanft deren Innenfläche streichelte, waren die Wonnen der vergangenen Nacht sofort wieder gegenwärtig.

Jetzt weiß ich wenigstens seinen Namen, dachte sie beinahe amüsiert, ehe sie leise sagte: »Ich freue mich, Sie kennen zu lernen.«

»Ich freue mich auch sehr!«, erwiderte Mark und lächelte.

DER NATURBURSCHE

Ihr Ehemann ging fremd. »Wie du mir, so ich dir«, dachte Annabelle und suchte kurzerhand nach einem Ausgleich. Rein körperlich.

»Naturbursche sucht wilde Maid«, lautete eine der Zeitungsannoncen, auf die sie schließlich antwortete. Annabelle traf sich mit ihm und erlebte eine angenehme Überraschung.

Annabelle lächelte vor sich hin, während sie den Blinker setzte, zurückschaltete und den schweren Geländewagen sanft in die lang gezogene Kurve der Autobahnausfahrt hineinsteuerte. Jetzt lagen nur noch ungefähr zehn Kilometer Landstraße vor ihr, dann musste sie eine bestimmte Abzweigung in den verschneiten Wald finden und wäre hoffentlich bald am Ziel.

Georg hatte ihr den Weg genau beschrieben, nebst einer kleinen Bleistiftzeichnung auf einem Blatt Papier, das jetzt zur Sicherheit in ihrer Handtasche steckte. Mittlerweile war die Minilandkarte allerdings regelrecht in ihre Gehirnwindungen eingefräst, sie würde die Jagdhütte vermutlich sogar im Blindflug finden.

Himmel, sie war ja so gespannt – weniger auf die Hütte, sondern natürlich auf *ihn*.

Georg und sie hatten sich zum ersten und bisher einzigen Mal in einem kleinen Café getroffen, einige Tage zuvor. Dass er wirklich Georg hieß, bezweifelte sie, er benutzte sicher einen Decknamen, aber das war sein gutes Recht und ihr obendrein völlig egal. Da sie dieselben Absichten wie er hegte, hatte keiner dem anderen etwas vorzuwerfen. Sie spielten beide mit offenen Karten, die Spielregeln waren klar, so what?

Während sie weiterfuhr, zauberten ihre Gedanken sein Bild herbei. Unwillkürlich vertiefte sich ihr zufriedenes Lächeln.

Er war ein wirklich gut aussehender Mann. Groß, breitschultrig, mit einem überaus sinnlichen Mund, wie sie es gerne hatte und wie ihn nur wenige Männer besitzen.

Und er konnte tatsächlich mit den Augen lachen.

Diese strahlenden Augen waren überhaupt das Beste an ihm, hatte Annabelle spontan bei diesem ersten Treffen entschieden. Darauf legte sie nämlich besonderen Wert – auf Augen und Hände.

Ach ja, seine Hände: Kräftig, zupackend und doch sensibel hatten sie auf Annabelle gewirkt. Vor allem gepflegt, worauf sie ebenfalls sehr viel Wert legte. Sie wusste aus Erfahrung, dass man von den Händen getrost auf den Rest des Kerls schließen durfte, jedenfalls was die Hygiene betraf.

Länge und Größe seines besten Stücks hingegen kamen bei Annabelle erst an zweiter Stelle, man musste Prioritäten setzen, und das machte manchmal Zugeständnisse nötig. Leider!

Aber so war das eben im Leben. *Nobody is perfect.* Jedenfalls nicht, bis die Gentechnik so weit wäre und die Wissenschaftler den perfekten Mann klonen konnten. Bis dahin musste Frau eben – siehe oben Prioritäten ...

Im ersten Moment beim Lesen der Annonce hatte sie tatsächlich Bedenken gehabt.

»*Naturbursche sucht wilde Maid. Keinerlei finanzielle Interessen* ...«, hatte die Anzeige knapp gelautet.

Naturbursche! Sie musste leise seufzen, damals.

Einen Moment lang nämlich war vor Annabelles geistigem Auge die Gestalt eines vierschrötigen Kerls in Bundhosen aufgetaucht, der obendrein deutlich nach Kuhstall roch. Und schwarze Ränder unter den Fingernägeln spazieren trug. Letzteres ging nun wirklich gar nicht ... wenigstens nicht bei einer Frau wie Annabelle.

Wenn ihr andererseits nicht rechtzeitig der Reinfall vor einigen Wochen mit dem Typ »*Sensibler Pianist sucht zärtliche Fee*« wieder eingefallen wäre, hätte Annabelle wahrscheinlich jeden Kontakt mit dem Naturburschen von vornherein gemieden.

So allerdings war sie eher geneigt, dieses Mal einem ganz anderen Typ von Mann ihre Gunst zu schenken.

Der Pianist hatte zwar lange, schmale und gepflegte, aber leider auch hochgradig nervöse Hände gehabt.

Der ganze Kerl war überhaupt viel zu nervös für genussvolle Liebesstunden gewesen. Bis er sich endlich aus seiner Hose hatte befreien können, war ihm der Ständer bereits wieder abhandengekommen vor lauter Herumhaspelei, wobei er beinahe auch noch über die eigenen Füße gestolpert wäre.

Außerdem hatte er anschließend – wie zur Krönung der seltsamen Vorstellung – auch noch vergessen, die

Socken auszuziehen, was ebenfalls nicht wirklich gut bei ihr ankam.

Ein wenig Handarbeit von Annabelle hatte das Ständerproblem zwar rasch beheben können, aber nun wand Mr. Piano sich vor Verlegenheit, weil er nicht wusste, wie er ihren trickreichen BH-Verschluss aufbekommen sollte. Andererseits hatte er wortreich darauf bestanden, sie zärtlich und eigenhändig entblättern zu dürfen. Nun ja, jedem das Seine, nicht wahr?

Geduldig hatte sie darauf gewartet, bis er das kleine technische Rätsel endlich gelöst hatte und an ihre höchst ansehnlichen Brüste herankam.

Warum er allerdings dann erst mal daran herumrubbeln musste wie an einem Supermarktlos, blieb ihr gänzlich verschlossen.

Weder stöhnte sie lustvoll dazu, noch zeigte sie sonstige Anzeichen von Wohlbefinden, sondern sagte ganz im Gegenteil überaus deutlich: »Autsch!«

Mr. Piano allerdings war nicht zu bremsen gewesen, also hatte sie ihn kurzerhand auf sich gezogen, weil sie befürchtete, ansonsten nicht mehr feucht genug zu sein für den zweiten Akt. Von seinem vielleicht wiederkehrenden Ständerproblem ganz abgesehen!

Er hatte sich dann auch wirklich redlich abgerackert, ungefähr zwanzig Minuten lang, aber schließlich war Annabelles Geduld am Ende gewesen. Obendrein hegte sie die Befürchtung, von dieser verzweifelten Rammelaktion später so wund zu sein, dass sie in den nächsten Tagen unter ihren engen Jeans kein Tangahöschen tragen könnte. Wenn sie wenigstens *dabei* wirkliche Lust empfunden hätte, wäre dieser Umstand ja zu verwinden gewesen, aber so ... Sie hatte Mr. Piano wortlos von sich runtergeschubst wie eine lästige Fliege, war aus dem Bett gestiegen, hatte sich rasch angezogen und war anschließend einfach gegangen. Währenddessen war kein einziges Wort zwischen ihnen gefallen.

Nach diesem etwas seltsamen Liebesabenteuer hatte sie erst einmal für einige Wochen genug gehabt von solchen Ausflügen ins Reich der Sinne.

Naturbursche!

Erneut musste Annabelle jetzt lächeln bei dem Gedanken an Georg, der sie in seiner Jagdhütte im Wald hoffentlich bereits sehnsüchtig erwartete.

Im Hauptberuf war dieser Naturbursche Arzt, so viel wenigstens hatte sie ihm entlocken können. Mit Anhang natürlich – was Annabelle ja auch nur gerecht fand; schließlich war sie ebenfalls gebunden und bevorzugte verheiratete oder zumindest fest liierte Männer, damit es gar nicht erst zu Missverständnissen kommen konnte.

Annabelles Mann Uwe war reich. Zu reich, dass er sich hätte scheiden lassen können. Es hätte zu viel gekostet, in vielerlei Hinsicht. Also tat er, was alle Männer in seiner Lage tun – er nahm sich Gespielinnen, wenn ihm der Sinn nach erotischer Abwechslung stand.

Annabelle hatte eines Tages auf seinem Schreibtisch die Rechnung dieses Anzeigenblättchens gefunden, mit dazugehörigem Text: *Zärtlicher, gebundener Widder sucht verständnisvolle Sie für genussreiche Stunden zu zweit. Absolute Diskretion, keine finanziellen Interessen ...*

Sie war weder wütend noch niedergeschmettert, sondern mit einem Mal um eine genussbringende Idee reicher gewesen, wie sich bald herausstellte. Und natürlich um sämtliche Skrupel erleichtert.

Wie du mir, so ich dir, dachte sie auch jetzt wieder schadenfroh. Sie spürte, wie ihr Herz dabei rascher schlug, das musste die Vorfreude sein.

Uwe schaltete im Übrigen zum Glück offenbar immer den gleichen Annoncentext, fantasielos, wie er nun mal war. Auch dies hatte sie bald herausgefunden. So bestand wenigstens keine Gefahr, dass sie eines schönen Tages in irgendeinem Hotelzimmer plötzlich dem eigenen Ehemann Auge in Auge gegenüberstand.

Annabelle sah die Abzweigung schon von Weitem. Sie drosselte das Tempo und warf vorsorglich einen raschen Blick in den Rückspiegel. Sie vergewisserte sich mittlerweile auf ihren Ausflügen gerne mal zwischendurch, dass ihr kein anderer Wagen in auffälliger Weise folgte.

Zwar wusste sie: Uwe hegte bisher keinerlei Verdacht, aber man konnte schließlich nie wissen, und zudem würzte alleine die vage Möglichkeit, er könne ihr einen Privatdetektiv auf den Hals hetzen, das bevorstehende Liebesmenü noch in besonderer Weise.

Außerdem könnte ja auch Georgs Frau etwas gespürt haben ... Frauen besaßen oft einen siebten Sinn dafür, wenn und wann ihre Kerle auf die Pirsch gingen!

Ein zweiter Blick in den Rückspiegel galt einer anderen Rückversicherung.

Alles bestens – sie sah fantastisch aus. Sie erwartete viel von einem Mann, aber sie bot auch viel, das stand fest.

Bei dem Treffen mit Georg vor einigen Tagen, das sie sich vorab ausbedungen hatte – schließlich verspürte sie keine Lust mehr auf einen weiteren Reinfall –, hatte sie auch prompt in seinen strahlenden Augen die Bewunderung lesen können, die er ihr entgegenbrachte.

Unter dem Tisch spürte sie wenig später sein Knie an ihrem, und sie erwiderte den fragenden Druck gerne und ausgiebig. Von da ab war zwischen ihnen alles klar gewesen.

Annabelle konnte sich in den darauffolgenden Tagen also seelisch entspannen und sich insbesondere in den Nächten vor dem vereinbarten heutigen Treffen genussvoll ihren sinnlichen Vorfreuden und den damit verbundenen Träumereien hingeben.

Während sie jetzt so darüber nachdachte, wie viel die Vorfreude auch für das Liebesleben bedeutete, spürte sie wieder, wie ihr Körper mit plötzlich einsetzendem Verlangen bereits reagierte.

Unwillkürlich setzte sie sich aufrechter hin, presste dabei ihr Becken kräftiger gegen den Fahrersitz. Auf diese Weise nämlich konnte sie die Vibrationen des Wagens deutlicher spüren.

Sie bog nach rechts in den verschneiten Waldweg ein, das Auto holperte über Stock und Stein. Jede Vibration von unten fuhr direkt zwischen ihre Schenkel und verursachte ein lustvolles Kribbeln in ihrer bereits feuchten Möse.

Die Unebenheiten nahm der Wagen nicht übel. Annabelle auch nicht. Durch das Schaukeln des Autos wurde ihre Lust nur noch weiter angefacht.

Sie spannte die Muskulatur ihrer Oberschenkel an und entspannte sie anschließend gleich wieder, rhythmisch wiederholte sie dieses Spielchen – anspannen und entspannen –, während der Wagen schaukelnd im zweiten Gang weiterholperte.

Die Vibrationen von unten und die gleichzeitigen Kontraktionen der Muskeln verpassten der Klitoris eine Art lustvoller Massage, wie kein Männerschwanz der Welt sie erzeugen konnte.

Annabelles Lust kam nun bereits in starken Wellen.

Sie stellte sich vor, wie Georgs kräftige, schöne Hände in wenigen Minuten ihren Körper streicheln würden, wie er sie in Besitz nehmen und schließlich gierig und ausdauernd kräftig durchvögeln würde.

Sie sah seinen nackten, von Schweiß glänzenden Körper vor sich und die riesige Erektion zwischen den strammen Naturburschen-Oberschenkeln. Wie er seinen Speer jetzt in ihre geschwollene Rosette trieb, immer tiefer hinein, ihn feucht glänzend kurz darauf wieder herauszog, nur um ihn unmittelbar darauf erneut hineinzustecken.

Der kleine Pornostreifen wurde immer intensiver und farbiger. Und mündete in ein plötzlich ausbrechendes Feuerwerk.

Im nächsten Augenblick jagte auch schon ein letzter erlösender Lustschauer durch Annabelles Körper, bis hinauf in die längst harten Brustknospen.

Sie atmete ein paar Mal tief durch, um Puls und Herzschlag unter Kontrolle zu bringen, während sie vorsichtig und nur noch im ersten Gang weiterfuhr. Es konnte jetzt nicht mehr weit sein.

Unvermittelt, hinter einer scharfen Linkskurve, tauchte tatsächlich die Jagdhütte auf der kleinen verschneiten Lichtung auf.

Annabelle war am Ziel.

Schon in der Tür nahm Georg sie in Empfang. Seine Augen leuchteten erwartungsvoll, als sie ausstieg und dabei ihre langen Beine zuerst aus dem Wagen schwang.

Sie machte einen Schritt auf ihn zu, er riss sie in seine Arme und begann augenblicklich, sie hart und fordernd zu küssen. Ihr Körper drängte sich gegen seinen, sie atmete dabei den würzigen Duft ein, der von ihm ausging.

Trotzdem machte sie sich schließlich von ihm los: »Willst du mich nicht erst hineinbitten?« *Sinnliche Stimme, ein wenig heiser, ein leicht spöttisches Lächeln um die vollen feuchten Lippen.*

Er starrte sie an, seine Pupillen weiteten sich dabei, sein Atem ging schwer. Dann lachte er leise: »Aber sicher. Mit Vergnügen, schöne Frau!«

Er trat ein klein wenig zurück und machte eine einladende Handbewegung. Sie musste sich an ihm vorbeidrängen, so nahe, dass sie die deutliche Ausbuchtung in seiner Hose spüren konnte. Und genau das wollte er natürlich.

Die Hütte bestand aus einem einzigen Raum.

Ein großes holzgezimmertes Bett, auf dem einige bunte Kissen und weiche Decken lagen, nahm fast die Hälfte des Zimmers in Anspruch. Außerdem gab es noch einen runden Holztisch und zwei geschnitzte Stühle dazu. Keinerlei überflüssiger Schnickschnack oder Luxus fand sich hier, aber alles wirkte gemütlich und sehr sauber.

An der einen Wand waren einige praktische Haken angebracht, an einem von ihnen hing Georgs Lederjacke.

In der gegenüberliegenden Ecke thronte ein gusseiserner Ofen, der im Moment rötlich glühte von dem Feuer, das in ihm bullerte.

»Explodiert der auch nicht?«, fragte Annabelle und tat so, als befürchtete sie genau das.

»Aber nein. In Notfällen hat er schon gute Dienste geleistet.«

»In Notfällen wie diesem?«

Er grinste frech: »Du bist kein Notfall. Aber wir haben nun mal Winter, es liegt Schnee, auch wenn wir heute diesen herrlichen Sonnentag geschenkt bekommen haben ... apropos, mir ist plötzlich schrecklich heiß.«

»Mir auch«, hauchte sie und verbiss sich ein Lachen. Dafür schmiegte sie sich an den Naturburschen, dessen Beule vorne in der Hose noch weiter angewachsen war.

Sie ließ ihre Hände zu der Stelle wandern und prüfte die Wölbung, indem sie ein wenig daran herumdrückte und anschließend sanft darüber hinwegrieb. Ein erfreutes Stöhnen belohnte sie für die Aktion.

Wieder küsste er sie wild und herausfordernd, selbst seine Zunge wurde hart und drängend, während sie in Annabelles Mundhöhle eindrang.

Sie liebte es, außerdem küsste er sie dabei auch nicht zu feucht, was ihr ebenfalls zusagte.

Und dann die Lippen – eher hart und männlich, dieser Naturbursche hatte so gar nichts von einem Softie an sich, wenn es zur Sache ging. *Wunderbar ...*

Annabelle wollte erobert werden, und dieser Kerl hier hatte das im Griff, das merkte sie bereits jetzt.

Gerade, als sie »*Zieh mich aus!*« raunen wollte, sozusagen als erste Regieanweisung, begann er von selbst damit.

Das Timing zwischen ihnen war also ebenfalls perfekt. *Wow.*

Das weiche Lederhemd glitt von ihren Schultern, kurz darauf folgte der Minirock.

Unterdessen schälte sie ihn ihrerseits aus seinem Hemd, ihre Hände glitten dabei zärtlich und bewundernd über seinen muskulösen Brustkorb.

Er schob sie ein kleines Stück von sich weg und ließ seine Blicke über ihren Körper wandern. Seine Augen verschlangen sie dabei, und sie fühlte sich schön und begehrenswert. Allein dafür wollte sie ihn jetzt nur noch umso mehr.

Er drehte sie herum, bewunderte auch ihre Rückseite gebührend, wobei er die kräftigen Hände zu Hilfe nahm. Sie spürte, wie diese fest ihre Pobacken umspannten und begannen, die beiden Halbkugeln kräftig durchzukneten. Sein heißer Atem blies in ihren Nacken und jagte einen Schauer durch ihren Körper.

Schließlich begann er hinter ihr, ungeduldig an seiner Hose zu nesteln.

Als er sich anschließend erneut von hinten eng an sie drängte, war er nackt, hart und groß.

Mit beiden Armen umschlang er ihre Taille, seine rechte Hand glitt nach unten und unter das hauchdünne Spitzendreieck des von ihrem Nektar längst völlig durchnässten Tangas.

Annabelle stöhnte und öffnete gleichzeitig die Schenkel, um der suchenden Hand Platz zu machen. Er spürte ihr Entgegenkommen und folgte der Einladung unverzüglich.

Mit einem einzigen zielsicheren Stoß drang er plötzlich von hinten in sie ein, verlangsamte aber sofort das Tempo, um ihr nicht wehzutun. Und wohl auch, damit sie sich an seinen Rambo gewöhnen konnte.

Ihr blieb für einen Moment beinahe die Luft weg, erst dann setzte diese unglaubliche Lust ein, so stark, dass sie glaubte, daran zu vergehen.

So prächtig wie dieser hier war vorher noch keiner gebaut gewesen! Er besaß einen prachtvollen Hammer von überdurchschnittlichen Ausmaßen.

Dann war er irgendwie plötzlich ganz in ihr, anscheinend hatten ihre Muskeln sich dem lustvollen Druck willig gefügt. Er füllte sie völlig aus, sie spürte sein Pochen und Pulsieren, und alleine dies rief bereits die nächste Lustwelle in ihrem Becken hervor.

Er merkte es wohl, denn er hielt wieder inne und küsste ein Weilchen nur langsam und zärtlich ihren Hals und den Nacken.

Seine kräftigen Hände fuhren hinauf zu ihren Brüsten und umfingen die beiden prallen Rundungen. Zwischen Daumen und Zeigefinger rieb und zwirbelte er die harten Knospen. Gleichzeitig begann er, rhythmisch und hart in Annabelle hineinzustoßen.

Sie spreizte die Beine so weit wie möglich und stemmte ihm ihr Hinterteil entgegen. »Ja, gib's mir! Ich brauch das!«, forderte sie ihn auf.

Da zog er ihn stattdessen heraus, genau wie vorher in einer ihrer Fantasien während des Fahrens.

Nur dass es jetzt in Wirklichkeit und ganz langsam geschah. Zwischendurch hielt er sogar inne und trieb ihn stattdessen wieder ein kleines Stück weit hinein. Schließlich flutschte er dann aber doch mit einem leise schmatzenden Geräusch heraus.

Als Nächstes trieb er die Eichel so gegen ihren Spalt, dass der gerade nur ein wenig nachgab, was sich verdammt geil anfühlte und Lust auf mehr hervorrief, den neuerlichen Ansturm nämlich, der aber nicht sofort erfolgte.

Annabelles geschwollene Lippen und die Möse begannen zu beben und zu jucken vor erwartungsvollen Lustgefühlen. Wieder drängte die Spitze des Schwanzes hart gegen den Spalt, der erneut nachgeben wollte, sich teilte – aber der Eindringling zögerte.

Annabelle wurde beinahe wahnsinnig vor Verlangen und Lust zugleich und rammte ihm wild ihr Becken entgegen, um ihn einzufangen.

Der nächste Stoß kam dennoch überraschend, in voller Härte und Größe, und fuhr durch sie hindurch.

Ungeheure Hitze und Lust, unter die sich ein leichter Hauch von Schmerz mischte – eine explosive Mixtur.

Sie hörte sich aufschreien und merkte gleichzeitig, wie ihre Hüften ganz wie von selbst zu wackeln begannen, als wollten sie Salsa tanzen. Durch diesen Rhythmus nahm sie den pochenden Schwanz noch tiefer in sich auf.

Die Lust schlug in einer hohen Welle über ihr zusammen, gleich würde sie ersticken oder einfach explodieren, vielleicht auch beides – in diesem Moment stieß er noch einmal hart und tief in sie hinein.

Sie bekam noch mit, wie er rhythmisch zu pumpen begann, dann konnte sie sich nicht mehr zurückhalten und schrie und schrie und schrie.

Der Orgasmus war dermaßen stark, er nahm ihnen beiden vorübergehend den Atem, es herrschte abrupt Totenstille in der Hütte. Nur der Ofen bullerte gemütlich vor sich hin.

Nach einer kleinen Weile zog Georg dann seinen immer noch dicken Kerl aus Annabelle heraus.

Sie lehnte sich glücklich und zufrieden zurück in seine Arme, er wiegte sie ein wenig, flüsterte zärtlichen Unsinn an ihrem linken Ohr. Schließlich hob er sie hoch und trug sie das kurze Stück zum Bett hinüber.

Sie erholten sich eine Weile, eng aneinandergeschmiegt. Am liebsten hätte Annabelle zu schnurren begonnen wie ein sattes Kätzchen. Sie konnte sich nicht erinnern, jemals zuvor in ihrem Leben *danach* schon einmal so tiefe Befriedigung empfunden zu haben.

Irgendwann begannen seine Hände dann wieder über ihren erhitzten Körper zu wandern. Erst jetzt streifte er ihr auch das beige Spitzending ab, das sich noch immer um Annabelles Taille wand.

Er schob zwei Finger in ihre triefende Spalte, ließ sie auf Wanderschaft gehen und die Höhle auf diese Weise erkunden. Mit dem Daumen reizte er dabei gleichzeitig die Perle vor dem Eingang, bis die sich aufrichtete und hart wurde wie ein Minischwanz. Dann beugte er sich hinunter und fing an, mit Zunge und Lippen die mittlerweile deutlich geschwollene Klitoris zu liebkosen, bis Annabelle aufschrie: »Hör auf, bitte! Ich will noch nicht kommen ...« – einen Moment lang hörte er auch tatsächlich auf.

Dafür schob er sie jetzt über sich, umfasste dabei ihre Pobacken und ließ sie herabgleiten auf seinen hoch aufragenden Schaft, der nun fast noch immenser wirkte als beim ersten Mal.

Sie begann auf ihm zu reiten, ihre Haare flogen, ihre Brüste wackelten, und der Naturbursche stöhnte dazu im Takt.

Sie ließ die Hüften kreisen, immer schneller, bis er unter ihr immer lauter stöhnte, da änderte sie den Rhythmus.

Ihr Tempo steigerte sich zusehends, sie flog auf seiner Lanze entlang, auf und ab, Georg verlor die Kontrolle und ergab sich. Dieses Mal wollte sie den Zeitpunkt festlegen, was ihr auch gelang.

Ihre eigenen heftigen Kontraktionen molken ihn bis zum letzten Tropfen leer.

Auf dem Heimweg durch den Winterwald entwarf Annabelle später in Gedanken übermütig einen eigenen Anzeigentext: »*Lady sucht blaublütigen Herzensbrecher mit Hang zum Luxus.*«

Sie kicherte bei der bloßen Vorstellung, wer sich darauf wohl melden würde.

Andererseits war dieser Georg wirklich ein Prachtexemplar seiner Gattung – und offenbar einem nächsten Treffen durchaus nicht abgeneigt!

Dabei hatte sie eigentlich vorgehabt, einen Mann niemals ein zweites Mal zum Liebesmenü zu treffen. Es bestand sonst die Gefahr der Gewöhnung, was schlimmstenfalls zu einer speziellen Form der Komplikation führen konnte.

Sie durfte sich nicht verlieben, das nun gerade nicht!

Aber vielleicht konnte man ja andererseits bei Georg eine Ausnahme machen. Nur ein einziges Mal.

Sie fand, der Versuch war es wert …

SÜSSER ABSCHIED AUF HAWAII

Tessa lag im heißen Sand. Sie hatte die Augen geschlossen, lauschte auf die Brandung und genoss es von Herzen, einfach mal nichts zu tun, außer zu relaxen.

Walther, ihr Chef, war jetzt sicher bereits in Las Vegas gelandet und amüsierte sich dort prächtig mit ebenso jungen wie vergnügungssüchtigen Girls. Das nötige Kleingeld, um das junge Gemüse bei Laune zu halten, besaß er.

Und Bernard, Tessas Ehemann, weilte auf Geschäftsreise in Japan, von wo aus er noch einen Abstecher nach Thailand wagen wollte. Angeblich, um weitere Möglichkeiten des gesamtasiatischen Marktes auszuloten. *Globalisierung* hieß das Stichwort, das auch Walther in letzter Zeit nur zu gerne in den Mund nahm.

Tja, die beiden Herren würden bestimmt insgesamt auf ihre Kosten kommen, aber das sollte nun wirklich nicht Tessas Problem sein, jedenfalls nicht im Moment.

Sie räkelte sich genüsslich auf ihrem Badelaken und spürte, wie die Sonne sie durchwärmte und ihr ganzer Körper vor Wohlgefühl zu prickeln begann.

Vom Meer her wehte eine angenehme Brise. Wenn sie über ihre Lippen leckte, hatte sie den Geschmack von

Salz und Meer auf der Zunge. Mhmm, das erinnerte sie prompt an den sehr speziellen Geschmack diverser Liebessäfte beim Sex! Sie kicherte leise …

Meine Güte, eigentlich hätte ich es wirklich wieder mal nötig. Vor lauter Arbeit hab ich in letzter Zeit völlig vergessen, wie toll guter Sex sein kann!

Anscheinend taten Sonne und Meer, diese nahezu heilige Allianz, gerade ihre volle Wirkung.

Sie versuchte zwar, dieses plötzliche Verlangen nach zärtlichen Berührungen auf der Haut, nach heißen Küssen, gefolgt von einem noch heißeren Fick zu verdrängen, allerdings mit eher geringem Erfolg, wie sie sich gleich darauf eingestand.

Dabei hätte ich bloß zuzugreifen brauchen. Walthers neuerliche Avancen vor einigen Tagen waren nun wirklich mehr als deutlich gewesen. Andererseits ist er mein Boss und verheiratet noch dazu. Außerdem läge ich dann jetzt nicht hier in der hawaiianischen Sonne, sondern vermutlich in einem Kingsize-Hotelbett in Las Vegas!

Insgesamt kein wirklich guter Tausch, Tessa-Süße!

Hol dir lieber Sex von einem schönen Fremden und spiel zu Hause und in der Firma weiterhin die Heilige. Es führt zu nichts, wenn eine Frau den Männern alles nachmacht, das weißt du doch. Wir müssen es besser machen als sie, raffinierter sein und klüger in der Ausführung.

Sprich: schlimmer!

Bei diesen ketzerischen Gedanken musste sie jetzt hellauf lachen und strampelte vor Vergnügen wie ein Baby mit den Beinen ein wenig in der Luft herum. Mit einem Mal fühlte sie sich vollkommen frei und unbeschwert und wusste deshalb aus Erfahrung: Sie hatte die einzig richtige Entscheidung getroffen!

Er konnte noch nicht mal wirklich eingeschnappt sein, der gute Walther, so schön und zuckersüß habe ich ihm diesen Korb verpasst. Mit unschuldigem Augenaufschlag und leise seufzend – ich höre mich noch sagen: »Ich kann nicht mit nach Las Vegas, Walther, so leid es mir tut. Der Trip hätte mich echt gereizt. Aber wo wir schon mal in San Francisco diesen Termin hatten ... und ich hab doch meine Freundin seit Jahren nicht gesehen. Seit sie aus München weg einfach nach Hawaii ausgewandert ist. Ich hatte ihr zigtausend Male versprochen, im nächsten Jahr ganz bestimmt einzufliegen. Und jedes Mal kam etwas dazwischen, dann hab ich geheiratet, und Bernard wollte unbedingt in sein Heimatland Frankreich, also wurde es auch in den Flitterwochen nichts. Als Anne-Katrin meine E-Mail erhielt, dass ich demnächst beruflich in San Francisco sei, hat sie mich gleich angerufen und gesagt, dieses Mal würde sie keine Ausrede mehr akzeptieren, es wären doch nur einige Stunden Flug nach Honolulu von der Westküste aus und außerdem auch noch wesentlich preisgünstiger als die wesentlich weitere Anreise von München. Die Gelegenheit darf ich mir einfach nicht entgehen lassen!«

Wie schnell er im Anschluss an diesen rührseligen Monolog die Hand von meinem Knie genommen hatte, der gute Walther!

Hatte der doch glatt gedacht, er könnte die gemeinsame Geschäftsreise gleich doppelt ausreizen und mir zum krönenden Abschluss an die Wäsche gehen!

Was Bernard wohl in Thailand treiben mag auf seinem Geschäftstrip?

Vermutlich ist es besser, sich darüber nicht groß Gedanken zu machen. Trotzdem kann ich irgendwie nicht anders, verdammt!

Schon schräg, wie bereits nach vier gemeinsamen Jahren, davon zwei im Hafen der Ehe, der Dampf raus sein kann aus einer hoffnungsfroh begonnenen Geschichte ... Unglaublich.

Geil wie die Hölle bin ich momentan trotzdem!

Es juckt richtig da unten im Döschen. Es geht uns Frauen da auch nicht anders als den Männern, das hat man uns nur jahrtausendelang einzureden versucht, diesen Unsinn von wegen: Männer sind immer geil und dürfen das.

Frauen sind längst nicht so auf Sex aus und dürfen es außerdem auch nicht ... Blablabla.

Was für ein Blödsinn und eine bodenlose Frechheit noch obendrein!

Ich liebe Sex, ich brauche Sex, ICH WILL SEX!

Gütiger Himmel! Hatte sie den letzten Satz soeben etwa laut ausgesprochen? Tessa richtete sich erschrocken auf und blickte sich um. Kein Mensch zu sehen, jedenfalls nicht in Rufweite.

Na, und wenn schon? Außerdem ist die Brandung laut genug, und ich hab Deutsch gesprochen, das verstehen hier sicher sowieso nicht so viele.

Sie musste lachen über ihre albernen kleinen Sorgen und streckte sich wieder lang aus. O ja, die Sonne tat gut, und eigentlich war dieses erwartungsvolle Ziehen im Schoß doch ein schönes Gefühl.

Tessa schloss erneut die Augen und erlaubte ihren Gedanken zu fliegen ...

Ein braun gebrannter schöner Mann am Steuer einer Segeljacht, die lockigen Haare zerzaust vom Wind.

Sie schwebt auf ihn zu, der Mann lässt das Ruder los und breitet seine Arme aus. Da ist sie auch schon bei ihm, presst ihre Lippen auf seinen heißen Mund, sie küssen sich voller Gier. Anschließend wandern seine Lippen über ihren Hals hinunter zu den Brüsten, der knappe Badeanzug, den sie trägt, ist kein Hindernis.

Er kniet vor ihr nieder, streift ihr auch noch den Rest des Einteilers ab. Sie kann den Wind auf ihrer erhitzten Haut spüren, überall, auf den Brüsten, sogar zwischen den leicht gespreizten Schenkeln. Alleine davon könnte sie bereits kommen ...

Tessa räkelte sich wieder genüsslich auf ihrem Badelaken, sie spürte dabei deutlich die Feuchtigkeit zwischen den Beinen und beschloss, den überaus netten Wachtraum noch weiter auszuspinnen.

Plötzlich hörte sie Lärm, der näher kam. Lautes Gelächter und Geschrei, verflixt, warum gerade jetzt?

Sie öffnete unwillkürlich die Augen und blinzelte in der Sonne, dann setzte sie sich seufzend auf.

Was sie sah, waren einige braun gebrannte junge Männergestalten, die in einiger Entfernung ihre Surfbretter auf den Sand warfen und sich bereit machten für den Ritt auf den Wellen.

Sie suchte rasch ihre Sonnenbrille aus der Strandtasche hervor und setzte sie auf.

Ein nettes Schauspiel bot sich ihr hier, der Mann auf der Segeljacht würde ihr nicht davonlaufen ...

Die Surfer warfen sich gerade ins Meer. Kurz darauf flogen sie auf ihren Brettern bereits wieder elegant dem Strand entgegen.

Donnerwetter, diese Jungs beherrschten den Ritt auf den Wellen virtuos! Was für ein Anblick! Besonders der eine, der mit den schmalen Hüften und einem langen, wohlgeformten Oberkörper. Er trug die wilden Locken knapp schulterlang, die Haare waren blond und von der Sonne höchst attraktiv gebleicht.

Er war jung, höchstens Anfang zwanzig. Ein buntes Stirnband hielt die wilde Mähne aus dem Gesicht. Seine Zähne blitzten, wenn er vor Vergnügen lachte beim Wellenreiten.

Er war ein absoluter Meister auf dem Surfbrett, so viel konnte sogar Tessa erkennen, die sich sonst eigentlich nichts aus diesem Sport machte. Sogar tollkühne Sprünge hatte er drauf, und immer landete er zielgenau im richtigen Winkel zum Wellenkamm und tanzte unbeschwert dem Strand entgegen. Es sah so leicht aus, er wirkte regelrecht schwerelos dabei.

Sie brachte die Augen nicht weg von ihm.

Er sah immer wieder mal zu ihr herüber, wenn er einen erneuten tollkühnen Sprung vollführt hatte.

Zuerst wollte sie es gar nicht glauben, aber beim dritten oder vierten Mal wurde ihr klar, dass dies kein Zufall war. Er sonnte sich anscheinend in ihrer Bewunderung, und das durfte er auch.

Sie verspürte Genugtuung, immerhin war er viel jünger und verdammt attraktiv.

Schließlich ließ er sich von einer besonders hohen und weit auslaufenden Welle an den Strand spülen. Und schon kam er mit dem Brett unter dem Arm geradewegs auf Tessa zu.

Hoppla, Süßer, was wird denn das? Was hast du vor ...?

Er stand jetzt vor ihr, grinste auf sie herunter mit diesem hinreißenden Sunnyboy-Lächeln.

Seine Augen waren strahlend blau.

»Möchtest du es mal probieren?« Er sprach Englisch, mit diesem breiten amerikanischen Akzent. »Ich heiße übrigens David, aber meine Freunde rufen mich kurz Dave. Und du?«

»Tessa«, sagte sie und lachte zurück. Seine unbekümmerte Art gefiel ihr, er behandelte sie wie eine Gleichaltrige.

Bloß in ihrem Kopf flüsterte eine Stimme: *Halt, der ist zu jung für dich!* – ihr Bauch allerdings kümmerte sich zum Glück nicht darum. In dem flatterten nämlich bereits die Schmetterlinge … *Wow!* Wie lange hatte sie dieses herrliche Gefühl eigentlich schon nicht mehr gespürt? Es musste Äonen her sein.

Dave deutete jetzt auf das Brett, das er mittlerweile neben sie in den Sand gelegt hatte. Er grinste fragend.

Sie lächelte ihn an und fragte sich, ob er sie für langweilig halten würde, aber natürlich musste sie ablehnen.

»Nein, danke. Nettes Angebot, wirklich, aber es geht leider nicht. Ich bin keine sichere Schwimmerin, und die hohen Wellen hier draußen machen mir Angst, wenn ich ehrlich sein soll.«

Eine Sekunde lang betrachtete er sie ernst, er schien ihren Worten nachzulauschen, ehe er schließlich fragte: »Dein Akzent klingt hübsch. Kommst du aus Europa?«

»Ja, aus Deutschland.«

Seine Augen strahlten noch einen Tick blauer, als er sagte: »Ich war schon mal in München, letztes Jahr. Tolle City, es war gerade Oktoberfest, das Bier, die Stimmung, einfach alles, ich fand es echt klasse!«

Sie war angenehm überrascht und lachte hell, außerdem fuhr sie sich mit einer Hand durch die Haare, alles passierte wie ferngesteuert, ehe sie sich hätte stoppen können. Im nächsten Augenblick wurde ihr auch bewusst, was das alles zu bedeuten hatte – sie flirtete heftig mit ihm.

»Ich lebe in München«, verriet sie jetzt die halbe Wahrheit. Immerhin lebte sie nicht allein, aber München war so weit weg von Hawaii, und Bernard war noch weiter weg – in Thailand.

»Wirklich?« Er warf sich neben sie in den Sand, der wie feiner heller Puder auf seinem nassen Körper haften blieb.

»Hast du vielleicht Lust, mit mir zu einem anderen Strand zu fahren? Dort sind die Wellen nicht so hoch wie an diesem hier. Das ist zum Üben für Anfänger genau richtig. Man kann da auch gut schwimmen an einigen Stellen, das Wasser ist echt toll. Du wirst dich wie ein Fischlein fühlen.«

Die freudige Überraschung schickte weitere Schmetterlinge in ihrem Bauch auf die Reise. Trotzdem zögerte sie, immerhin kannte sie den Jungen nicht, und außerdem war sie eine verheiratete Frau.

»Los, sag schon ja, Tessa!« Er lächelte sie an, in seinen Augen eine geradezu rührende Bitte, keine Forderung, und genau das machte ihn noch einen Tick sympathischer und gab den Ausschlag.

»Aber was werden deine Freunde sagen?«

»Nichts.« Dave machte eine vage Handbewegung in Richtung der anderen Jungs. »Die werden einfach wei-

ter surfen. Komm, mein Wagen steht oben an der Straße.«

Er reichte ihr eine Hand, sie nahm sie, und er zog sie
hoch vom Badelaken.

Tessa raffte das Strandtuch und die Strandtasche zusammen und folgte ihm. Als sie in seinem Suzuki-Jeep
saßen, fragte sie vorsichtig: »Wie alt bist du eigentlich,
Dave?«

»Ist das wichtig?« Er blinzelte sie von der Seite her
an und startete den Motor. »Wie du siehst, jedenfalls alt
genug zum Autofahren.«

Beinahe hätte sie gerufen: *Aber in Amerika könnt ihr
das ja schon mit sechzehn, spätestens siebzehn tun* –
hielt sich aber gerade noch rechtzeitig zurück, denn so
jung war er sicher nicht, er hätte es als Beleidigung auf-
fassen können, in seinem Alter waren junge Menschen
empfindlich, und außerdem würde er dann sicher denken: *O Gott, was für eine alte Schnepfe hab ich mir da
bloß aufgegabelt!* – und genau dies wollte sie vermeiden, sie fühlte sich jung und sexy und begehrenswert,
sie las es in seinen Augen, und sie wollte jetzt gerne etwas Unvernünftiges tun.

»Nicht wirklich, ich wüsste es bloß gerne«, sie lachte ihn an, schelmisch flirtend – »schließlich vertraue ich
dir mein Leben an im Moment, oder nicht?«

»Ah, du möchtest wissen, wie lange ich den Führer-
schein schon habe?« Er grinste wie ein Lausbub, setzte
den Blinker und warf einen Blick in den Rückspiegel,
ehe er den Jeep auf die Fahrbahn lenkte.

»So ungefähr, ja.«

»Rate!«, neckte er sie.

»Einundzwanzig«, sagte sie aufs Geratewohl.

Er gab Gas. »Erraten!« Er verzog keine Miene während dieses knappen Kommentars, also glaubte sie ihm. Gerne sogar.

Ein dreißigjähriger Mann würde sich unter Garantie keine Gedanken machen, mit einem neun Jahre jüngeren Mädchen zu flirten. Warum also sollte ich jetzt Skrupel zeigen?

»Bingo!«, rief sie. Er sah zu ihr herüber und direkt in ihre Augen. Da mussten sie beide lachen.

Das Meer war in dieser Bucht wunderbar klar und schimmerte stellenweise kräftig türkisfarben, Tessa konnte beim Schwimmen bis auf den Grund sehen, was sie wiederum – wie stets – beruhigend fand.

Dave tauchte gerade unter ihr durch und kam dann direkt vor ihr hoch. Sie ahnte, dass er dies mit Absicht tat, und wehrte sich nicht, als er jetzt seine salzigen feuchten Lippen auf ihren Mund presste.

Unter Wasser umschlangen seine Arme gleichzeitig ihren Körper, und dann klebten sie auch schon regelrecht aneinander. Tessa konnte seine Erregung spüren, was wiederum umgehend in ihr die Begierde wachrief.

Sie begannen sich so wild im Wasser zu küssen, dass sie beide gemeinsam unter die Oberfläche gerieten. Tessa strampelte verzweifelt, denn unter Wasser neigte sie zur Panik, außerdem brannte das Meerwasser höllisch in ihren Augen und in der Nase, München lag nun mal nicht an der Adria, als Voralpenländlerin war sie nicht daran gewöhnt, es den Fischen gleichzutun.

Dave reagierte sofort und umsichtig, er hob sie an den Hüften leicht hoch, damit sie wieder Luft bekam, und dirigierte sie dann beide mittels einiger kräftiger Schwimmzüge in seichteres Wasser.

Im Stehen klammerten sie sich erneut aneinander, ihre Lippen fanden sich sofort, und wieder begann diese verrückte Knutscherei.

Unter der Wasseroberfläche gingen Daves Hände auf Schatzsuche, er streichelte über ihren Venushügel und ließ Tessa alleine dadurch erzittern.

Sie spürte, wie eine große Zärtlichkeit sie überflutete. Dieser junge Mann begehrte sie so sehr, er ließ es sie vollkommen spüren, dabei ging er zugleich vorsichtig zu Werke, als wäre sie aus kostbarem Porzellan. Es war so gar nichts Rüdes oder Grobes an ihm, und natürlich wollte er auch nichts falsch machen, das merkte sie deutlich.

Ob er noch unerfahren ist? Mit einundzwanzig? Wohl kaum möglich, zumal heutzutage!

Plötzlich tauchte am Strand in einiger Entfernung ein Grüppchen von Leuten auf, die offensichtlich vorhatten, hier ein Picknick zu veranstalten.

Decken wurden ausgebreitet, Klappstühle aufgestellt, und ein Sonnenschirm, Kühlboxen kamen zum Vorschein, einige Kinder balgten sich unterdessen um irgendwelches Spielzeug.

»Verdammt«, raunte Dave heiser an Tessas Ohr, »lass uns von hier verschwinden, ich weiß noch einen anderen Platz, sogar besser als dieser hier.«

Sie trockneten sich rasch ab, schlüpften in die Jeans und rannten Hand in Hand zum Jeep. Dann fuhren sie ein Stück weiter, bis sie einen anderen Strand erreichten.

»Überraschung!«, flüsterte Dave, als Tessa aus dem

Wagen gesprungen war, und nahm sofort ihre Hand. Er führte sie einige hundert Meter weit bis zu einer großen Sanddüne, sie umkreisten diese halbmondförmig. Plötzlich tat sich dahinter der Eingang zu einer weiten Höhle auf.

Sie gingen hinein – und da lag er vor ihnen: ein kleiner Süßwassersee, der in verschiedenen Grüntönen zu ihnen aufblinkte.

Tessa war augenblicklich tief ergriffen. Sie hatte ja gewusst, mit welchen Naturschönheiten die Inseln des Hawaii-Archipels aufwarten konnten, allerdings war es etwas anderes, dies mit eigenen Augen und den eigenen Sinnen zu erfahren.

Dies hier war fantastisch, überwältigend romantisch, nie zuvor im Leben war sie an einem schöneren Ort gewesen. Und schon gar nicht, um Sex zu haben.

Sie lächelte Dave an und sprach einfach aus, was ihr auf der Zunge lag: »Danke!«

Er sah ihr tief in die Augen, sein Blick dabei so frisch und unverdorben, dass sie sich unweigerlich noch einmal kurz fragte, ob sie hier das Richtige tat, keinesfalls wollte sie ihn verletzen, auch selbst nicht verletzt werden, und vielleicht aber würde dennoch beides geschehen.

Da änderte sich der Ausdruck in seinen Augen, sexuelles Interesse konnte sie herauslesen, männliches Verlangen, das jetzt kein Zögern mehr akzeptierte – womit auch ihre letzten Zweifel schwanden.

Dave zog sie näher zum See. Der Boden fühlte sich hier weich und sandig an.

Sie sahen einander noch einmal einen kurzen Moment lang an, dann schlüpften sie beide wie auf ein gemeinsames Kommando aus den Jeans und auch gleich aus den Badesachen.

Sie las die Bewunderung in seinen Augen, als sie nun nackt vor ihm stand und er sie eingehend betrachtete.

Er selbst war allerdings auch eine Augenweide, ein junger griechischer Gott, wie aus Marmor gemeißelt.

Breite Schultern, Waschbrettbauch, kräftige Schenkel, alles von schimmernder bronzefarbener Haut umhüllt.

Er ist so sichtlich ein Mann, ich brauche mir keine Sorgen zu machen. Ich könnte ihn jetzt nur noch verletzen, indem ich mich ihm verweigere ...

Daves Erektion nahm immer stattlichere Ausmaße an, obwohl er Tessa noch gar nicht berührt, sondern nur mit den Augen verschlungen hatte. Sie nahm diese Tatsache als wundervolles Kompliment.

Hand in Hand wateten sie hinein in den See, der nicht tief war, eigentlich handelte es sich eher um einen größeren Teich.

Im Wasser drängte Dave, wie zuvor schon im Meer, seinen Körper an ihren, sie spürte, wie er plötzlich zitterte vor Begehren, und ihre eigene Muschi begann zu schwimmen.

Sie wollte kein weiteres Vorspiel mehr, wollte zur Sache kommen, sofort.

Sie griff nach seinem Schwanz und brachte ihn auf den richtigen Weg. Dave stöhnte unterdrückt, seine Nasenflügel bebten, sein Atem ging schwer. Aus den Hüften heraus wagte er den ersten Stoß, aber noch erlaubte sie ihm nicht, sie aufzuspalten, vielmehr rieb sie jetzt mit der Hand seine Erektion, schob dabei die Vorhaut hin und her, liebkoste mit der Fingerspitze die pralle Eichel, und das immer wieder, bis sie merkte, dass er kurz davor war, gleich abzudrücken.

Sie drängte ihm ihr Becken entgegen und öffnete die Schenkel weit, um es ihm leicht zu machen.

Er stieß zu und war sofort ganz in ihr.

Und dann passierte etwas, wovon sie immer geglaubt hatte, es handelte sich um erotische Ammenmärchen, die vielleicht in Romanen oder Filmen passieren mochten, niemals aber in der Realität: Sie kamen beide gleichzeitig, heftig und lustvoll, und das innerhalb von wenigen Sekunden.

Tessa seufzte leise und musste dann lächeln, die Freude über dieses Erlebnis ließ nichts anderes zu, aber im nächsten Moment bemerkte sie Daves Verwirrung, ja Verlegenheit.

»War ich zu schnell?«, fragte er und wirkte sichtlich besorgt.

»Du warst einfach wunderbar! Und wir haben Zeit heute, oder nicht?« Während er nickte und die Verlegenheit langsam aus seinem Gesicht verschwand, streichelte sie seine Wangen und küsste ihn sanft auf die Lippen, wobei sie dieses Mal ihre Zunge zärtlich in seine Mundhöhle schob und ihn lange und ausgiebig küsste.

Die Jugend verlieh ihm Ausdauer. Sie liebten sich an diesem Nachmittag noch einige Male. In der Höhle, auf dem weichen Boden. Und später auch draußen, am menschenleeren Strand, und schließlich noch einmal im Meer.

Dave war ein gelehriger Schüler. Nachdem er einmal gemerkt hatte, dass er von ihr lernen konnte, wenn er sie nur machen ließ, überließ er sich gerne und bereitwillig Tessas Künsten.

Sie glitten mühelos in die verschiedensten Stellungen hinein und wieder heraus, zwischendurch neckte sie ihn einmal: »Wir turnen hier ein ganzes Sex-Handbuch durch, weißt du das?«

»Ich könnte dich aufessen!«, erwiderte er daraufhin völlig ernst. »Und weißt du was? Dein Geruch nach dem Sex, wenn ich gerade in dir gekommen bin, törnt mich total an.«

Gleich darauf war er wieder über ihr, schnupperte, leckte und knabberte, sie fühlte sich vollkommen gewollt und begehrt und sogar geliebt, so musste es sich auf der berühmten Wolke sieben anfühlen, mehr Wonne ging nicht.

Nach jeder kleinen Pause wuchs sein schöner Schwanz in ihrer Hand willig erneut zu einem prächtigen Ständer heran.

Wenn er in sie eindrang, zog sie ihre Rosette mit beiden Händen noch weiter auseinander, so weit es eben ging. Nur damit er noch tiefer und härter in sie stoßen konnte, was er auch mit Vergnügen tat.

Sie brachte ihm auch bei, dass der Genuss in der Slow-Sex-Variante meist höher war als beim Quickie, der eigentlich nur beim allerersten Mal so sensationell sein konnte wie der vorhin im See erlebte. Später würde es nie mehr ganz dasselbe sein, das *erste Mal* war unwiederholbar, darin lag sein Mythos. Fremdheit und eine ungeheure, von Neugier zusätzlich angefachte Geilheit gehörten untrennbar dazu. Es war eigentlich nur logisch, dass *Wiederholung* in diesem Spiel nichts bringen konnte. Wenigstens nicht mit demselben Partner.

Dave begriff im Handumdrehen die Spielregeln ...

Er fand auch von ganz alleine heraus, dass er sich einfach nur ab und zu still in Tessa zu verhalten brauchte, damit sie in Stimmung kam und ihre Muskeln da drinnen einsetzte. Sie verpasste seinem Schwanz damit eine Sexgymnastik – eine derart lustvolle Massage nämlich, er fühlte sich gemolken, was dazu führte, dass er urplötzlich und heftig kam, ohne sich selbst bewegt zu haben. Er brauchte ihr bloß seinen Schaft hinzuhalten, und schon ging die Post ab. Ihr Stöhnen machte ihm deutlich, wie sehr sie es genoss, auf diese Weise den Akt zu dirigieren.

Er hätte stundenlang so in ihrem nassen Loch stecken können. Dabei saugte er an ihren harten Brustknospen, mal sanfter, dann wieder stärker, bis sich ihre Augen alleine davon verschleierten und die Muskelrhythmen ihrer Pussy ihn heftiger und heftiger molken. Mittlerweile wusste er, sie stand jetzt kurz vor dem Orgasmus.

Zärtlichkeit und Geilheit paarten sich in diesen Minuten, und er mochte genau das.

Wenn sie dann unter oder auf ihm plötzlich abging, dann konnte er ganz genau die starken Wellen spüren, die an seinem Schwanz leckten, als wäre da drinnen tief in ihr ein unterirdischer Strudel verborgen.

Himmel, er hatte eine ganze Menge gelernt heute Nachmittag. Dabei hatte der Tag wie immer begonnen ...

Am Ende der Woche brachte Dave sie im Jeep zum Flughafen. Zum Abschied legte er ihr einen hawaiianischen Blütenkranz, *Lei* genannt, um den Hals. Geformt aus frischen Orchideen.

Sie wussten beide, es war vorüber. Das Leben ging weiter, für sie beide allerdings in verschiedenen Richtungen.

Später, während des Fluges nach San Francisco, fand Tessa in ihrer Handtasche seinen Brief.

Tessa, Du hast mir an meinem achtzehnten Geburtstag das schönste Geschenk meines bisherigen Lebens gemacht.

Erinnerst Du Dich an das erste Mal in der Höhle mit dem See?

Es war das erste richtige Mal für mich überhaupt!

Ich werde Dich nie, nie im Leben vergessen.

Aloha, Sweetie.

LADY MIT JAGUAR

Ihr Name ist Dorothea. Sie ist ebenso schön und intelligent wie gefährlich. Falls Sie ein Mann und obendrein Motorradfahrer sein sollten, nehmen Sie sich diese Warnung am besten zu Herzen. Vielleicht begegnen Sie ihr ja gerade heute irgendwo auf der Autobahn ...

Es war Montag und früher Nachmittag, daher weniger Verkehr auf der Autobahn. Das Gros der Mitmenschen schuftete jetzt in irgendwelchen Büros, wo man zwar an Sex denken konnte, aber eher weniger Gelegenheit hatte, das Vergnügen auch live zu erleben, zumindest noch nicht um diese Uhrzeit am helllichten Tag.

Dorothea musste schmunzeln wegen ihrer schmutzigen Einfälle, die sich jetzt prompt einstellten und wie ein Film vor ihrem inneren Auge abliefen.

Ein rascher Quickie im Aufzug zwischen zwei Büroetagen ...

Ein nackter Frauenpo, der sich über einen Kopierer neigt, während von hinten ein zuckender Schwanz mit leuchtend roter Haube sich nähert ...

Eine verstohlene Männerhand in einer weit offenen Sekretärinnenbluse. Tatort Teeküche.

Sie trat kräftig aufs Gaspedal und warf einen Blick in

den Rückspiegel. Anschließend scherte sie auf die linke Fahrspur aus und rauschte an dem Motorradfahrer vorbei. Der silbergraue Jaguar schnurrte wie ein verliebtes Kätzchen, während Dorothea stillvergnügt vor sich hin zu summen begann.

Heute war wieder so ein Tag, sie war sich in diesem Augenblick vollkommen sicher.

Sie hatte es eigentlich bereits am Morgen gewusst, beim Aufstehen. Auf ihre Eingebungen konnte sie sich stets verlassen, es war so eine Art innere Stimme, die zu ihr sprach, so deutlich, als befände sich eine andere Person mit im Raum: »*Dorothea-Schätzchen! Falls es dich juckt im Döschen, dann unternimm doch heute einen kleinen Ausflug. Bei dem herrlichen Wetter lassen die Jungs gerne ihre Hirsche röhren. Und du hattest genug Vierzehnstundentage in letzter Zeit in der Firma. Waidmannsheil, Süße!*«

So oder so ähnlich sprach die Stimme auch heute Morgen zu ihr …

Aus den Augenwinkeln heraus beobachtete Dorothea, dass der Motorradfahrer auf seiner schweren Maschine den Kopf jetzt in ihre Richtung gedreht hatte. Sie war ihm also aufgefallen oder vielmehr der silberne Jaguar. Gut so.

Durch das Visier seines Helms sah sie für Sekunden ein Paar strahlend blaue Augen, die sie anstarrten. Und deren Pupillen sich plötzlich verdunkelten. *Weiter so, Schätzchen!*

Das Überholmanöver war vorüber, Dorothea zog den Jaguar scharf wieder nach rechts und bremste dann auch noch leicht ab. Das beherrschte sie meisterhaft, sie schnitt den anderen Verkehrsteilnehmer nicht direkt, brachte ihn aber doch dazu, die Geschwindigkeit zu drosseln.

Nun war es das Motorrad, das seinerseits den Jaguar zu überholen versuchte.

Sie trat wieder aufs Gaspedal, wohl dosiert, versteht sich.

Motorrad und Jaguar lagen nun auf gleicher Höhe. Blicke flogen hin und her.

Von hinten nahte ein schwerer Mercedes, dessen Fahrer sofort die Lichthupe betätigte.

Dorothea ließ den Jaguar zurückfallen, Motorrad und Mercedes rauschten vorbei.

Wieder gab sie Gas, gerade so viel, dass der Motorradfahrer vor ihr war und sich kein anderer Wagen dazwischenschieben konnte.

Zufrieden betrachtete sie sein vielversprechendes Hinterteil in dem eng anliegenden schwarzen Lederanzug.

Ein Weilchen fuhren sie so dahin. Sie merkte genau, wie er sie im Seitenspiegel immer wieder beobachtete. Vermutlich fragte er sich gerade zum x-ten Male, ob er träumte, verrückt war – oder aber diese heiße Mieze in dem Luxusschlitten ihm tatsächlich nachstellte.

Süßer, pass auf, wir sind bald da! Wenn du eine Antwort auf deine Frage möchtest, bekommst du gleich eine einmalige Chance geboten …

Nach weiteren zehn Kilometern erschien das Schild mit dem Tankstellenzeichen.

Dorothea überholte ihn wieder. Sofort anschließend setzte sie den Blinker, sie wollte ihm genug Zeit geben, richtig zu reagieren.

Er blinkte ebenfalls. *Bravo, Süßer!*

Der Jaguar rollte sanft in die Abfahrt hinein, das Motorrad folgte.

An der strategisch günstigsten Zapfsäulenreihe – sie besaß inzwischen genug praktische Erfahrung auch in dem Punkt! – hielt Dorothea an, sie winkte dem freundlichen Tankwart zu, der sie mittlerweile vom Sehen her kannte.

Das Motorrad hielt auf der anderen Seite der Zapfsäulenreihe. Der Fahrer nahm den Helm ab, ein blonder Lockenkopf kam zum Vorschein.

Das Gesicht war gebräunt, eine vorwitzige Locke fiel ihm verwegen in die Stirn. Er mochte vielleicht fünfundzwanzig sein.

Er starrte zu ihr herüber. Seine Augen glänzten, während er sich mit der Zunge rasch über die trockenen Lippen leckte.

Sie wusste, dass er dies unbewusst tat, es war ein natürlicher Reflex. Er hatte natürlich längst angebissen.

Dorothea öffnete nun die Fahrertür und schwang ihren Körper elegant herum. Der weiche Nappa-Mini rutschte noch ein Stückchen höher und gab ihre halterlos seidenbestrumpften Beine in ihrer ganzen atemberaubenden Länge preis.

Mittlerweile war auch der Tankwart herbeigeeilt und hielt ihr die Tür auf. Dorothea schenkte ihm zum Dank ein strahlendes Lächeln, registrierte aber gleichzeitig auch den Blick, mit dem der Lockenkopf ihre Beine verschlang.

»Heute nur Scheiben waschen, bitte! Ach ja, und die Luft in den Reifen müsste wohl auch mal wieder kontrolliert werden, fällt mir gerade ein.«

»Wird sofort gemacht, gnädige Frau! Kein Problem.«

Dorothea dankte ihm mit einem Lächeln und bückte sich dann noch einmal in den Jaguar hinein, wo sie nach ihrer Handtasche angelte. Ihr Po ragte jetzt aufreizend aus dem Wagen und in die Luft. Sie wusste um die Wirkung.

Es war alles eingeübt, jede Bewegung saß, der leichte Hüftschwung ebenso wie das *zufällige* Hochrutschen des Lederminis, bis das schwarze Seidenhöschen darunter aufblitzte, nebst dem Spitzenrand der halterlos sitzenden Seidenstrümpfe.

Als sie sich wieder aufrichtete, sich umdrehte und die Wagentür zuwarf, blickte sie direkt in das blaue Augenpaar, das sie eindringlich musterte.

Sie erwiderte den Blick mit einem leichten, etwas spöttischen Lächeln.

Er lächelte nicht zurück, sah sie nur unverwandt an.

An dieser Stelle verspürte sie Genugtuung, er hing so sehr an der Angel – dieser Fisch zappelte nicht einmal mehr.

Die Feuchtigkeit zwischen ihren Schenkeln machte sich jetzt auch bemerkbar. Ihr Körper wusste es ebenfalls und reagierte wunschgemäß und spontan. Heute war ein guter Tag, das Gefühl am Morgen war goldrichtig gewesen.

Mittlerweile bearbeitete der nette Tankwart diensteifrig die Windschutzscheibe des Jaguars. Er konnte ja auch sicher sein, dass Dorothea wie immer mit dem Trinkgeld nicht geizen würde.

»Sie können gern selbst tanken, wenn Sie wollen!«, rief der Mann im nächsten Moment – hörbar ungeduldig – dem Motorradfahrer zu, der noch immer reglos neben seiner schweren Maschine stand, den Helm unter dem Arm, und Dorothea anstarrte wie eine Erscheinung.

Wenig später glänzten die Autoscheiben in der Sonne, der Luftdruck der Reifen war überprüft. Sie drückte dem hilfsbereiten Mann von der Tankstelle einen Schein in die Hand und stieg wieder in den Jaguar.

Sie registrierte die aufkeimende Panik in den blauen Augen des Lockenkopfs, der zwar mit Tanken fertig war, aber noch bezahlen musste.

Natürlich fürchtete er, sie würde ihm in der Zwischenzeit davonfahren.

Keine Angst, Süßer, du entgehst mir nicht ...

Sie lenkte den Jaguar im Schritttempo hinüber in eine der Parkbuchten, die sich wiederum direkt neben dem Häuschen mit den Toiletten befanden.

Sie stieg aus, schloss den Wagen ab und schlenderte zum Damenklo hinüber.

Schon konnte sie es hören, das Geräusch der Maschine in ihrem Rücken. Sie schmunzelte zufrieden.

Das Motorrad kam an, hielt direkt neben dem Jaguar.

Dorothea schlüpfte in das Häuschen, ohne sich umzusehen, ließ die Tür allerdings einen winzigen Spalt breit offen. Gerade genug, damit sie ihn beobachten konnte.

Er trug seinen Helm noch unter dem Arm, für das kurze Stück hier herüber brauchte er ihn nicht.

Sie sah, wie er bewundernd einmal um den Jaguar herumstrich und einen langen Blick ins Innere warf.

Netter Schlitten, was, Süßer? Und die mokkabraunen

Ledersitze sind nicht nur todschick, sondern auch noch höllisch bequem ...

Endlich gab er sich einen Ruck und riss sich von dem Wagen los. Rasch verschwand er hinter der Tür mit der Aufschrift »Herren«.

Dorothea puderte kurz das Näschen und leckte sich die Lippen, bis sie feucht glänzten. Gut so!

Er war jetzt sicher gerade am Pinkeln und konnte sie also nicht überraschen. Anschließend musste er sein bestes Stück wieder verpacken und sich die Hände waschen.

Diese Zeitspanne sollte und würde genügen, damit sie ausführen konnte, was sie die ganze Zeit über schon im Sinn gehabt hatte.

Sie huschte rasch ins Freie.

So, das war's!

Sie wurde tatsächlich immer schneller, sprich: besser.

Nun, schließlich verstand sie ja auch etwas davon, nicht umsonst hatte sie ihrem Vater, der eine Auto- und Motorradwerkstatt besaß, jahrelang auf die Finger geguckt und oft genug auch bei der Arbeit geholfen.

Das war natürlich noch vor ihrem Studium gewesen. Jetzt führte ihr Bruder die Werkstatt, und Dorothea leitete ihre eigene Computerfirma. Wo sie ihre technische Begabung ebenso gut, aber deutlich gewinnbringender einsetzte. Und ohne sich dabei Schmutzränder unter den Nägeln zu holen.

Der Motorradfahrer kam in dem Moment aus dem Häuschen heraus, in dem Dorothea den Jaguar gestartet hatte und gerade rückwärts aus der Parkbucht rangierte.

Sie konnte die Enttäuschung in seinen Augen lesen, also lächelte sie ihm zu und winkte obendrein. Dann aber gab sie endgültig Gas.

Ganz so leicht wird es dir nicht gemacht, Süßer!

Minuten später hatte er sie eingeholt.

Sie ließ ihn vorbeiziehen, er schwenkte kurz vor dem Jaguar nach rechts und fuhr in provozierend gemäßigtem Tempo vor ihr her.

Falls er erwartete, sie würde das Spiel erneut aufnehmen und ihrerseits zum Überholen ansetzen, musste er jetzt enttäuscht sein. Sie hatte nämlich keine Eile mehr!

Er würde ihr nicht entgehen, so viel war sicher.

Dorothea lachte leise in sich hinein. *Wenn ihr Vater sie jetzt so sehen könnte! Wenn er wüsste, was seine Tochter inzwischen so trieb mit dem technischen Wissen, das er ihr selbst beigebracht hatte.*

Dorothea bedauerte, dass der Alte schon tot war. Sie hätte ihm zu gerne alles heimgezahlt, seine Macho-Allüren, die er vor allem an seiner bedauernswerten Frau, Dorotheas Mutter, ausgelassen hatte.

Seine ewigen Weibergeschichten.

Aber das Töchterlein sollte natürlich am liebsten eine Heilige werden. Wie stolz der Alte gewesen war, als sie ihr Studium mit dem Doktortitel abgeschlossen hatte.

Drei Tage hatte er gesoffen, die halbe Nachbarschaft feierte damals auf seine Kosten freudig mit. Das Geld zog er dann später der Mutter vom ohnehin schon mageren Haushaltsgeld einfach ab.

Dorothea erfuhr von der Geschichte erst hinterher und regte sich mächtig auf.

Im Grunde genommen waren diese Erlebnisse mit

dem Alten ja auch der Grund dafür, dass Dorothea heutzutage solche Spielchen in ihrem Privatleben trieb.

Nie hätte sie sich einem Mann dermaßen unterordnen können! Ihr Misstrauen gegen so genannte Beziehungskisten saß tief. Sie ließ lieber die Finger vom Modell »romantische Liebe mit anschließender Zweierkiste«.

Lieber nahm sie sich, was sie brauchte, auf der Straße.

Keine Adresse, keine Telefonnummer.

Kein zweites Mal.

Keine Liebesschwüre, die sowieso nie hielten, was sie versprachen.

Der Jaguar war auf die Firma zugelassen, so gab es keine privaten Komplikationen. So liebte es Dorothea.

Sie war jetzt gedanklich wieder in der Gegenwart angekommen. Das war vergnüglicher, spürte sie doch jetzt deutlich, wie ihr ganzer Körper sich bereits freute.

Sie fühlte die leichte Seide ihrer Bluse auf ihren Brüsten, die Nippel waren hart und spannten.

Der Motorradfahrer schien plötzliche Probleme mit seiner Maschine zu haben, das bemerkte sie als Nächstes. Sie drosselte das Tempo des Jaguars und lächelte zufrieden in sich hinein.

Der Rastplatz kam wie gerufen. Er setzte den Blinker, das schwere Motorrad ruckte bereits und stotterte, als er in die Abfahrt einschwenkte.

Dorothea folgte ihm.

Als sie neben ihm hielt, hatte er den Helm abgenommen und wirkte sichtlich ratlos. Sein hübsches Gesicht hellte sich auf, als er den Jaguar bemerkte.

Sie ließ das Seitenfenster ein Stück weiter herunter-
gleiten. »Kann ich helfen?«

»Irgendwas ist los mit meiner Kiste, aber leider ist
mir schleierhaft, was!« Er lächelte sie so offen an, Dorothea musste nun doch schlucken.

»Steig ein«, sagte sie heiser, »kein Grund, sich aufzuregen. Ich kenne eine Werkstatt in der Nähe, die machen auch Pannendienst hier in der Umgebung. Auto-
telefon habe ich ebenfalls, und die Rufnummer ist ein-
gespeichert. Du kannst die Leute anrufen, wenn du
willst.«

Als er neben ihr auf dem Beifahrersitz saß, bemerkte sie die deutliche Ausbuchtung in seiner engen Leder-
hose.

»Er freut sich offensichtlich, mich zu sehen!«, sagte
sie leise und strich dabei mit einer Hand wie zufällig
über die Beule.

Der Junge stöhnte unterdrückt auf und hielt ihre
Hand fest. Dann presste er plötzlich heftig seine Lippen auf ihren Mund.

Dorothea tastete nach dem Knopf, der die Sitzlehnen
automatisch und sanft nach hinten wegsinken ließ.

Eine kräftige Männerhand wanderte unterdessen
bereits an ihrem Oberschenkel hoch und verschwand
unter dem Minirock. Sie öffnete die Beine zu einem
V – ein frecher Finger schob sich voran und weiter
nach oben, fand das feuchte geschwollene Lippenpaar,
schob sich dazwischen und drang bis zur Pforte dahinter vor.

Das fühlte sich gut an, und Dorothea stöhnte auch
ein bisschen dazu, um ihn zu animieren.

Er küsste sie währenddessen immer weiter. Mit fordernden heißen Lippen und einer harten Zunge, die tief in ihren Mund vorgedrungen war. Auch dies fühlte sich gut an. Der Junge war gut, das spürte sie bereits jetzt. Jung, aber keineswegs unerfahren. Mit einem harten, gestählten Körper und einem ebensolchen Hammer, falls die Beule zwischen seinen kräftigen Schenkeln hielt, was sie versprach. Aber davon konnte man wohl ausgehen.

Sie fuhr mit beiden Händen hoch in seine blonden Locken und zerwühlte sie, schob dann aber seinen Kopf von ihrem Gesicht weg, hinunter, bis dorthin, wo sie ihn haben wollte.

Er verstand den Wink und ließ sich willig leiten. Mit einem Ruck zog er ihr den Slip herunter.

Zum Glück war der Jaguar innen so geräumig ...

Als seine Zunge jetzt zwischen das untere Lippenpaar drang und in die andere feuchtheiße Höhle vorstieß, entfuhr Dorothea ein überraschter Lustschrei.

Der Junge war wirklich überraschend gut, dieses Mal schien sie einen besonders lohnenden Griff getan zu haben.

Rasch nestelte sie das Päckchen mit den Kondomen aus ihrem Spitzen-BH.

Sie war immer vorbereitet. Sicher war sicher und auf Männer bekanntermaßen kein Verlass. Sie taugten eigentlich nur zu einem! Und der hier im Moment taugte sogar ein bisschen mehr dazu, jedenfalls fühlte es sich gerade so an.

Die Zunge in ihr begann jetzt zu kreiseln, dann zog sie sich zurück und leckte stattdessen die Klitoris, ehe sie wieder in das feuchte Loch vorstieß, vor- und zurückschnellte, die Lippen leckte und wieder eindrang, alles in lustvollem Wechsel und genau richtigem Rhythmus.

Dorothea begann sich zu winden, sie wurde von Lustgefühlen überwältigt, die sie tatsächlich mit sich fortzureißen drohten. Dabei wollte sie doch jetzt noch nicht kommen, sie liebte die süße Pein vor dem Höhepunkt, die Verzögerung auf dem Weg zum Gipfel.

Wieder fuhr die Zunge raus und rein, leckte um die Klitoris herum, stieß erneut hinein ins Allerheiligste – bis Dorothea sich aufzulösen begann und Sternchen hinter ihren geschlossenen Augenlidern flimmerten.

Als er jetzt aufhörte und an sich herumzunesteln begann, riss sie die Augen weit auf.

Warum braucht er nur so lange damit, zum Teufel?

Der Saft strömte bereits ihre Beine hinab, durchnässte die seidigen Strümpfe, ihre Pussy pochte und tobte. Sie wollte jetzt endlich von einem harten Schwanz gierig aufgespießt, von einer scharfen Lanze durchbohrt werden.

Seine Ledermontur besaß keinen Reißverschluss, sondern Knöpfe! Deshalb die Nestelei. Sie griff hinunter und half ihm auf die Sprünge.

Praktischerweise trug er wenigstens keine Unterwäsche. Der steife Bengel sprang ihr regelrecht ins Händchen, als der Hosenlatz endlich aufklaffte.

Prall war der Stab, lang und dick noch dazu. Und kerzengerade wie eine Eins. Geradezu perfekt! Dieser freche Lümmel war tatsächlich die heutige Sünde des blauen Montags in jeder Hinsicht wert.

Geschickt streifte sie ihm den Gummi über, darin besaß sie mehr Übung als mancher Mann. Sie verstand es, den Kerlen selbst dabei noch einzuheizen. Immerhin konnte Kondomüberziehen durchaus lustvoll und noch dazu hocherotisch ablaufen, wenn man es nur verstand, den Vorgang geschickt genug ins Liebesspiel zu integrieren.

Der Junge stöhnte auch tatsächlich laut, als sie den Gummi jetzt langsam an seinem Stab nach unten abrollte, wobei sie seinen zuckenden Schwanz immer wieder leicht zwischen zwei Finger drückte und massierte. Unter dieser Behandlung wurde er womöglich sogar noch härter und dicker.

Sie nahm ihn oben ein Stück weit in den Mund, presste dabei die Lippen zusammen, während sie ihn fertig in hauchdünnes Latex verpackte.

Der Besitzer des Prachtstücks stöhnte immer lauter und protestierte schließlich: »Hör auf damit, du liebe Zeit, ich drücke ja gleich ab ...«

Dorothea legte sich zurück auf den breiten Ledersitz, die Beine weit gegrätscht, und zog ihn über sich.

Sie konnten beide nicht mehr warten und wussten es.

In einem einzigen harten Stoß trieb er ihn tief hinein. Und zog ihn gleich darauf wieder heraus.

»Bleib, um Himmels willen!«, schrie sie.

Das Harte, Große drang sofort wieder in ihr glühendes nasses Fleisch, wurde erneut zurückgezogen, drang wieder ein, dieses Mal bis zum Anschlag.

Dorothea glaubte, jeden Moment in der Mitte auseinandergerissen zu werden, so hart und dick war er, und so tief steckte er jetzt in ihr.

Die Lust war unglaublich und überwältigte sie einfach. Lautes Stöhnen erfüllte das Wageninnere – ihr eigenes, wie sie bemerkte.

Immer wilder stieß er in sie, sie vergaß unter dem Ansturm beinahe zu atmen.

Als Nächstes hörte sie sich gellend schreien, während er sie unbarmherzig und mit wilder Gier vögelte. Sie stieß ihm ihr Becken entgegen, wollte immer noch mehr, wollte es sogar noch härter und wilder – und er gab es ihr. Er schien unermüdlich zu sein, stark wie eine Dampfwalze, aufgegeilt durch das Vorspiel auf der Autobahn.

Sie spürte, wie ihre Oberschenkel zu zittern begannen vor Lust, eine unglaubliche Hitzewelle wälzte sich von den Beinen aus hinauf und durch ihr Becken und von dort weiter voran.

Als selbst ihre Wangen und ihr ganzes Gesicht zu glühen begannen, kam Dorothea so gewaltig, dass ihr der Schweiß am ganzen Körper ausbrach. Ihre seit Tagen angestaute Lust brach sich Bahn, und sie schrie die Anspannung aus sich heraus. Was für eine Wohltat!

Im nächsten Augenblick brach auch der Mann mit einem Aufschrei über ihr zusammen. Sein Schwanz zuckte heftig in ihr, Dorothea konnte die Spasmen tief in sich spüren.

»Himmel«, sagte sie ein Weilchen später, »du warst großartig. Also wirklich.«

Er grunzte und lachte dann los. »Du hast mich schon auf der Autobahn scharfgemacht, du Biest«, sagte er. »Aber das weißt du ja ganz genau! Und dann an der Tankstelle … Ich hatte höllischen Bammel, der Tankwart würde sehen, was du eben noch gesehen hast. Zum Glück hat er bloß auf deine Beine geglotzt.«

Dorothea musste jetzt ebenfalls glucksen bei der Vorstellung. Dann klappte sie die eingebaute Minibar des Jaguars auf. »Magst du jetzt vielleicht einen Drink?«

»Gute Idee, Lady!« Er tat zwar reichlich cool, aber seine Augen waren groß und rund, als er ihr zusah.

Wie ein Junge, dachte sie versonnen. *Und im Grunde ist er das ja auch noch, ein großer Junge! Allerdings mit einer Potenz wie ein Stier.*

Ihrer praktischen Erfahrung nach waren in der Beziehung aber beinahe alle Motorradfahrer nicht gerade minderbemittelt. Deshalb machte sie auf diese ja auch regelrecht Jagd auf der Autobahn, wenn ihr wieder einmal der Sinn *danach* stand.

Die kleinen notwendigen Manipulationen an den Maschinen kosteten sie mittlerweile nur noch wenige Minuten – dank Papas guter Ausbildung ...

»Ich kenne da diese prima Werkstatt, wie ich vorhin schon erwähnte!«, sagte Dorothea einige Zeit später, nachdem sie seine Leistungsfähigkeit noch zweimal getestet hatte.

Sie glitt von ihm herunter: »Ich rufe für dich dort an.«

Er nickte nur und wirkte jetzt doch endlich ein wenig geschafft, der Süße.

Sie drückte die Speichertaste. Ihr Bruder meldete sich fast unmittelbar. Eigentlich war Wilfred ja dasselbe Kaliber Mann, wie ihr Vater es gewesen war. Aber die Werkstatt lief nicht mehr allzu gut, das wusste Dorothea, und ihr taten die Schwägerin und vor allem die beiden süßen Kleinen leid.

Sollte ihr Bruderherz also ruhig jedes Mal die paar Euro fürs Abschleppen und die anschließende Reparatur einstecken. Solange er keine dummen Fragen stellte.

EIN SOMMER IN IRLAND

Statt mit Freunden aus dem Single-Club in der Ägäis zu segeln, reist Alexa alleine nach Irland. Sie braucht Ruhe, um ihren ersten Roman, einen Krimi, zu schreiben. Doch dann macht die weibliche Hauptfigur sich plötzlich selbständig und entwickelt ungeahnte Gelüste der frivolen Art.

Jetzt, wo ich Erfolg habe und meine Bücher sich so gut verkaufen, werde ich immer öfter nach Lesungen gefragt, wie ich denn dazu kam, ausgerechnet erotische Thriller zu schreiben. Und ob ich dies von Anfang an vorgehabt hätte.

Nun: Auf letzteren Teil der Frage antworte ich stets wie aus der Pistole geschossen (den ersten Teil ignoriere ich einfach, das kann ich gut) mit diesen Worten: »*Nein, ganz und gar nicht. Ich wollte einfach einen spannenden Krimi schreiben, allerdings mit einer weiblichen Privatdetektivin als Hauptfigur.*«

Ich nannte sie *Isadora Dunkel*, und sie veränderte mein Leben in mehr als einer Hinsicht.

Um in Zukunft die oben erwähnten Fragen nicht mehr hören zu müssen – ich rede viel lieber mit den Leuten über das aktuelle Buch nach einer Lesung –, habe ich mich entschlossen, einen Teil meiner eigenen wunderbar verrückten Lebensgeschichte aufzuschreiben und zu veröffentlichen. Voilà ...

Ich war damals etwa Mitte zwanzig, als alles begann: weiblich, ledig mit vielen Interessen – ich war vergnügungs- und manchmal auch sexsüchtig.

Natürlich hatte ich es eine Zeit lang im Internet in verschiedenen Kontaktbörsen versucht, aber was man sich da oft so an Land zieht: nein, danke!

Mit manchen von diesen Kerlen hätte ich mir nicht einmal vorstellen können, in der nächsten Kneipe ein Bierchen zu zischen, ehrlich!

Das mit dem Internet funktionierte für mich persönlich also schon mal nicht. Ich glaubte und glaube immer noch an direkten Augenkontakt und den magischen Zauber der menschlichen Sexuallockstoffe, die wir unbewusst über unsere Näschen erschnüffeln. Dabei macht es dann automatisch entweder *Klick* – oder eben *Flop*.

So trat ich also eines Tages folgerichtig lieber einem stinknormalen Single-Club bei, der sich *Lonesome Riders* nannte und einen wöchentlichen Stammtisch in unserer Stadt unterhielt.

Die Mitglieder waren allesamt irgendwo zwischen Mitte zwanzig und Mitte dreißig, denn so wollten es die Clubregeln. Die Altersvorgabe sollte sicherstellen, dass die Mitglieder innerhalb der *Lonesome Riders* immer Gleichgesinnte zur gemeinsamen Interessenausübung fanden.

Und es funktionierte auch ganz gut.

Eine Zeit lang beteiligte ich mich eifrig an den gemeinsamen Planungen und Unternehmungen, aber nach etwa einem Jahr änderte sich meine Interessenlage – oder besser gesagt: Ich wollte mehr vom Leben als einen gut bezahlten Bürojob und ein ausgefülltes Freizeitprogramm, das mit gelegentlichen One-Night-Stands und einigen mehr oder weniger heftigen Kurzaffären pro Jahr aufgepeppt war.

Schon als Zwölfjährige hatte ich davon geträumt, einmal Schriftstellerin zu werden. Allerdings bestand mein Vater darauf, dass ich zuerst etwas Anständiges lernte – die übliche langweilige Geschichte. Also studierte ich BWL an der Fachhochschule und suchte mir danach einen Job. Der Rest ist bereits bekannt – ich landete irgendwann bei den *Lonesome Riders*.

Die Idee für meinen ersten Krimi entwickelte ich rasant eines Nachts im Kopf, sprang aus dem Bett und notierte sie auf der Stelle.

Am Morgen danach fand ich sie immer noch zündend, und deshalb fasste ich beim Espresso in dem italienischen Café um die Ecke noch vor Bürobeginn einen Entschluss: Ich würde meinen Jahresurlaub im Sommer am Stück nehmen und das Buch schreiben.

Beim nächsten Stammtisch ging es hoch her. Kaum einer wollte glauben, dass ich in diesem Sommer wirklich nicht mit zum Segeln in die Ägäis kommen würde.

Britta, unsere Sexbombe vom Dienst, blond und mit Supertitten bestückt, fragte mich geradeheraus, was vermutlich alle dachten: »Hast du was Festes an der Angel, Mausi? Du wirst uns doch nicht verlassen und in den Hafen der Ehe segeln? Hör mal, das ist altmodisch und verdirbt einem den Spaß am Sex, also sei vorsichtig, ja?«

Alles grunzte vor Vergnügen. Weitere mehr oder weniger anzügliche Bemerkungen erfüllten die Luft, immerhin hatten wir alle bereits einige Bierchen intus.

Ausgerechnet Ronald, der sonst eher schweigsame Typ, ergriff im allgemeinen Tumult schließlich meine Partei: »Lasst sie doch in Ruhe. Alexa kann machen, was sie will.«

Ich warf ihm einen ziemlich koketten Blick zu, den er aber ganz offen erwiderte. Wie es eben seine Art war.

Doch, er war ein attraktiver Mann, Anfang dreißig, Anwalt. Eher zurückhaltend, aber nicht schüchtern, sondern einfach einer, der erst nachdachte, bevor er etwas sagte.

Wir hatten im letzten Jahr einige Male etwas gemeinsam unternommen, nur wir beide. Ich fand ihn dabei immer ziemlich interessant und auch sexy, aber er behandelte mich lediglich wie eine gute Freundin. Also nahm ich an, er würde nicht auf meinen Typ abfahren, und sprang ziemlich kumpelhaft mit ihm um.

Na ja, und genau das bewies er ja jetzt selbst mit seiner Bemerkung: Er war und blieb mein Kumpel!

Ich klopfte dreimal auf den Holztisch zum Zeichen, dass ich etwas zu sagen hätte, und erklärte der Runde, was ich vorhatte: »Um eure Neugier zu befriedigen: Ich habe meinen gesamten Jahresurlaub genommen und weit oben an der irischen Westküste ein kleines Cottage gemietet. Ziemlich einsam gelegen, es sind fünf Minuten zu Fuß bis zum Strand und zwanzig bis ins nächste Dorf.«

Britta fasste sich als Erste wieder: »Dich muss es tatsächlich voll erwischt haben. Du weißt ja, dass wir jeden aus dem Club ausschließen, der nicht mehr Single ist?«

Überflüssige Frage. Jeder im Club wusste das!

Später, als alle müde waren und wir aufbrachen, flüsterte Ronald mir ins Ohr: »Am liebsten käme ich mit. Irland soll herrlich sein, viel Natur und Ruhe.«

Fast hätte ich ihn unverblümt gefragt: »*In welcher Rolle kämst du denn gerne mit? Als Kumpel oder als Lover?*« Betrunken genug war ich an dem Abend, aber dann beließ ich es doch bei folgender Ansage: »Kannst mir ja eine Karte aus Griechenland schreiben. Euer Segeltörn wird sicher klasse. Ihr werdet jede Menge Spaß haben.«

Ich wollte auf keinen Fall riskieren, dass er sich am Ende vielleicht aufgefordert und eingeladen fühlte! Er hatte einige Male seine Chancen bei mir ungenutzt verstreichen lassen, und ich wollte keine Zeit mehr an ihn verschwenden unter diesen Umständen, immerhin hatte ich momentan vor allem ein Ziel im Sinn: das geplante Buch zu schreiben. Dazu aber brauchte ich Abgeschiedenheit und Einsamkeit, sonst wurde nichts daraus.

»Gerne, wenn du mir deine Adresse in Irland gibst«, sagte Roland zum Abschied. Ich nickte.

Ich stellte meine Reisetasche ab und sah mich in dem weiß gestrichenen Häuschen um. Dies also würde für die nächsten paar Wochen mein Domizil sein.

Hübsch und sauber, ich war zufrieden.

Hier würde nun Isadora Dunkel, von Beruf Privatdetektivin, endlich das Licht dieser Welt erblicken, zumindest der literarischen!

Es war himmlisch ruhig hier. Und einsam. Ich fühlte mich augenblicklich unbeschreiblich inspiriert! Und fand, ich hätte wirklich Glück gehabt mit meiner Wahl. In jeder Hinsicht.

Das Cottage bestand aus nur zwei Zimmern.

Das hintere, kleinere, war eigentlich kaum mehr als eine geräumige Kammer mit einem allerdings einladend breiten Bett und einem ausreichend großen Kleiderschrank.

Man brauchte in der irischen Einöde ja nicht mehr als ein Paar Jeans, dazu saubere T-Shirts für die guten und warme Pullover für die schlechteren Tage.

Der vordere und wesentlich größere Raum besaß einen offenen Kamin, was bei der Buchung den Ausschlag für dieses Cottage gegeben hatte.

Es gab drei große Panoramafenster, durch die man direkt aufs Meer sehen konnte.

Außerdem beherbergte mein irisches Domizil noch eine winzige Küche und ein ebenso winziges Bad. Beide Räumlichkeiten waren zweckmäßig mit allem ausgestattet, was man so brauchte, verzichteten aber strikt auf jeglichen Luxus.

Mein Herz hüpfte vor Freude, ich hatte alles vorgefunden, wessen ich bedurfte.

Das Erste, was ich an jenem späten Nachmittag des Anreisetages auspackte und installierte, war natürlich mein Laptop. In aller Herrgottsfrühe am nächsten Tag wollte ich mit dem ersten Kapitel des Romans beginnen.

Isadora Dunkel vibrierte vor innerer Freude und Genugtuung. Sie hatte soeben ihren ersten größeren Fall zur Zufriedenheit des Kunden erledigt, und schon stand der nächste Auftraggeber vor ihrem Büro auf der Matte. Für die junge Privatdetektivin wahrlich ein Anlass zum Feiern ...

Ich lehnte mich einen Augenblick zurück und dehnte die angespannte Schulterpartie. Meine Augen waren ebenfalls müde, der Bildschirm des Laptops war nicht allzu groß, wenn auch flimmerfrei.

Ich warf einen Blick aus dem Fenster, vor dem ich schrieb. Es entspannte die Augen ungemein und vor allem rasch, wenn ich sie übers offene Meer gleiten ließ. Gymnastik für die Augäpfel.

Noch vor wenigen Minuten hatte es in feinen Schnüren heruntergeregnet, jetzt aber strahlte die Sonne bereits wieder. Das Meer glitzerte einladend, die Wellen trugen weiße Häubchen aus Schaum.

Spontan beschloss ich, eine größere Pause einzulegen und zum Strand hinunterzulaufen. Die Bewegung an der frischen Luft würde meiner Fantasie und damit auch Isadoras Arbeitseifer auf die Sprünge helfen.

Als ich den menschenleeren Strand erreichte und am Wasser entlang ein Stück weit joggte, schweiften meine Gedanken allerdings überraschend ab – zu einer Segeljacht nämlich, die jetzt vermutlich irgendwo in der Ägäis kreuzte.

Wie es den Lonesome Riders *wohl geht? Und Ronald ... vermutlich hat Britta längst ihre Netze nach ihm ausgeworfen!*

Ich merkte, wie ich plötzlich schneller lief, wütend trommelten meine Sneakers über den feuchten Sand, mein Atem ging keuchend, mein Puls jagte. Trotzdem legte ich sogar noch einen Zahn zu, um gewisse unliebsame Gedanken kurzerhand zu verdrängen.

Eine Stunde später saß ich nach einer heißen Dusche wieder vor dem aufgeklappten Laptop und hämmerte wie eine Irre auf die Tasten los.

Auch die beiden nächsten Tage flutschte es, ich schrieb wie besessen an meiner Geschichte und vergaß darüber glatt die Außenwelt, samt Ägäis, Segeljacht und Single-Club.

Abends feuerte ich immer den Kamin an, machte mir eine Kleinigkeit zu essen, trank ein Gläschen Rotwein dazu und ging schließlich mit leichter Lektüre früh ins Bett. Um mich am nächsten Morgen frisch gestärkt wieder in die Arbeit zu stürzen.

Wenn ich mich richtig erinnere, dann passierte es in der vierten Nacht nach der Ankunft.

Isadora hatte ihren großen Auftritt ... sie klang hörbar beleidigt, als sie sich vor mir aufbaute und meinte: »*Hör mal! Es geht mich ja nichts an, wie du lebst. Aber bloß, weil du zurzeit wie eine verdammte Klosterschwester dahinvegetierst, muss das ja wohl noch lange nicht für mich gelten, Süße, was?*«

Ich war echt von den Socken. »*Was soll das, was willst du von mir?*«

»*Was ich will?*« Isadora lachte glucksend. »*Herzchen, ich will einen Kerl! Liebe, Sex, Erotik, Vögelei, nenn es von mir aus, wie du willst. Bloß lass dir was einfallen, ja? Die Autorin bist schließlich du. Ich jedenfalls brauche nach meinem anstrengenden Job was Warmes im Bett und was Hartes zwischen den Beinen, verstehst du? Meinetwegen kann ich es auch noch deutlicher ausdrücken, damit du klar siehst! Ich will einen gottverdammten Schwanz, der noch härter ist als das Leben, das ich auf deine Vorstellungen hin führe, sonst ...*«

»*Sonst?*«, unterbrach ich ihre Tirade.

»*Das wirst du schon sehen!*«, schnappte die Privat-detektivin und löste sich im Nebel auf.

Erst beim Frühstück fiel mir der verrückte Traum wie-der ein, und natürlich musste ich herzhaft darüber la-chen. Schon erstaunlich, wie man sich als Autor mit seiner Story identifizieren konnte. Und wohl auch musste.

Bis zum Mittag schrieb ich fleißig. In meiner Pau-se beschloss ich, zum Strand zu marschieren und mich ein wenig in die Sonne zu legen. Die schien nämlich zur Abwechslung gerade mal wieder, zwischen zwei typisch irischen Regenschauern.

Im warmen Sand musste ich dann prompt für ein Weilchen eingeschlummert sein ...

»*Ich habe dich gewarnt, Schätzchen!*«, fauchte Isa-dora und warf den hübschen Kopf zurück, dass die schwarze Mähne nur so flog.

Instinktiv versuchte ich es mit einer Rechtfertigung: »*Ich schreibe keine billigen Sex-and-Crime-Storys.*«

Dummerweise war gerade wieder ein heftiger Regen-schauer über die irische Westküste hereingebrochen.

Die Nässe weckte mich, ich musste ein paar Mal hef-tig niesen, lief ins Haus zurück und setzte mich wieder an den Schreibtisch.

Da saß ich nun ... Stunde um Stunde verrann, ohne dass etwas geschah. Mein Kopf war wie blockiert.

Irgendwann gab ich auf und legte mich völlig ent-nervt nebenan aufs Bett. Ich schlief ein, erschöpft vor Enttäuschung. Doch Isadora erschien nicht einmal mehr im Traum! Sie war weg, spurlos verschwunden aus meinen Gehirnwindungen. Als hätte es sie nie gegeben. Dabei war sie doch meine Erfindung.

Den ganzen nächsten Tag über quälte ich mich weiter …

Immer wieder überlas ich die bereits geschriebenen Seiten. So hoffte ich, der Fantasie wieder auf die Sprünge zu helfen.

Es war zwecklos, Isadora widersetzte sich hartnäckig allen Kontaktaufnahmeversuchen. Offenbar beflügelte die Einsamkeit meine Kreativität doch nicht im erhofften Ausmaß.

Schließlich kam der Punkt, an dem ich es aufgab. Ich dachte, ich sollte mir eine Abwechslung gönnen und ins Dorf gehen.

Ich lief am Strand entlang. Das war zwar ein Umweg, aber der Abend war so schön und mild, und die tief stehende Sonne zauberte ein glitzerndes Lichterspiel aufs Meer.

Im Gegenlicht bemerkte ich erst spät den Mann, der mir entgegenkam. Er war vielleicht noch hundert Meter von mir entfernt, als irgendetwas an seiner Art, sich zu bewegen, mir plötzlich bekannt vorkam.

Er beschleunigte jetzt seine Schritte, die letzten Meter lief er: »Alexa!«

Nun konnte ich auch sein Gesicht erkennen, die braunen Augen, das kurze, vom Wind zerzauste dunkle Haar, das ihn wie einen großen Jungen wirken ließ.

»Alexa!«

Etwas in mir sprang an, wie ein Automotor, mein Herz hämmerte, die Knie fühlten sich lächerlich weich an. Urplötzlich musste ich auch an Isadora denken und *Peng!* – begriff ich auf einmal, was die wollte und warum!

»Ronald!«, rief ich begeistert. Dann flog ich ihm entgegen. »Wo kommst du denn her, du verrückter Kerl? Wieso bist du nicht in der Ägäis?«

Er fing mich in seinen ausgebreiteten Armen auf. »Ich habe meine Pläne eben geändert, wie du auch« – dazu grinste er verschmitzt. »Keine Angst, unten im Dorfgasthof wartet ein Zimmer auf mich.«

»Und ich hatte dir nur deshalb meine Irlandadresse verraten, damit du mir eine Karte schicken kannst!«, sagte ich.

»Lars meinte, du hättest es bestimmt nicht bloß deswegen getan«, versuchte er sich zu verteidigen. Aber dann küsste er mich doch endlich.

Er küsste verdammt gut! Als Nächstes waren sein Mund und Hände auch schon überall auf mir. Meine Haare wurden verwuschelt, meine Lippen schwollen an von seiner wilden Küsserei.

Ich stöhnte und drängte meinen Körper an seinen, während er die Hände jetzt unter meinen Pulli schob. Ich spürte eine harte Beule an meinem Venushügel und wurde noch feuchter, als ich es ohnehin schon war.

Ich schwöre es, wir rissen uns gegenseitig die Kleider regelrecht vom Leib – die Beinkleider, meine ich. Die störten in dem Augenblick ja am meisten.

Es war wie bei einem plötzlichen Dammbruch, es gab kein Halten mehr. Die Lust, die sich in uns über Monate hinweg aufgestaut hatte, brach sich Bahn.

In meinem Kopf war eine Romanheldin zu dominierend gewesen, und er hatte wohl zu viel Respekt gehabt, um den künstlichen Verteidigungswall, den ich mit meiner burschikosen Art um mich herum errichtet hatte, beizeiten zu stürmen.

Ronald zog mich mit sich hinunter in den noch warmen Sand. Er saugte an meinen Nippeln, so hart und gekonnt, bis ich fast verrückt wurde vor Lust. Gleichzeitig schob er zwei Finger tief in meine klatschnasse Pussy hinein. Ich bäumte mich auf, begann laut zu keuchen.

Lieber Himmel, wie hatte ich es nur so lange ohne guten Sex aushalten können? Es musste Monate her sein. Ich hatte ja schon gar nicht mehr gewusst, wie gut sich das anfühlte …

Er zog die Finger aus mir heraus und leckte sie dann genüsslich vor meinen Augen ab.

Ich nutzte die Gelegenheit und schubste ihn auf den Rücken in den Sand, dann rollte ich mich auf ihn und nahm ihn in mir auf. Einladend genug ragte er ja auf, wie eine harte Lanze, dieser göttlich schöne Männerschwanz mit Ronald, meinem Kumpel aus dem Single-Club, an seinem Ende.

Und so vernaschte ich ihn. Keine Minute länger hätte ich jetzt mehr damit warten mögen. Ich ritt ihn wie eine Amazone, derb und hart, ohne Mitleid.

Der Mann unter mir bewegte stöhnend sein Becken im Rhythmus und griff dann wieder an meine Brüste, kniff und massierte die riesigen steinharten Nippel.

Sein Schwanz tief in mir schwoll immer mehr an, ich konnte es deutlich spüren, es erhöhte meine Lust noch. Er spaltete mich regelrecht in zwei Hälften, als er sich so breit wie möglich in mir machte.

Gleichzeitig massierte er jetzt mit den Fingern einer Hand meinen Kitzler, der ebenfalls anschwoll und größer wurde.

O ja, er wusste genau, wohin er greifen und was er machen musste. Das stille Wasser Ronald, sieh an.

Ich steigerte Tempo und Rhythmus meines wilden Galopps immer mehr, das riesige Glied zuckte in meinem Inneren, und ich verlor mich zusehends in der unglaublichen Lust- und Hitzewelle, die mich packte.

Das Blut begann in meinen Ohren zu singen, bis das Geräusch sogar das Meeresrauschen übertönte und ich mich völlig aufzulösen begann. Schweiß rann mir in kleinen Rinnsalen über den Rücken.

Dann kam der Höhepunkt, in einer einzigen lang gezogenen Welle brach er über mich herein. Die Heftigkeit des Orgasmus nahm mir den Atem. Ich hörte, wie der Mann unter mir aufschrie, bemerkte sein Aufbäumen und fühlte ihn auch schon tief in mir explodieren.

Als ich endlich die Augen öffnete, sah ich, wie aufgewühlt er war. Ich fühlte genauso in diesem Moment, deshalb küsste ich zärtlich seinen Mund, der jetzt wieder weich, sensibel und verletzlich aussah wie gewohnt.

Ronald zog mich anschließend zu sich herunter in seine Arme und bettete meinen Kopf an seine Schulter.

So lagen wir ein Weilchen nur da und hielten uns.

Dann musste ich eingeschlummert sein. Denn plötzlich war Isadora da.

»Bravo, Schätzchen! Begreifst du nun, wie die Liebe dem Leben erst die richtige Würze gibt?«

Mit einem glucksenden Lachen war sie wieder verschwunden, und ich schreckte aus dem kurzen Schlummer hoch.

Ich schickte Ronald in dieser Nacht nicht mehr zurück ins Dorf in sein Pensionszimmer.

Zum Glück lag das Cottage so abgeschieden – ansonsten hätten mögliche Nachbarn wohl Grund gehabt, sich über die Lärmbelästigung in jener Nacht zu beklagen.

Am nächsten Morgen bekam auch Isadora ihren Lover.

Sie lernte ihn in einer Bar kennen, in die sie beim Beschatten eines finstern Typen geraten war. Isadoras Lover besaß lachende blaue Augen (weil ich das liebte!) – und darüber hinaus einen überaus prächtigen Hammer in der Hose.

Ich war an jenem Morgen zwar selbst wund zwischen den Beinen, ließ mich aber während des Schreibakts so sehr ins Geschehen hineinziehen – ich musste zwischendurch kleine Pausen machen und immer wieder mal Hand an mich selbst legen. Meine Klitoris war mittlerweile so empfindlich und gut durchblutet, sie reagierte sofort, wenn ich sie zwischen zwei Fingern rieb. Sobald meine Pussy nicht mehr zuckte unter den heftigen Kontraktionen, schrieb ich weiter bis zum nächsten Pausenstopp.

Zum Glück war Ronald ins Dorf gewandert, um sich umzusehen und einzukaufen, also konnte ich meinen Schaffensrausch ungestört und schamlos zugleich ausleben.

Keine Frage: Die Liebesszene zwischen Isadora und ihrem Lover gelang mir auf diese Weise glänzend.

Kurzer Ausschnitt gefällig? Bitte sehr …

Er warf sein Hemd achtlos über den Stuhl neben dem Bett. Langsam zog er seinen Gürtel aus der Hose, die sich vorne verheißungsvoll wölbte.

Die splitternackte Isadora konnte ihre Augen nicht abwenden, fasziniert starrte sie auf den prallen Hosenlatz. Sie wollte schon selbst mit einer Hand zugreifen und sich bedienen, indem sie einfach den Reißverschluss aufzerrte, aber er war schneller.

Mit einer geschickten Bewegung fing er sie ab und schob ihre Arme nach oben über ihren Kopf. Dann band er ihre Handgelenke mit dem Gürtel zusammen und fesselte sie schließlich an einen der Bettpfosten.

Sie schrie auf, als er anschließend derb zwischen ihre weit geöffneten Schenkel griff, an deren Innenseite ihre Liebessäfte hinabrannen.

Augenblicklich begann eine schier animalische Lust in ihr zu toben.

Zwei seiner Finger steckten tief in ihrer Muschi, während ein dritter gleichzeitig ihre Perle rieb. Die andere Hand wurde unter ihr Hinterteil geschoben, ein weiterer Finger drang in das dortige Loch ein.

Dann begannen die Finger in ihr sich zu bewegen, vorne und hinten gleichzeitig. Schoben sich rein und wieder raus, drehten, kreiselten und tasteten sich voran, bis sie nur noch schreien und sich vor Lust winden konnte.

Immer stärker strömte ihr Saft aus ihr heraus, machte die Finger geschmeidig und ihre Muschi so weit, bis ein dritter Finger darin verschwinden konnte.

»Ich will deinen Schwanz!«, stieß sie schließlich hervor.

Er lachte leise. Es klang amüsiert. »Wie du willst, meine Schöne ...«

Die Finger wurden herausgezogen, quälend langsam, wie ihr schien. Sie bekam es mit der Angst, sie wollte jetzt noch nicht kommen, sie wollte mehr, so viel mehr!

Vor ihren Augen öffnete er nun endlich die Hose und holte ihn heraus: den schönsten aller Männerschwänze.

Ein echter Prachtkerl war das, und sie erschauerte voller Vorfreude darauf, was der gleich mit ihr anstellen würde.

Beinahe zärtlich wog er ihn in einer Hand, während er mit der anderen einige Male von hinten nach vorne darüberstrich. Er legte dabei auch die Eichel frei, an deren Spitze direkt vor Isadoras Augen jetzt ein dicker Tropfen hervorquoll.

Dann war der riesige Hammer dicht vor ihren Augen. Er hielt ihn noch immer in der Hand, bereit, ihn in eines ihrer wartenden Löcher zu jagen.

Unwillkürlich öffnete Isadora die Lippen, da schob er ihn auch schon dazwischen. Sie leckte und lutschte instinktiv drauflos, und er knurrte zufrieden.

Als sie sich unter ihm zu winden begann, verstand er: Es war Zeit, sie musste ihn jetzt einfach tief in ihrer Möse spüren, sonst würde sie augenblicklich verrückt.

Er schob ihn hinein, tief, tiefer, und noch ein Stück. Ihre Weichteile gaben dem Druck willig nach, gleichzeitig kam eine so überwältigende Lustwelle angebrandet, dass Isadora nicht anders konnte und abging wie eine Rakete.

Sie hatte so etwas vorher noch nie erlebt.

Der Orgasmus überkam sie, aber anstatt abzuflauen, brach eine neuerliche Lawine über sie herein, als der Mann begann, sich jetzt in ihr zu bewegen, sie zu sto-

*ßen, und dabei sein Becken hob und über ihrem Venus-
hügel kreisen ließ.*

*Dabei massierte sein Schwanz, der bis zur Wurzel in
ihr steckte, Isadoras aufgerichtete Klitoris und gleichzeitig tief drinnen auch diesen mysteriösen Druckpunkt,
von dem sie bisher nur aus einschlägigen Artikeln erfahren hatte.*

Und sie kam und kam und kam.

*Jede neuerliche Welle ließ sie überrascht aufschreien,
es war wie ein gewaltiges Erdbeben.*

*Erst als er in ihr abzuspritzen begann, wurden die
Kontraktionen weniger und ließen allmählich nach.
Ehe er auf ihr zusammensank, band der Mann Isado-
ras Hände vom Bettpfosten los ...*

Ronald kam gegen Mittag wie versprochen aus dem
Dorf zurück. Ich bat ihn, die erotische Szene Korrek-
tur zu lesen.

Ich beobachtete ihn dabei und sah mit Genugtuung,
wie sich zunehmend Erregung auf seinen Zügen ausbreitete.

Schließlich zog er mich auf seinen Schoß und umfing
mit beiden Händen meine Brüste. Heiser raunte er mir
ins Ohr: »Klasse! Das wird ein Bestseller.«

Er meinte es ehrlich, das spürte ich. Und noch etwas
anderes spürte ich auch ... Dieses Mal war ich es, die
mit einem Ruck den Reißverschluss seiner Jeans öffnete. Sein Schwanz war bereit, er zuckte in meiner Hand.
Ich war ebenfalls bereit – wir alle waren es.

Ronald nahm mich kurzerhand im Stehen, denn an
diesem Tag trug ich nur ein kurzes, weites Baumwollkleid.

Vorspiel hatten wir keines mehr nötig, mich hatte das Schreiben und ihn das Lesen zur Genüge angetörnt.

Einige Tage später erreichte eine bunte Ansichtskarte aus Griechenland unsere irische Idylle.

Hallo, Ihr beiden! Glaubt bloß nicht, wir wüssten nicht, was los ist. Leider seid Ihr jetzt keine »Lonesome Riders« mehr. Trotzdem tausend Grüße von uns allen.

Tja, was soll ich noch sagen?

Isadora Dunkel eroberte die Herzen der Leser im Sturm!

Ich schrieb das Buch in jenem irischen Sommer tatsächlich zu Ende. Es wurde wesentlich erotischer, aber auch spannender, als der ursprüngliche Plot hatte vermuten lassen. Meine Heldin hielt das Zepter fest in der Hand und ließ mich nach ihrer Pfeife tanzen.

Und ich tanzte voll wilder Freude! Oder mit anderen, profaneren Worten ausgedrückt: Ich schrieb wie in Trance. Viele Stunden jeden Tag.

Ronald kochte, räumte auf, kaufte ein – und trieb es zwischendurch so oft wie möglich mit mir. Mal wild und unbeherrscht, dann wieder zärtlich und im Slow-Sex-Modus.

Der Rest ist Ihnen, meine geneigten Leser, bekannt: Isadora betreibt ihre Detektei seit damals mit ihrem heißblütigen Lover Enrique. Die beiden geben ein toughes Gespann ab und lösen zusammen auch die krassesten Fälle.

So, das war's, so kam ich also dazu, erotische Thriller zu schreiben. Inzwischen stehe ich ganz schön unter

Erfolgsdruck, weil mein Agent und der Verlag ständig mehr wollen. Die Verkaufszahlen sind so gut, da versuchen die Herrschaften natürlich die Kuh zu melken, solange sie noch so schön sahnige Milch gibt.

Ohne Ronald an meiner Seite wüsste ich ehrlich nicht, wie und ob ich das mörderische Pensum überhaupt schaffen würde. Er kümmert sich außerdem um alle rechtlichen Fragen rund um die Vermarktung meiner Bücher.

Und vor allem kümmert er sich um … Sie wissen schon!

MÄNNLICHER AKT

Fabian entpuppte sich als der attraktivste Mann, der Annabelle je ins Atelier geschneit war. Vor allem sein Hintern war einfach unwiderstehlich.

Sie hatte es schließlich sogar mit einer Bestellung beim Universum versucht. Tagelang visualisierte sie jeden Morgen eifrig das gewünschte Endergebnis – die fertige Skulptur –, ehe sie sich ins Atelier begab und ihren Skizzenblock mit ersten Entwürfen in Bleistift und Tusche traktierte.

Trotzdem blieb das Ergebnis am Ende jedes Arbeitstages stets dasselbe: ein unschöner Haufen zerknüllter Blätter, der eine Ecke im Atelier verschandelte.

Eines Abends beschwerte sie sich am Telefon bei einer guten Freundin, die ihr das Buch vor einigen Wochen geschenkt hatte.

»Das Universum kann mir gestohlen bleiben. Meine Bestellungen werden nicht ausgeführt, obwohl ich wie eine Blöde visualisiere! Und auch genau so, wie im Buch beschrieben.«

»Du machst eben noch Fehler!«, erklärte Mona ungerührt. »Ich vermute mal schwer, du bestellst etwas, was du tief drinnen eigentlich gar nicht willst.

Das Universum weiß das und liefert deshalb auch nicht.«

»Dummes Zeug!«, fauchte Annabelle in den Hörer. »Klar will ich die Skulptur anfertigen. Und wenn es nur wegen der Ausstellung in der Galerie ist. Außerdem brauche ich die Kohle, stell dir mal vor.«

»Lies das Buch noch mal durch. Entspann dich dabei und überleg dir nach der Lektüre, was du erreichen willst und warum! Das *Wie* überlässt du anschließend dem Universum, darum brauchst du dich nicht zu kümmern – und sollst es auch gar nicht. Letzteres ist besonders wichtig bei der Sache – du musst volles Vertrauen haben. Der Rest passiert von ganz alleine.«

»Aha! Dann ist ja alles ganz einfach, nicht wahr?«

»Ist es, Annabelle! Ist es tatsächlich.«

Anschließend plauderten sie noch ein Weilchen eher belangloses Zeugs, dann verabschiedete Annabelle sich von Mona und legte auf.

Unruhig wanderte sie eine Weile in ihrem Atelier auf und ab und versuchte dabei, das gewünschte Bild vor ihrem inneren Auge auftauchen zu lassen.

Da ... der männliche Torso war muskulös, mit flachem Bauch und kräftigen Schenkeln, und er besaß obendrein einen prachtvoll knackigen Po ...

Plötzlich blieb Annabelle abrupt stehen, weil ihr ein Name in den Sinn gekommen war, den sie jetzt auch laut aussprach: »Denis!«

Und nun endlich dämmerte ihr die traurige Wahrheit: *Was mache ich denn da? Ich visualisiere den Windhund Denis! Dabei will ich ihn nicht zurück, nicht einmal in Marmor gemeißelt. Ich will schließlich keinen Kerl, der nebenbei alles vögelt zwischen acht und achtzig!«*

Vielleicht hatte Mona am Ende also doch Recht gehabt mit ihrer Behauptung von vorhin am Telefon ...

Sie, Annabelle, bestellte etwas beim Universum, was sie eigentlich gar nicht wollte!

Nun, dann wurde es tatsächlich Zeit, diesen Umstand gründlich zu ändern.

Es müssen diese verfluchten Erinnerungen sein, die mich bei der Arbeit blockieren. Die Erinnerungen an seinen warmen, festen Körper morgens im Bett. Wie er oft dalag auf dem Rücken, noch schlafend, und dabei seine kräftige Morgenlatte in einer Faust hielt. Oben guckte vorwitzig die Eichel heraus. Ich brauchte bloß mit der flachen Hand sanft über die Haube zu fahren, und der ganze Mann erwachte und machte sich hungrig und auf der Stelle über mich her. Den besten Sex hatten wir meistens gerade am Morgen.

Nein, sie wollte Denis nicht in Marmor verewigen, ein Kunstwerk mit seinen Körpermerkmalen schaffen. So viel Ehre hatte der Mistkerl nicht verdient.

»Ich wünsche mir auf der Stelle ein anderes knackiges männliches Aktmodell!«, rief Annabelle laut in die Stille des Ateliers hinein.

Kaum waren die Worte gefallen, als sie auch schon merkte, wie eine neue und lang nicht mehr empfundene Begeisterung durch ihren ganzen Körper jagte.

Gleichzeitig fühlte sie sich energiegeladen wie ewig nicht mehr, und das alleine bestätigte ihr schon, dass sie jetzt auf dem richtigen Weg sein musste.

Keine Minute zu früh, die Ausstellung in der Galerie Rottmann begann genau heute in vier Wochen mit einer Vernissage, zu der alle wichtigen Honoratioren der Stadt erscheinen würden.

Vier Wochen ... eine lächerlich geringe Zeitspanne in Anbetracht der Umstände, aber es würde schon reichen. Es musste einfach. Immerhin war die Skulptur auch bereits so gut wie verkauft, der Galerist hatte erst vor wenigen Tagen angerufen und von diesem hochkarätigen Kunstsammler erzählt, der bereits vorab sein Interesse angemeldet hatte.

»Reiß dich zusammen, Annabelle!«, sagte sie jetzt laut zu sich selbst. »Vorbei ist vorbei. Denis ist abgehakt. Ein für alle Mal. Punkt.«

Ihr Blick schweifte aus dem Atelierfenster hinaus zu den Wiesen und Feldern, die sich bis hinüber zu dem kleinen Wäldchen erstreckten, hinter dem wiederum die Stadt sich versteckte.

Noch vor wenigen Monaten hatte sie selbst dort gelebt. Mittendrin im quirligen Zentrum, in einem geräumigen Dachatelier mit herrlichem Blick über Dächer und Türme.

Männer waren damals gekommen und gegangen, keiner von ihnen hatte Annabelle im Innersten wirklich berührt. Dieses kleine Wunder war irgendwie nur dem Mistkerl Denis gelungen.

Schlimm genug, aber Schwamm drüber.

Ob er überhaupt bemerkt hatte, wie gewaltig und bebend ihre Orgasmen unter seinen Händen, seiner Zunge und seinem brettharten Schwanz ausgefallen waren?

Oft genug war sie sogar mehrmals hintereinander gekommen und hatte sich dabei zitternd an seinen breiten Schultern festgeklammert.

Jetzt bei der Erinnerung an die vergangenen Wonnen entfuhr ihr doch glatt wieder ein wehmütiger Seufzer.

Jetzt aber Schluss mit diesem Unsinn, Annabelle!
Husch, husch, an die Arbeit. Der Mensch lebt nicht nur
von Lust und Liebe allein, das weißt du doch ganz ge-
nau ...

Sie drehte sich um und begann zu suchen. Irgendwo
hier musste ihr Handy herumliegen, sie hatte es vorhin
nach dem Anruf bei Mona einfach abgelegt, das passierte ihr öfter, dann suchte sie lange, bis das verdammte Ding sich irgendwo unter einem Kissen oder sonstwo
trickreich versteckt endlich wiederfand.

Dabei sollte sie jetzt wirklich dringend als Nächstes
diese Künstler-Agentur anrufen, die sie schon häufiger
beansprucht hatte. Die konnten ihr sicher ein brauch-
bares männliches Modell herausschicken. Mit dessen
Hilfe sich ihre Fantasie hoffentlich endlich wieder in die
richtigen Bahnen lenken ließe.

Sie fand das Handy in dem Moment, als ihre Gedanken nicht mehr mit der Suche danach beschäftigt waren, sondern stattdessen das gewünschte männliche
Aktmodell visualisierten. Vor allem dessen knackigen
Arsch!

Mit dem mobilen Telefon in der Hand trat Annabelle
an das große Atelierfenster heran und wollte gerade die
gespeicherte Rufnummer der Agentur aufrufen, als sie
den ziemlich auffälligen Wagen bemerkte.

Das Auto kroch langsam den Hügel und die gewun-
dene Landstraße hinunter, irgendetwas schien mit dem
Motor nicht in Ordnung zu sein.

Annabelle beobachtete von ihrem Posten aus, wie das
knallrote Oldtimer-Cabriolet jetzt nur noch im Schne-
ckentempo vorankroch, bis es auf einmal tatsächlich

stand. Zu diesem Zeitpunkt befand der Wagen sich vielleicht noch zweihundert Meter von Annabelles Grundstückseinfahrt entfernt.

Die Fahrertür wurde von innen aufgestoßen, und ein hochgewachsener Mann stieg aus.

Bei seinem Anblick hielt Annabelle unwillkürlich den Atem an. Himmel, der Kerl besaß einen geradezu prachtvollen Traumbody: breite Schultern, schmale Hüften und einen sichtlichen Knackarsch in den engen Jeans. Wie aus dem himmlischen Bestellkatalog für weibliche Naschkatzen.

Den muss das Universum vorbeigeschickt haben! Anders ist so etwas nicht möglich. Hurra, ich habe es kapiert, das mit dem richtigen Bestellverfahren. Bei Gelegenheit muss ich es Mona erzählen, sie wird sicher triumphieren, aber das gönne ich ihr von Herzen ...

Der Mann öffnete jetzt die Motorhaube und beugte sich vornüber, um den Inhalt darunter zu inspizieren.

O, là, là, er besaß ja tatsächlich einen anbetungswürdigen Knackarsch.

Spontan fasste Annabelle ihren Entschluss – die Künstler-Agentur konnte sie immer noch bemühen, falls das hier nicht klappen sollte. Allerdings glaubte sie bereits felsenfest daran – es würde hundertprozentig klappen!

Schon weil es einfach klappen musste. Sie, Annabelle, vertraute von nun an dem Universum blindlings. Wie es in dem Buch stand, das Mona ihr geschenkt hatte.

Auf dem Weg nach draußen warf sie unten im Hausflur einen raschen prüfenden Blick in den mannshohen Spiegel. Alles in Ordnung. Die blonden Locken frisch gewaschen, die Augen blau und strahlend wie selten, als spiegelte sich in ihnen der ganze weite sommerliche Himmel.

Auch die Haut schimmerte seidig, sogar ohne jedes Make-up. Das bequeme Flatterkleidchen aus dünner Baumwolle ließ die Figur zerbrechlich und mädchenhaft wirken, dafür die hübsch geformten Konturen durchscheinen, wenigstens jetzt im hellen Tageslicht.

Sie winkte dem Mann, der sich inzwischen wieder aufgerichtet hatte, bereits lebhaft zu, als sie noch ein gutes Stück von ihm entfernt war.

»Hallo, da sind Sie ja! Ich dachte schon, Sie würden gar nicht mehr auftauchen. Ich wollte gerade erneut in der Agentur anrufen und mich beschweren. Das beste Tageslicht ist in wenigen Stunden vorbei, ich sollte dringend mit der Arbeit beginnen. Kommen Sie schon ...« – sie brach ab, als sie jetzt vor ihm stand, und spielte die plötzlich Überraschte: »Oh, ist vielleicht irgendetwas nicht in Ordnung mit Ihrem Wagen da?«

»Das könnte man so sagen«, bestätigte er und grinste sie schräg an. Dabei musterte er sie allerdings auch intensiv und fast schon unverschämt von Kopf bis Fuß. Besonders besorgt um sein Vehikel schien er also nicht zu sein, eher machte er sich einen Spaß daraus, so offensichtlich mit ihr zu flirten.

Was habe ich eigentlich genau beim Universum bestellt? Nur ein Modell oder obendrein auch gleich noch einen neuen Lover?

Sie gab sich jetzt wohl besser mal ein Weilchen kantig und ungeduldig ... Also zog sie anklagend und eher zur Probe kurz wenigstens eine Augenbraue hoch. Nur damit er sich nicht zu viel herausnahm, zumindest nicht gleich zu Beginn.

»Kommen Sie rasch herein! Wir müssen trotzdem so schnell wie möglich mit der Arbeit beginnen. Sie können zwischendurch eine Werkstatt anrufen, die Ihr Auto abschleppt. Wie heißen Sie eigentlich?«

»Fabian Lorenz«, sagte er nach einer kleinen Pause so betont langsam, als wollte er sie nun tatsächlich provozieren. Als wollte er ihr außerdem sagen, das alles ginge sie gar nichts an, womit er einerseits natürlich irgendwie richtiglag.

Und andererseits hat er sich nicht dagegen zu wehren, weil ihn ja das Universum höchstpersönlich vorbeigeschickt hat. Sorry, Süßer, aber du musst deinem Schicksal folgen. Vermutlich hast du unbewusst einen unvorsichtigen Wunsch abgeschickt, und jetzt bist du geliefert ...

»Hören Sie, ich bin nicht ...«, begann er jetzt tatsächlich, als hätte er ihre Gedanken gelesen.

Doch Annabelle hatte sich bereits umgedreht und winkte ihm zu, ihr zu folgen. Sie wusste ja schließlich, wer oder was er *nicht* war. Der Rest würde sich schon von alleine ergeben. In dem Punkt war sie sich sicher.

Drinnen im Haus stieß sie die Tür zum Badezimmer weit auf.

»Hier können Sie sich ausziehen. Der Bademantel wird Sie auf dem Weg ins Atelier hinauf warm halten. Einfach die Wendeltreppe rauf. So, und nun beeilen Sie sich ein bisschen, bitte. Ich heiße übrigens Annabelle.«

Allein im Atelier, versuchte sie zunächst, sich wieder in den Griff zu kriegen und ihrer Erregung Herr zu werden. Immerhin spielte sie hier ein albernes Spielchen mit einem wildfremden Mann. Darüber hinaus schien das

Ende des Spiels auch noch völlig offen, sprich unvorhersehbar zu sein. Wenigstens im Moment.

Erstaunlich, wie er sich fast widerstandslos in die Komödie hineinziehen ließ. Ein hinreißendes Mannsbild wie er!

Eigentlich entsprach er tatsächlich ihrem Wunschbild von einem Traummann, das konnte doch nicht mit rechten Dingen zugehen?

In diesem Augenblick betrat er das Atelier. Tatsächlich im Bademantel, unten guckten wohlgeformte kräftige und überdies nackte Männerwaden heraus, außerdem war er barfuß.

Schöne gepflegte Männerfüße, das hat was! Ich sollte sie auch gleich noch in Marmor verewigen, wenn er schon mal hier ist, der Traummann ...

»Man hat Ihnen doch in der Agentur gesagt, dass ich ein Aktmodell brauche?«, erkundigte sie sich betont sachlich und ohne ihm dabei in die Augen zu schauen. Sie beschäftigte sich lieber mit ihrem Skizzenblock, den sie zurechtrückte. Außerdem brauchte der weiche Bleistift auch den Anspitzer.

»Wie? Ach so, ja. Ja, natürlich. Tut mir leid, ich war vorhin in Gedanken viel zu sehr mit meinem Wagen beschäftigt. Es ist nämlich verdammt schwierig, für diese raren Modelle Ersatzteile aufzutreiben.«

»Und sicher obendrein schweinisch teuer?«, gab sie zurück und vermied es weiterhin, seine eindringlichen und zugleich amüsierten Blicke zu erwidern.

»Stimmt!« Er räusperte sich eindeutig vielsagend und zwang sie auf diese Weise nun doch dazu, die Augen zu heben und ihn anzusehen.

Er grinste und zwinkerte ihr auch noch viel zu vertraulich zu. Dann sagte er langsam: »Aber dafür habe ich ja kleine Nebenjobs wie diesen hier, nicht wahr?«

Verdammt, er hat mich durchschaut! Aber wieso spielt er dann überhaupt mit?

Sie sah ihm provozierend und sekundenlang in die dunklen Augen, bereit, sich endlich seinen Fragen zu stellen. Das belustigte Glitzern, das ihr allerdings daraus entgegenfunkelte, verriet ihr: Er würde nicht fragen!

Und plötzlich musste sie lachen, hellauf und schallend.

Wie dumm und wie naiv sie doch manchmal immer noch sein konnte. Welcher Mann sagte schon nein, wenn er von einer schönen Frau eine deutliche Einladung bekam? Es war ihre eigene Schuld: Sie hatte eine Bestellung aufgegeben und eine prompte Lieferung erhalten. In jeder Hinsicht.

Rasch dachte sie an die Packung mit Kondomen im Badezimmerschränkchen …

Während ihr Lachen langsam verklang, war er nun hinter sie getreten. Sie spürte seinen heißen Atem an ihrem Hals und wagte kaum mehr, sich zu bewegen.

Was hatte er vor?

Aber er schaute nur über ihre Schulter und warf wohl einen neugierigen Blick auf den Skizzenblock vor ihr auf dem Ateliertisch.

Plötzlich wurde ihr bewusst: Sie hatte ja bereits begonnen gehabt, einen seiner Füße mit den wohlgeformten Zehen zu skizzieren!

Rasch hingeworfen mit dünnen Bleistiftstrichen, konnte sich das Ergebnis tatsächlich sehen lassen. Dabei hatte sie weiter gar nicht nachgedacht, nur den Stift übers Papier huschen lassen, angeregt von dem, was sie sah und fühlte.

»Hübsch. Sehr hübsch sogar!«, raunte er an ihrem Ohr. »Sie sind offensichtlich eine sehr gute Künstlerin. Unter diesen Umständen fühle ich mich geehrt, Ihnen Modell zu sitzen. Oder soll ich lieber liegen?«

Die letzte Frage flüsterte er ihr ins Ohr.

Sie spürte, wie ihre sämtlichen Nackenhärchen sich aufrichteten, und gab einem plötzlichen Impuls nach, als sie sich jetzt einfach an ihn lehnte.

Sanft begann Fabian im nächsten Augenblick, an ihrem empfindlichen Ohrläppchen zu knabbern.

Ein Stromstoß jagte durch Annabelles Körper, ihre sämtlichen Nervenenden schienen bloßzuliegen und begannen zu vibrieren.

Zärtliche Lippen wanderten aufreizend langsam ihren Hals hinab, während sich von hinten jetzt auch noch zwei kräftige schöne Männerhände sanft um die Wölbungen ihrer Brüste legten.

Ebenfalls von hinten spürte sie als Nächstes an ihrem Po etwas Hartes, das schon aus rein logischen Gründen nicht nur irgendein Schlüsselbund sein konnte.

Immerhin trug ihr Gast seine Jeans nicht mehr, die hingen jetzt wohl unten an dem Haken im Badezimmer anstelle des Bademantels, in dem er stattdessen steckte.

Als Nächstes wurde Annabelle bewusst, wie feucht sie bereits war. Ihr Körper hatte vollends die Regie übernommen und fügte sich nur zu bereitwillig ins einmal begonnene Spielchen.

Himmel, Fabian hat das Zeug dazu, auch noch die letzten Reste der unliebsamen Erinnerung an einen

Herrn namens Denis von meiner mentalen Festplatte zu löschen!

Liebes Universum, ich danke dir ...

Annabelle bemerkte, wie er den Bademantel vorsichtig von seinem Körper gleiten ließ, und nahm gleichzeitig den männlichen Duft wahr, der seiner warmen Haut entströmte.

Eine angenehm trockene Hand fuhr sehr langsam und dabei zärtlich – an der Kerbe über den Pobacken beginnend – am Rückgrat entlang und weiter hinauf, bis sie das Ende des Reißverschlusses zu fassen bekam.

Annabelle spürte die leichte Gänsehaut, die ihren ganzen Körper mittlerweile überzog. Sämtliche Härchen und Nervenenden schienen auf einmal in einer nächsthöheren Frequenz zu vibrieren, auch nahm sie ihre Umgebung plötzlich intensiver wahr als sonst. Die Wärme und die Gerüche des Ateliers trafen sie beinahe wie ein Schock, allerdings von der angenehmen Art.

Ihr wurde klar, wie mechanisch sie sich gerade in letzter Zeit hier herinnen doch bewegt hatte. Und nicht nur das, wie unbewusst sie überhaupt ihr Leben bisher gelebt hatte.

Kein Wunder, dass sie bei der Arbeit so blockiert gewesen war, jetzt verstand sie endlich die Zusammenhänge.

Hinten an ihrem Rücken öffnete sich unterdessen wie von Zauberhand der Reißverschluss ihres Baumwollkleides.

Eine zärtliche warme Fingerspitze glitt über die nackte Haut mit hinab und ließ Annabelle erneut erschauern.

Leise raschelnd fiel der dünne Stoff zu Boden.

Noch immer wandte sie Fabian den Rücken zu, da hörte sie ihn leise sagen: »Bist du bereit für ein Experiment der besonderen Art? Vielleicht klappt es nicht, weil wir uns zu fremd sind. Aber vielleicht auch gerade deswegen! Vertraust du mir, Annabelle?«

Einen kurzen Moment lang bekam sie es mit der Angst zu tun.

Du lieber Himmel, und wenn er nun ein Perverser ist? Worauf habe ich mich denn hier bloß eingelassen?

Aber dann horchte sie kurz in sich hinein, und es kam keine Warnung, keine innere Stimme rief »Stopp!«.

Ganz im Gegenteil: Es summte in ihr vor Freude, Schmetterlinge flogen in ihrem Bauch, in ihrer Möse pochte und zuckte es, das Höschen, das sie noch trug, war klitschnass, also stieß sie mit rauer Stimme hervor, was sie gerade dachte: »Los, worauf wartest du denn noch?«

Er nahm sie sanft bei den Schultern und drehte sie herum, bis ihre Lippen sich trafen zu einem ersten Kuss.

Unwillkürlich drängte sie sich heftiger an ihn, sie spürte, wie sein steifes Glied dabei zwischen ihre Oberschenkel geriet, allerdings trug sie noch ihr seidenes Höschen.

»Hör zu, was ich will, ist vielleicht nicht gerade das, was du dir womöglich erhoffst«, sagte Fabian leise, nachdem er den ersten langen zärtlichen Kuss für eine kleine Atempause unterbrochen hatte.

»Was willst du denn?«, fragte sie und bereitete sich innerlich bereits auf eine mögliche Enttäuschung vor.

Gleich wird er mir sagen, er wäre verheiratet oder sonstwie fest gebunden, deshalb käme Penetration für ihn nicht in Frage. Ein wenig Oralsex, o ja, das wäre drin, immerhin. Er würde es wunderbar finden, seinen Schwanz zwischen meine schönen vollen Lippen schieben zu dürfen ... Blablaba, etwas in dieser Richtung vermutlich ... Annabelle, dann bestehst du darauf, sofort mit der Arbeit zu beginnen, eine solche Zeitverschwendung kannst und willst du dir nicht leisten, hörst du? Und gleich morgen kaufst du dir den Folgeband zum Buch, wie war noch gleich der Titel?

Ah ja: Reklamationen beim Universum.

»Ich will dich ganz lang und ganz sanft und ganz langsam lieben!«, hörte sie Fabian sagen. »Ich will keine verschwitzte, verbissene Jagd nach dem Superorgasmus, ich will ...« – an dieser Stelle brach er ab, als käme ihm selbst albern vor, was er da von sich gab. Allerdings glitten gleichzeitig seine warmen Hände so liebkosend über ihre Kurven, dass Annabelle spürte, wie ihre sämtlichen Nervenenden unter diesen Berührungen erneut zu vibrieren begannen.

Auch zwischen ihren Beinen begann es schon wieder heftiger zu pochen – was auch immer er hier mit ihr machte, es fühlte sich verdammt gut an. Also widersprach sie nicht, sondern fühlte nur in sich hinein: »O ja, ich mag die Idee!«

Angenehm war auch, dass der psychische Druck, der so oft und gerade beim allerersten Mal vorhanden war, hier völlig fehlte.

Er hob sie nun hoch und trug sie hinüber zu der bequemen Liege in der anderen Ecke des Ateliers.

Während er sie erneut küsste, spürte sie, wie er

gleichzeitig in sie eindrang. Sie war völlig offen und bereit für ihn und deshalb auch unbeschreiblich nass da unten.

Während sein harter Schwanz langsam immer tiefer in sie hineinglitt, löste Annabelle sich bereits auf in dieser unglaublichen Lust.

Sie spürte ihn so intensiv, wie sie noch nie zuvor im Leben irgendeinen anderen Schwanz gespürt hatte.

Die Langsamkeit schien die Intensität zu steigern. Und umgekehrt. Es fühlte sich geradezu magisch an, ja, hier musste einfach Magie im Spiel sein, anders konnte Annabelle sich nicht erklären, was da passierte und warum sie die Lust in der Langsamkeit so unendlich viel stärker empfand.

Der erste Orgasmus überrumpelte sie ganz plötzlich, ohne Vorwarnung.

Die Lustwelle kam wie selbstverständlich daher, hielt sich ein Weilchen auf dem Gipfel und brandete dann langsam zurück.

Annabelle hatte währenddessen keinen Laut von sich gegeben, nur ihre Schenkel bebten, und tief drinnen zogen sich sämtliche Muskeln zusammen.

Das wiederum brachte Fabian so nahe an den Höhepunkt, dass er beinahe losfeuerte, aber im letzten Moment gelang es ihm, das noch zu verhindern.

»Ich will noch lange nicht kommen«, flüsterte er, »es ist zu wunderbar. Du bist wunderbar, Annabelle.«

Sie vergaßen die Zeit und gaben sich nur ihren Empfindungen hin. Schließlich kam Annabelle so oft, dass sie das Zählen aufgab und ihr ganzer Körper sich wie eine einzige Lustzone anfühlte.

Fabian kam ebenfalls mehrmals, natürlich mit Pausen dazwischen, in denen er aber in ihr blieb, auch mit erschlafftem Glied, bis es von selbst wieder zum Leben erwachte, ganz ohne bewusste oder gar gesteuerte Bewegung.

Sie brauchten nur ihren Körpern die Regie zu überlassen und sich dabei dem Fühlen, Tasten, Schmecken und Riechen des jeweils anderen hinzugeben, den Rest besorgte die Natur mit Hochgenuss ganz von alleine.

»Dich hat mir heute der Himmel geschickt!«, sagte Fabian irgendwann zärtlich zu Annabelle.

»O nein, das siehst du falsch«, lachte sie. »Es ist umgekehrt gelaufen.«

Sie verbrachten den Tag im Bett, zwischendurch holte Annabelle einmal Käse, Brot, Oliven und Wein aus der Küche herauf.

Als sie mit dem Tablett ins Atelier trat, fragte Fabian: »Hattest du tatsächlich jemanden von einer Künstler-Agentur erwartet?«

»Ich wollte gerade dort anrufen, als ich dich auf der Straße sah. Irgendetwas sagte mir daraufhin, diesen Anruf könnte ich mir sparen. Wohin warst du eigentlich unterwegs?«

Er grinste und rieb sich dabei das Kinn. »Geradewegs zu dir. Mich vorstellen. Um zu sehen, wie weit du mit der Arbeit für die Ausstellung bist.«

»Du … du kommst doch nicht etwa von der Galerie Rottmann?«

»Ich bin der neue Geschäftsführer, Annabelle.«

»Ha, in dem Fall bist du ja geradezu moralisch verpflichtet, mir Modell zu stehen«, gab sie seelenruhig zurück. Denn eigentlich gab es wirklich nichts mehr, was sie heute noch hätte überraschen können. Nicht an einem Tag wie diesem ...

Sie beugte sich zu Fabian hinüber und begann erneut damit, ihn auf diese aufreizend langsame und intensiv-sinnliche Weise zu küssen.

Dabei innerlich frohlockend, denn eben war ihr noch etwas klargeworden: Dieses Mal würde sie die Skulptur endlich in den Griff bekommen. Aber das konnte durchaus noch bis morgen warten.

... UND DRINNEN BRODELT EIN VULKAN

Sie war verheiratet – mit einem Mann, dem die Sterne am Himmel näherstanden als seine irdische Frau. Kein Wunder, dass Kristina immer öfter von einem Liebhaber träumte.

Verstehen Sie mich nicht falsch, ich liebe meinen Mann wirklich von Herzen! Diese Tatsache sollten Sie gut im Gedächtnis behalten, auch wenn das folgende Abenteuer, das ich hier gerade niederschreibe, vielleicht einen anderen Eindruck vermitteln mag.

Ich war übrigens schon immer der Meinung, dass die so genannte öffentliche Moral endlich einsehen und vor allem akzeptieren sollte, dass auch Frauen Liebe und Sex durchaus voneinander zu trennen imstande sind.

Wie viel Herzensleid und wie viele im Grunde überflüssige Scheidungen könnten dadurch vermieden werden!

Es braucht doch nur ein bisschen Toleranz, auch und vor allem der eigenen Person gegenüber – und schon könnte das Leben, sprich: Liebesleben, so viel schöner, befriedigender und stressfreier ablaufen!

Lasst uns doch einfach nicht mehr guten Sex mit wahrer Liebe verwechseln!

Ich meine – klar ist es toll, wenn sie gemeinsam auftreten. Und zu Beginn ist das normalerweise ja auch so. Aber jeder kennt doch die unvermeidlichen Abnutzungserscheinungen nach einigen Jahren.

Das enge Zusammenleben von Mann und Frau ist eben schlecht für ein aufregendes Sexleben. Punkt.

Und umgekehrt gilt: Ein aufregendes Sexleben ist für den Alltag eher ungeeignet.

Wer arbeiten und Karriere machen, einen Haushalt in Schuss halten, Kinder erziehen, das Auto zum TÜV bringen, den Hund Gassi führen und Rechnungen bezahlen sowie Steuerunterlagen ausfüllen muss, hat einfach kaum mehr Zeit übrig für die schönste Nebensache der Welt.

Oder ist das bei Ihnen etwa anders?

Ich meine, die paar Minütchen am Samstagabend oder Sonntagmorgen, noch dazu mit dem Gedanken im Hinterkopf: *Eigentlich sollten wir mal wieder … Sonst denkt er/sie noch, wir lieben uns nicht mehr!* – also, das kann es ja wohl nicht gewesen sein.

Sie wissen sicher genau, wovon ich hier schreibe. Lassen wir das, und zurück zu meinem kleinen Abenteuer von neulich, das nun wirklich niemandem etwas wegnahm, aber mir eine tüchtige Portion Lebensfreude zurückgab. Zur Nachahmung übrigens durchaus wärmstens empfohlen!

Ja, ja, ich weiß, ich bin eine Ketzerin und wäre im Mittelalter verbrannt worden. Was soll's!

Um es noch einmal klarzustellen: Mein Mann Dominik ist ein guter Ehemann, ein verlässlicher Kamerad in allen Lebenslagen. Ich kann mich hundertprozentig auf ihn verlassen, o ja. Deshalb liebe ich ihn von Herzen.

Außerdem kann er mir einen wirklich schönen Lebensstil bieten, wenn Sie wissen, was ich meine. Er ist nämlich ein gut bezahlter Wissenschaftler, Doktor der Astrophysik. In Kürze wird man ihm einen Lehrstuhl an einer renommierten Universität anbieten. Letzteres wird einen Umzug mit sich bringen, aber das bisschen Stress verkrafte ich auch noch. Ich wollte ja ohnehin nie in meiner Heimatstadt – obwohl ebenfalls mit einer bekannten Uni geschmückt – mein ganzes Leben verbringen. Aber ausgerechnet hier bekam Dominik damals eine Doktorandenstelle, und so blieben wir für meinen Geschmack viel zu lange hier kleben.

Nun, das wird sich jetzt ja bald ändern.

Die neue Umgebung und eine ebenfalls neue und noch schickere Dachgeschosswohnung werden mich ein Weilchen von meiner immer wiederkehrenden Unzufriedenheit ablenken, die in letzter Zeit tatsächlich ein wenig lästig geworden war.

Ich hatte sogar manches Mal mit dem Gedanken gespielt, mich ein wenig in einer dieser Chatgruppen im Internet zu tummeln. Und unter einem möglichst kessen Tarnnamen mit möglichst vielen Männern hemmungslos zu flirten.

Leider muss ich gestehen, dass ich aber in solchen Dingen in der Realität eher ein Feigling bin.

Ich lese ja manchmal in verschiedenen Blogs im Internet herum, und zwar vornehmlich solchen, in denen wildfremde Leute über ihre angeblichen Sexorgien berichten, und das stößt mich irgendwie regelmäßig so sehr ab, dass ich tagelang wie blockiert bin.

Also habe ich beschlossen: *Das kann es ja nun wohl auch nicht sein, Kristina-Mäuschen! Jedenfalls nicht für dich, die du eine hoffnungslose Träumerin und Romantikerin bist!*

Ja, es ist so, ich gestehe es: Ich stehe nicht auf *Spanking, Swingerclubs, Sadomaso und Co.*

Ich liebe es auf die herkömmliche Weise: das gute alte Stöpselspiel eben.

Für mich kommt die erotische Erregung auf Samtpfötchen daher. Mann kann mich mit Champagner, edlem Parfüm und wunderschönen Blumensträußen durchaus bereits in Stimmung bringen. Auch heiße Dessous lasse ich mir nur zu gerne schenken.

Außerdem sollte der Loverboy selbst eine Augenweide sein, mit einem einigermaßen trainierten Body, ein kleiner Bauchansatz ist nicht so schlimm, da bin ich eher großzügig. Aber gut gepflegt von Kopf bis Fuß, das ist ein absolutes Muss. Und wenn er auch noch gut riecht, dann lasse ich vieles mit mir machen, außer – siehe oben die kleine Negativliste!

Ich stehe auf Zärtlichkeit, heiße Küsse und möglichst lange Schäferstündchen, von leiser Musik untermalt. Hinterher sollte noch zumindest Zeit für ein kleines Nickerchen und eine gemeinsame Dusche sein.

So, jetzt kennen Sie meine optimalen Rahmenbedingungen.

Natürlich geht auch weniger, je nach Situation, aber im Großen und Ganzen sollte es so ablaufen.

Wobei ich durchaus nichts gegen einen gelegentlichen Wahnsinnsquickie im dunklen Hauseingang oder auf dem Autorücksitz (sofern es sich um einen großen und bequemen Wagen handelt!) einzuwenden hätte.

Ah, ich merke gerade, ich bin ja schon wieder ab-geschweift, dabei wollte ich doch eigentlich nur mein kleines, feines Abenteuer von neulich hier erzählen.

Nun denn: Klappe, zweiter Versuch.

An diesem Abend packte es mich mal wieder. Es war außerdem Freitag, und ich hätte Gott weiß was dafür gegeben, mit Dominik loszuziehen. Zuerst ein schönes Abendessen in einem netten Lokal und dann noch in eine Bar mit leiser Musik und gut gekleideten Menschen. Anschließend nach Hause, das Vorspiel bereits im Auto beginnen, im Hausflur sich die Kleider vom Leib reißen, um dann geil wie die Hölle übereinander herzufallen.

Übrigens hätte ich mir in der Rolle des Lovers auch einen namenlosen schönen Fremden vorstellen kön-nen ... Na ja, und irgendwie sprach ich den Gedanken dann auch plötzlich laut aus. Außerdem wollte ich Do-minik provozieren und nicht zuletzt herausfinden, ob er mir manchmal wenigstens noch zuhörte. Oder mich eher als Teil unserer stilvollen Wohnungseinrichtung betrachtete.

»Ich wünschte, ich hätte einen Liebhaber!«, sagte ich also laut und vernehmlich.

Nein, er schien mir wirklich nicht zuzuhören ... Wie meistens in der letzten Zeit. Er war wieder einmal in den neuesten Monatsbericht der »Gesellschaft für As-tronomie und Astrophysik« vertieft.

»Hast du eben was gesagt, Liebling?« – Huch, ir-gendwas hatte er also doch mitbekommen.

Ich wiederholte brav den Satz, langsam, Wort für Wort, damit er nur ja dieses Mal auch alles mitbekam. In meiner sanften Stimme ließ ich sehnsüchtige Töne mitschwingen, ich kann das, ich weiß das.

Tatsächlich blickte Dominik einen Moment von seinem Bericht auf und warf mir einen – allerdings belustigten – Blick zu, ehe er mir eine bierernste Antwort gab, die ihm mal wieder nur zu ähnlich sah: »Zurzeit kann man jede Nacht Sternschnuppen am Himmel beobachten. Wenn du eine siehst, darfst du dir etwas wünschen. Es wird in Erfüllung gehen, heißt es.«

Dominik und sein ganz spezieller Sinn für schwarzen Humor!

Eigentlich liebte ich seine makabren Scherze, die meiste Zeit jedenfalls, unter anderem deswegen hatte ich ihn ja geheiratet. Weil er mich nämlich zum Lachen bringen konnte. Und diese Fähigkeit ist, glauben Sie mir, in einer langjährigen Ehe einfach unbezahlbar.

Heute allerdings hätte ich ihn samt seinen blöden Sprüchen zum Teufel jagen mögen. Ich fühlte mich nicht für voll genommen von ihm, weder als Frau noch als Person mit ureigensten Bedürfnissen und Wünschen.

»Ich wollte, ich wäre dir nie begegnet!« Kaum waren die Worten heraus, schlug ich mir mit der flachen Hand auf den vorwitzigen Mund. Denn eigentlich meinte ich es gar nicht so, es hatte so gehässig geklungen, weil ich frustriert war, dabei wollte ich doch das gerade niemals werden: *eine sexuell frustrierte Zimtzicke!*

Dominik allerdings behielt seinen unerschütterlichen Sinn für Humor auch in dieser Situation bei – glauben Sie mir jetzt meine Behauptung von eben: über den Humor in einer langjährigen Ehe …?

»Du darfst den Wunsch niemals laut aussprechen in Gegenwart einer anderen Person, Schatz! Sonst geht er nicht in Erfüllung. Außerdem weisen Sternschnuppenwünsche immer in die Zukunft. Die Vergangenheit kann man sich damit nicht mehr zurechtwünschen. Tut mir leid, mein armer Liebling.« Dominik lachte mich tatsächlich zärtlich-verschmitzt an.

Mir schmolz einerseits das Herz, andererseits ärgerte ich mich fast schwarz.

Er nimmt dich ganz offenbar wirklich nicht ernst, Kristina! Na warte, mein Lieber ... Wer zuletzt lacht, lacht bekanntlich am besten. Du wirst schon sehen.

Anschließend musste ich auch lachen, allerdings absolut gegen meinen Willen!

»Wie konnte ich dumme Gans mich nur ausgerechnet in einen Wissenschaftler verlieben? Und noch dazu in einen Sternkundler?«

Dominik grinste dazu jetzt ziemlich schräg, daher wusste ich aus Erfahrung: Er bekam nun doch Schuldgefühle! Demnach wusste er also durchaus um meinen Frust, immerhin.

»Nur noch einige Nächte in der Sternwarte, Kristina. Sobald ich gefunden habe, wonach ich seit langer Zeit systematisch suche, wird sich auch mein Arbeitsrhythmus normalisieren. Ich bin ganz nah dran am Ziel, hab nur noch etwas Geduld mit mir, bitte.«

Was konnte ich da machen oder sagen? Dominik war ein guter Gesprächspartner, wenn er denn erst einmal den Mund aufmachte. Er wusste, wie man richtig kommunizierte. Er wurde nie ausfallend oder gar verletzend.

Ich konnte ihm nicht böse sein, obwohl ich natürlich immer noch meine geheimen Wünsche hegte und auch meine Gelüste sich keineswegs schlafen gelegt hatten.

Ich nickte brav, trat zu Dominik, strich ihm durchs dichte Haar, das wieder einmal einen Schnitt vertragen hätte und doch wie ich ebenfalls warten musste – auf bessere Zeiten in der Sternwarte –, und drückte ihm dann einen zärtlichen Kuss auf die Stirn. Ganz die liebende und treu sorgende Ehefrau.

Aber tief drinnen in mir zischte und brodelte ein glühend heißer Lavastrom, der sich unaufhaltsam vorwärtswälzte.

Wie bei einem Vulkan, der kurz vor dem Ausbruch stand.

Später, als Dominik zur Sternwarte aufgebrochen war, saß ich lange allein am Fenster und starrte in den Nachthimmel. Dabei fiel mir etwas Trauriges auf: Ich hasste inzwischen die wunderschön funkelnden Sterne dort oben, und dabei war ich als kleines Mädchen doch so vernarrt in den Anblick gewesen.

Als ich meinen späteren Ehemann traf, erschien es mir irgendwie sogar folgerichtig, ausgerechnet einem Sternenkundler meine Hand fürs Leben zu reichen.

An diesem Abend fragte ich mich irgendwann, ob meine plötzliche Abneigung darin begründet war, dass ich nun die Liebe meines Mannes ausgerechnet mit jenen fernen Sternen teilen sollte?

Und noch eine andere Frage drängte sich mir auf: War Dominik vielleicht innerlich ein kleiner Junge geblieben, der als Mann seine Träume auslebte? Während ich selbst eine erwachsene Frau geworden war, deren Sehnsüchte und Träume nicht mehr durch bloßes In-die-Sterne-Gucken zu befriedigen waren?

Ich stieß einen tiefen Seufzer aus. Denn eines war sicherlich richtig: Mein Dominik war phasenweise wenigstens ein Träumer, das wusste ich aus unserem gemeinsamen Alltag. Ein liebenswerter Träumer zwar, der aber leider manchmal die falschen Träume und vor allem an mir vorbei auslebte.

Nur ein Beispiel: Warum konnte er nicht, so wie ich, wenigstens hin und wieder einen Traum mit mir teilen, in dem ein Palmenstrand vorkam und ein kleiner Bungalow, darin ein riesiges Bett, auf dem unsere beiden gebräunten Körper sich leidenschaftlich dem Sex hingaben? Eine Liebesreise wie diese hätten wir uns doch locker leisten können.

An dieser Stelle meiner nächtlichen Überlegungen schloss ich die Augen und ließ den Film auf meiner inneren Leinwand weiter ablaufen ... bis plötzlich der Liebhaber im Film den Kopf hob und ich sein Gesicht erkennen konnte.

Es durchfuhr mich wie ein Blitz – Sebastian!

Jetzt richtete sich auch die nackte Frau auf, warf die langen dunklen Haare zurück und schlang die Arme impulsiv um Sebastians Nacken.

Die Frau aber war, Sie erraten es sicher bereits: ich selbst!

Ich konnte Sebastians heiße Lippen spüren auf den meinen, wie sie härter und fordernder wurden, über meine feuchte Haut streiften bis hinunter in den Schoß. Ich konnte fühlen, wie seine Zunge meinen Kitzler fand und leckte, bis sie schließlich in mich vordrang, die ich längst übersprudelte vor Nässe. Und Sebastian trank meinen Nektar, mit Wonne, er schnurrte regelrecht dazu, so wie früher auch immer. Nichts hatte sich verändert, gar nichts.

Die Lust wurde wilder und wirbelnder, trug mich auf einer heißen Welle mit sich fort bis hinauf zu den einladend funkelnden Sternen ... und weiter in einem rasenden Wirbel in die dunklen Weiten des Alls, die dahinter lagen.

Der überraschend einsetzende und sehr starke Orgasmus katapultierte mich gleichzeitig zurück in die Wirklichkeit.

Ich war verwirrt, besonders weil ich jetzt erst bemerkte, dass ich mich ja nicht einmal selbst berührt hatte, lediglich die Beine waren übereinandergeschlagen, und mein Becken pulsierte noch im zuckenden Rhythmus des Erdbebens, das da tief in mir soeben stattgefunden hatte. Hervorgerufen ganz allein durch die Macht der Fantasie, der inneren Bilderwelt.

Als ich die Augen wieder öffnete, wurde mein Blick magisch angezogen vom nächtlichen Himmel draußen vor dem Fenster.

Und da war sie plötzlich, die Sternschnuppe!

Nur wenige Sekunden lang war es mir vergönnt, die halbkreisförmige Bahn des Himmelskörpers am Firmament zu verfolgen und den leuchtenden Schweif zu bewundern, dann war der Spuk verschwunden. Verglüht wie mein letzter Traum.

Oder wie eine heftige, aber kurze Liebesaffäre.

Jetzt erst fiel mir auf: Ich hatte, während ich die Bahn der Sternschnuppe verfolgte, halblaut etwas vor mich hin gemurmelt, oder vielmehr gestöhnt.

»*Sebastian! Ich möchte dich so gerne wiedersehen.*«

Ich war entsetzt und verwirrt zugleich, sprang auf vom Sessel, zog rasch den Vorhang zu und ging bald darauf mit einem Glas Rotwein ins Bett.

Noch lange hörte ich in dieser Nacht die uralte,

schon ziemlich verkratzte Platte mit der Gitarrenmusik an, immer und immer wieder.

Zu diesen Klängen hatte ich oft mit Sebastian in dessen Studentenbude getanzt, geredet und ihn leidenschaftlich verführt. Damals.

Es war eine kleine Ewigkeit her, aber die Erinnerung wieder ganz frisch. Immerhin war Sebastian der erste Mann in meinem Leben gewesen.

Mein letzter Gedanke in dieser Nacht, ehe ich endlich doch einschlief, war: *Ob Sternschnuppenwünsche tatsächlich in Erfüllung gehen?*

Am nächsten Morgen strahlte die Sonne, es war wunderbar warm, der Sommer hielt endlich Einzug.

Gegen Mittag – Dominik schlief noch, er war erst um sechs Uhr morgens aus der Sternwarte heimgekommen – verspürte ich aus einer plötzlichen Eingebung heraus den Drang, in die Innenstadt zu fahren. Ich wollte mir eine Jugendstil-Lampe (ich liebe Jugendstil, müssen Sie wissen!) für mein Arbeitszimmer kaufen, in dem ich die Artikel für das Stadtmagazin herunterschreibe. Meistens abends, deshalb brauchte ich mehr Licht am Schreibtisch.

Beim Frühstück war mir aus der Morgenzeitung auch noch dieser Prospekt eines Einrichtungshauses entgegengeflattert. Anlässlich irgendeines Jubiläums wurden da ausgerechnet Jugendstil-Spiegel und -Lampen günstig angeboten. Vielleicht würde ich da mal vorbeischauen.

Eine Weile schlenderte ich ziellos durch die Straßen. Irgendwie war ich unentschlossen. Auch müde, da ich in der Nacht wenig geschlafen und immer wieder wildes

Zeugs geträumt hatte, wodurch ich jedes Mal aus dem Schlaf hochgeschreckt war.

Irgendwann blieb ich, wie unter einem inneren Zwang, in einer kleinen Seitenstraße vor einem Geschäft stehen.

Siehe da – Lampen!

Das einzige Schaufenster war rappelvoll mit Lampen der unterschiedlichsten Stilrichtungen. Mein geliebter Jugendstil war auch vertreten.

Als ich die Tür öffnete und eintrat, ertönte eine hübsche, altmodische Glocke. Von hinten kam ein hochgewachsener Mann langsam auf mich zu. In ruhigem, sehr höflichem Tonfall erkundigte er sich, ob er mir helfen könne.

Ich zuckte zusammen, wollte meinen Ohren nicht trauen. Ich kannte seine Stimme, erst letzte Nacht hatte ich ihren einschmeichelnden sanften Klang im Ohr gehabt.

Ich starrte ihm ins Gesicht. Es war tatsächlich Sebastian.

Ein bisschen älter, ein bisschen grauer und auch ein bisschen voller geworden. Aber er war es, unverkennbar.

Er stutzte jetzt ebenfalls. »Ist das wirklich wahr? Du, Kristina? Was für ein Zufall. Ich wusste gar nicht, dass du noch hier lebst. Du wolltest doch damals schon immer weg, am liebsten nach Amerika, nur weg von hier!«

»Und du? Du warst der größere Weltenbummler von uns beiden. Deswegen kam auch eine Heirat für dich nicht in Frage, du wolltest nirgendwo fest hängen bleiben. Deine Worte von damals, weißt du nicht mehr?«

Wir sahen uns tief in die Augen und mussten losprusten.

Und dann lagen wir uns auch schon in den Armen, es war unvermeidlich.

Ich spürte Sebastians Lippen auf den meinen, wie letzte Nacht vor dem Fenster. Ich erkannte den Geschmack und auch den sanften Druck wieder, und mein ganzer Körper erinnerte sich und reagierte spontan, ganz wie damals. Was hätte er auch sonst tun sollen?

Klar klingt es verrückt, was da passierte, ich weiß es ja selbst. Aber es war Realität, wie die Sternschnuppe am nächtlichen Himmel eine Realität gewesen war, nur wenige Stunden zuvor ...

Sebastian ließ mich plötzlich los und sagte heiser: »Warte einen Moment.«

Mit ein paar langen Schritten war er an der Tür, schloss sie von innen ab und drehte ein Schild, das dort hing, herum: *Vorübergehend geschlossen.*

»Siehst du«, sagte er heiter, »das sind die Vorteile, wenn man sein eigenes Geschäft hat.«

Er nahm meine Hand und zog mich mit sich in einen kleinen Nebenraum, in dessen einer Ecke ein Schreibtisch mit einem Computer darauf stand. In der gegenüberliegenden Ecke fristete eine alte Couch, die ich sofort wiedererkannte, ein einsames Dasein.

»Mein Büro!« Er grinste verlegen wie ein Lausbub. »Es lechzt geradezu danach, endlich einmal zweckentfremdet zu werden. Du wirst es nicht glauben, Kristina, aber ich träumte in den letzten Nächten immer wieder denselben verrückten und gleichzeitig so intensiven Traum. Du kamst zur Tür herein, und wir liebten uns auf meiner alten Couch hier. Hört sich durchgeknallt

an, ich weiß, ist aber die reine Wahrheit, ich schwöre
es.«

»Ich glaube dir!«, erwiderte ich ernst. Und Sebastian war ja auch nie ein Lügner gewesen. Manchmal war
er mir sogar eine Spur zu brutal ehrlich gewesen. Zum
Beispiel, wenn wir uns über die Zukunft unterhielten,
von der ich eine Zeit lang hoffte, wir würden sie gemeinsam gestalten.

Er trat jetzt ganz nahe an mich heran – und alles lief
beinahe haargenau so ab wie in meinem Wachtraum
letzte Nacht am Fenster.

Nur war dieses Mal eben alles real: der süße Druck,
der Geschmack, der Geruch, der sich aufbäumende harte Schwanz, der in meiner Hand zuckte und dann regelrecht zu sprudeln begann vor feuchter Vorfreude.

Wir rissen uns tatsächlich die Kleider vom Leib.

Ich weiß, es klingt albern, auch kitschig, aber anders
kann man es nicht nennen, will man die Geschwindigkeit und Heftigkeit einfangen für den nun ablaufenden
Film

»Kristina und Sebastian«.

Er warf mich regelrecht auf die Couch, stürzte sich
zwischen meine weit geöffneten Schenkel – und schon
war seine harte Zunge auf dem Weg. Abwechselnd leckte sie Perle und Möse, bis ich wieder einmal Sterne sah,
dieses Mal hinter geschlossenen Augenlidern.

Dann machte sich die Zunge samt den harten Männerlippen über meine Brustknospen her, das heftige
Saugen und Lecken brachte mich bereits ganz nahe an
den Explosionspunkt heran.

Ich schrie auf: »Komm endlich, ich halte es nicht
mehr aus!«

Sebastians Schwanz zuckte in meiner Hand, der schwere Männerkörper zwischen meinen Knien senkte sich auf mich herab.

Ich führte ihn noch auf den richtigen Weg und ließ dann los. Er kannte die Pforte, er wusste, wie ich es mochte, und er tat es.

Was soll ich sagen – ich kam beinahe sofort, nachdem er in mich eingedrungen war und mich quasi in zwei bebende Hälften gespalten hatte.

Der süße Druck war einfach zu unwiderstehlich, mein Innerstes war weit offen und pitschenass, es gab kein Hindernis mehr auf dem Weg zum Gipfel.

Mein Körper hatte genau danach gelechzt, und jetzt war es eben passiert.

Amen.

Sebastian kam innerhalb der nächsten zehn Sekunden ebenfalls. Wie eine Rakete ging er ab. Wie damals, wenn wir uns einmal eine längere Zeitspanne nicht hatten sehen können. Dann lief es beim ersten Mal danach auch immer so ab. Alles war wie immer, nichts schien sich verändert zu haben. Es war geradezu gespenstisch.

Da raunte er mir auch bereits diese Worte ins Ohr: »Weißt du noch, damals, da konnte ich schon nach ein paar Minuten wieder und nicht viel später auch noch ein drittes Mal. Und in jenem Spanienurlaub haben wir es sogar vier Mal an einem Nachmittag getrieben. Damals gab es ja noch diese einsamen Strandabschnitte überall. Damit ist es heutzutage leider vorbei, mit den einsamen Strandabschnitten, meine ich.«

Ich musste kichern. »Angeber.«

Woraufhin Sebastian sich sofort daranmachte, es mir zu beweisen …

Später wurde irgendwo über uns eine Tür laut zuge-
schlagen, dann hörten wir Kinderstimmen, die sich zu
streiten schienen. Bis eine Frau dazwischenfunkte.

Sebastian seufzte leise, es klang eher verträumt als
beunruhigt. »Meine Familie ist zurück«, sagte er dann.

Als ich am späteren Nachmittag nach Hause kam, wartete Dominik mit einer Flasche Champagner und Blu-
men auf mich.

»Überraschung, Liebling!« – er ließ den Korken knal-
len.

»Auf den neuen Stern, den ich heute Nacht entdeckt
habe! Ich habe den Stern *Kristina* getauft. Zu Ehren
der tollsten und liebsten Ehefrau auf Erden. Und heute Abend bleibe ich daheim. Ganz zu Ihren Diensten,
Madame!«

Er zwinkerte mir vielsagend und ziemlich sexy zu,
ehe er mir den Champagnerkelch reichte.

Noch während ich den ersten Schluck voller Genuss
langsam auf der Zunge zergehen ließ, kam mir ein ket-
zerischer Gedanke.

Ich würde mich in Zukunft regelmäßig nächtens auf
die Lauer legen. Um nur ja keine Sternschnuppe zu ver-
passen!

Wie sollte eine ganz normale Frau wie ich sonst wohl
zu einem sterneverschenkenden Ehemann gleich noch
einen bewährten Liebhaber wiederfinden respektive neu
erobern? Durch bloßen Zufall jedenfalls kaum.

Oder sehen Sie das anders? Glauben Sie etwa noch
an Zufälle?

DER MANN MIT DER OLIVENHAUT

Jasmin hatte ihren Traumjob ergattert: Sekretärin an der Deutschen Botschaft in Delhi. Mit dem Segen ihres neuen Chefs erforschte sie erst mal die neue, ungewohnte Umgebung. Auf dem Markt traf sie dann diesen geheimnisvoll wirkenden Inder, der sie auf besondere Art und Weise anzog.

Das Flugticket wurde ihr per E-Mail – also elektronisch – zugestellt, sie brauchte es nur noch auszudrucken und ihre Koffer zu packen. Einige Tage später bestieg Jasmin in Frankfurt die Maschine nach Delhi.

Nach dem erfolgreichen Start beschrieb der Flieger noch eine leichte Rechtskurve und hob dann die Nase steil den Wolken entgegen. Bald darauf waren die endgültige Reisehöhe erreicht und die Anschnallzeichen über den Sitzreihen der Passagiere erloschen – für Jasmin das Signal, es sich auf ihrem Platz gemütlich zu machen. Sie löste den Gurt und schob sich ein Kissen in den Nacken.

Eine freundliche Stewardess kam vorbei und reichte ihr ein Gläschen Sekt.

Jasmins Welt war perfekt in diesen köstlichen Minuten zu Reisebeginn, immerhin begann sich für sie gerade einer ihrer wichtigsten Lebensträume zu erfüllen: *Das faszinierende Land Indien erwartete sie … Endlich!*

Sie freute sich wirklich auf ihren neuen Job als Sekretärin an der Deutschen Botschaft. Aber fast noch mehr freute sie sich auf das fremde, geheimnisvolle Land und dessen Menschen.

Nach der Landung in Delhi nahm Jasmin ein Taxi und fuhr schnurstracks zur Botschaft. Der lange Flug hatte sie zwar strapaziert, andererseits aber war sie viel zu aufgekratzt, um sich eine Rast zu gönnen.

Ihr neuer Chef Walther Merkur und seine Frau Veronika begrüßten sie herzlich, beinahe schon überschwänglich.

Sie mochte das Paar sofort. Die beiden waren schon etwas älter und erinnerten Jasmin in ihrer Fürsorglichkeit an ihre eigenen Eltern.

Walther legte ihr später zum Abschied die Hand auf den Arm und sagte warm: »Lassen Sie sich ruhig Zeit beim Eingewöhnen! Ihr offizieller Arbeitsbeginn ist ohnehin erst am 15. des Monats, Sie haben also einige Tage Zeit. Ihr Apartment ist fertig eingerichtet und mit allen modernen Annehmlichkeiten ausgestattet. Wenn Sie außerdem etwas benötigen sollten, lassen Sie es mich oder meine Frau wissen, wir helfen Ihnen jederzeit gerne!«

Die Botschaft hatte ihr neben dem großzügigen Apartment in einem der besten Viertel der Stadt auch einen kleinen Dienstwagen gestellt. Also beschloss Jasmin bereits am folgenden Morgen, sich Delhi näher anzusehen.

Voller Begeisterung tauchte sie ein in eine ihr bisher gänzlich fremde und exotische Welt.

Das Gewimmel auf den Straßen, die bettelnden Kinder, die heiligen weißen Kühe überall – die Fülle der Eindrücke erschlug sie anfangs beinahe, übte aber zugleich auch eine große Faszination aus, der sie sich zunehmend begeistert hingab.

Ein Weilchen ließ Jasmin sich einfach treiben vom Lebensstrom in der indischen Metropole. Das Auto hatte sie längst in einem Parkhaus abgestellt, nun schlenderte sie eher ziellos umher, vertraute allein ihren Instinkten und Sinneseindrücken.

Irgendwann wanderte sie über einen kleinen Platz, auf dem gerade ein Markt stattfand. Es wurden Obst, Gemüse und Gewürze verkauft. Auch die verschiedensten Teesorten gab es hier, unter anderem Jasmins Lieblingsgetränk: schwarzen Tee aus Darjeeling.

Natürlich konnte sie nicht widerstehen und blieb vor dem Tisch eines Teehändlers stehen.

Der Mann begann sofort auf sie einzureden, dabei hielt er ihr außerdem Teeblätter dicht unter die Nase, ehe er diese zwischen Daumen und Zeigefinger verrieb, damit die Kundin das Aroma besser beurteilen konnte.

Jasmin verstand kein Wort von dem, was der Händler sagte, und wollte sich bereits wieder zum Gehen wenden. Aber der Mann griff nach dem Zipfel ihres leichten Sommerkleides, um sie am Stand festzuhalten. Außerdem wurden seine Worte hörbar schärfer und der Ausdruck in den dunklen Augen stechender. Es war klar, der Teehändler war nicht gewillt, sie so einfach weiterziehen zu lassen, ein paar Rupien immerhin gedachte er ihr abzuknöpfen.

In diesem Augenblick tauchte der dunkelhäutige

Fremde an ihrer Seite auf. Er ergriff wie selbstverständlich ihren Arm, warf dem aufdringlichen Händler ein paar kurze Sätze zu, worauf dieser auch brav Jasmins Kleiderzipfel losließ und sich mürrisch zurückzog.

Sie bedankte sich sofort höflich bei ihrem Retter. Weil sie wusste, dass jeder gebildete Inder – und diesen Eindruck erweckte er ganz entschieden – Englisch sprach, sagte sie automatisch: »Thank you very much for your help, indeed!«

Der Fremde verbeugte sich daraufhin leicht vor ihr. Im weißen Leinenanzug, mit dem schwarzen Turban auf dem Kopf, gab er eine blendende Erscheinung ab. Ein wirklich schöner Mann, wie aus einem Märchen der Kategorie Tausendundeine Nacht ...

Seine dunklen Samtaugen glühten, als er ihr auf Deutsch die Antwort gab: »Der Händler eben hielt Sie für eine Touristin und hat natürlich sofort fette Beute gewittert. Alleinreisende Europäerinnen trifft man hier eher selten, er wollte sich die Chance nicht entgehen lassen.«

Jasmin betrachtete ihn verblüfft, auch weil er die deutschen Worte beinahe akzentfrei aussprach, da lächelte er und schob schließlich noch eine weitere Erklärung nach: »Ich habe in Deutschland studiert, in Heidelberg. Ich kenne Ihr Land gut. Und Sie sehen nun wirklich nicht aus wie eine Engländerin, außerdem verrät Sie Ihr Akzent.«

Ja, klar! Er brauchte nur hinzuhören, logisch zu denken und eins und eins zusammenzuzählen, so einfach war das. Jasmin nickte und begegnete dabei wieder seinem intensiven Blick.

Plötzlich war ihr sehr warm, obendrein fühlte sie sich

seltsam schwindlig. Die feuchte Hitze Delhis machte ihr also doch zu schaffen, trotz des sommerlichen Kleides aus leichter Seide.

Dazu die recht intensiven Gerüche ringsum.

Na ja, und ein bisschen wohl auch die Nähe dieses gut aussehenden Fremden, dessen eindringliche Blicke sie immer mehr zu verwirren begannen.

»Kommen Sie«, sagte er in diesem Augenblick, »Sie müssen sich ein wenig ausruhen. Offenbar sind Sie noch nicht lange im Land, das Klima kommt einem Europäer anfangs mörderisch vor! Man verliert ständig Flüssigkeit durch Schwitzen schon beim bloßen Umherschlendern und sollte deshalb viel trinken. Ganz in der Nähe gibt es ein Hotel mit funktionierender Klimaanlage und einer netten kleinen Bar.«

Während sie auf die Getränke warteten, stellte der Inder sich auch endlich vor: »Nennen Sie mich einfach John«, sagte er und sah Jasmin dabei offen in die Augen. »Das ist mein zweiter Vorname, meine Mutter war Engländerin. Mein indischer Name ist dagegen für europäische Zungen sehr ungewohnt.«

Nun war die Reihe an ihr, und automatisch spulte sie ihr übliches Sprüchlein herunter. »Ich heiße Jasmin. Jasmin Reichenbach.«

So, das hatten sie ja nun hinter sich – Jasmin und John!

Er lächelte auch wieder auf diese geheimnisvoll anziehende Art, die ihr gleich zu Beginn schon aufgefallen war und deren Auswirkung auf sie wiederum dieselbe war: Ihr Pulsschlag verstärkte sich spürbar. Also senkte sie lieber rasch den Blick, ehe sie am Ende auch noch blutrote Wangen bekam wie ein Teenager. Das hätte noch gefehlt.

Hatte er ihre Verlegenheit bemerkt? – Jedenfalls ergriff er plötzlich ihre Hand, drehte sie herum und drückte einen blitzschnellen Kuss auf die Innenseite.

So kurz die Berührung auch war, sie genügte, um Jasmin am ganzen Körper erbeben zu lassen.

Blitzartig traf sie eine Erkenntnis: *Dieser Mann übt eine ungeheuer sinnliche Anziehungskraft auf mich aus. Wenn ich nicht höllisch aufpasse, bin ich verloren.*

Als er jetzt den Kopf hob und ihr wieder in die Augen sah, senkte sie sofort die Lider, es war wohl ein Schutzreflex, der tief aus ihrem Unterbewusstsein kommen musste.

Er ließ ihre Hand los, und auch dieser schwache Moment war Gott sei Dank vorüber.

Anschließend tranken sie ihren Tee, plauderten ein bisschen über dies und jenes und lachten außerdem viel über unsinnige kleine Dinge, an die Jasmin sich hinterher nicht einmal würde erinnern können.

Irgendwann wurde es dann allerdings höchste Zeit, das gemütliche Teestündchen zu beenden. Johns Handy jammerte immer öfter los, er beachtete es zwar nicht, aber Jasmin gab schließlich selbst das Aufbruchsignal.

Er ließ sich nicht davon abhalten, sie bis zu ihrem Wagen zu begleiten – »Sie kennen die Stadt noch viel zu wenig, Delhi ist ein ziemlicher Moloch!«

Zum Abschied machte er ihr dann noch ein verlockendes Angebot – er schlug vor, am nächsten Tag zusammen nach Agra zum berühmten Tadsch Mahal zu fahren.

Nach kurzem Zögern nahm Jasmin die Einladung schließlich an.

Sie sagte sich, es sei wohl besser, den Ausflug in Begleitung eines Mannes zu machen. Vor allem, wenn dieser Mann Land und Leute kannte. Jedenfalls redete sie sich selbst dieses Motiv ein.

Später, als sie allein in ihrer klimatisierten Wohnung war, ertappte sie sich dabei, wie sie vor dem Badezimmerspiegel stand und die Handfläche, die seine Lippen vor Kurzem noch berührt hatten, an ihre Wange presste.

Sie spürte seinen warmen Atem deutlich an ihrem Ohr, als er sich jetzt zu ihr beugte. »Das Tadsch Mahal wurde einst als immerwährendes Symbol für eine große Liebe erbaut. Sie kennen sicher die Geschichte, die hinter dem Grabmal steckt, Jasmin, oder?«

»O ja, sicher, wer kennt sie nicht!« Sie nickte zustimmend, während sie gleichzeitig mit großen Augen den Tempel der Kaiserin Mumtaz Mahal bestaunte, diesen wirklich herrlichen Marmorbau von unbeschreiblichem Ebenmaß.

Sie legte schließlich auch noch den Kopf zurück in den Nacken und beschattete ihre Augen dabei gegen die Sonne. Kein Detail sollte ihr entgehen von dem prachtvollen Anblick. Jasmin hatte sich seit Jahren schon ausgemalt, wie es wohl sein würde. Und nun stand sie also tatsächlich hier, auch noch zusammen mit einem wunderschönen Mann, wer hätte das gedacht?

Auf einmal waren Johns Lippen auf ihrem Hals, er hatte offenbar der Einladung nicht widerstehen können!

Er berührte sie zwar nur ganz sacht, vielleicht eine winzige Sekunde lang. Trotzdem begann ihr Puls sofort zu flattern, ihre Kniekehlen wurden weich.

Er musste ihre plötzliche kleine Schwäche wohl bemerkt haben, denn er zog sie an sich. »Müde?«, erkundigte er sich. »Lassen Sie uns doch etwas trinken und uns im Schatten ausruhen. Sie wissen ja, Sie sind die Hitze hier noch längst nicht gewohnt. Das braucht alles seine Zeit.«

Sie lehnte ihren Kopf einen Moment lang an seine Schulter und nickte nur schwach, gleichzeitig bemerkte sie den leichten fragenden Druck seines Beins an ihrem Oberschenkel.

Und dieses Mal wich sie nicht aus, sie gab den Druck sogar kaum merklich zurück.

Dann war auch dieser kurze Moment vorüber.

Als Nächstes fragte sie sich beunruhigt, ob die Berührung eben nicht nur in ihrer überhitzten Fantasie stattgefunden haben mochte oder aber von seiner Seite völlig unbeabsichtigt einfach so passiert war?

Allerdings sagte ihr gleich darauf ihr weiblicher Instinkt klar und deutlich: *Er hat das mit voller Absicht getan … und du im Übrigen auch, Jasmin-Schätzchen!*

Einige Zeit später saßen sie nebeneinander in einem Straßencafé und tranken erneut Tee, das beste Getränk in dieser feuchten Hitze.

Und wieder geschah es wie nebenbei – seine Hand streifte sachte ihren nackten Unterarm. Sofort richteten sich die feinen Härchen auf ihrer Haut auf, und sogar ihre Brustwarzen wurden hart.

Jasmin ahnte natürlich, dass man diesen letzten Umstand durch die dünne Seide ihrer Bluse hindurch deutlich bemerken konnte.

Aber was hätte sie dagegen schon groß tun können?

Ihr Körper reagierte derzeit anscheinend völlig losgelöst und damit unabhängig von ihrem Willen.

John, der heute in einem cremefarbenen Leinenanzug mit dazu passendem dunkelgrauem Polohemd steckte und außerdem auch noch nach einem edlem Herrenduft roch, ließ seine Samtaugen bewundernd über ihre Brüste gleiten, ehe er leise sagte: »Sie sind eine sehr schöne und begehrenswerte Frau, Jasmin!«

Seine Worte klangen weder unverschämt noch plump oder gar lächerlich, sondern so sanft und obendrein sinnlich – es schien ihr, als würde seine Stimme, während er zu ihr sprach, über ihre Haut streicheln.

Wenn er dies gerade mit voller Absicht tat, dann war er ein Meister seines Faches. Einer, der genau wusste, wie man eine Frau verführte.

Sie bemerkte, wie feucht sie geworden war, ihr Seidenslip meldete den Zustand nur zu deutlich. Sie begann unruhig auf ihrem Stuhl herumzurutschen und musste obendrein ein Aufstöhnen unterdrücken.

An diesem Abend begleitete er sie bis vor ihre Wohnungstür.

Zum Abschied küsste er sie zart auf den Mund, seine Zunge glitt für einen kurzen Augenblick lang zwischen ihre halb geöffneten Lippen.

Dann war auch dieser Moment vorbei, John verbeugte sich leicht und wünschte ihr eine gute Nacht.

Alleine und mit weichen Knien betrat Jasmin ihr Apartment.

Später, nach einer lauwarmen Dusche, mixte sie sich einen kühlen Drink in der Küche und ging damit hinüber ins Schlafzimmer.

Sie ließ den seidenen Hausmantel fallen und sich selbst splitternackt aufs Bett gleiten. Sie begann dann damit, sich zärtlich zu streicheln, dabei dachte sie an Johns Samtaugen, an seine wunderschöne Olivenhaut, seine Zunge zwischen ihren feuchten Lippen und an seinen berauschenden männlichen Duft.

Die Brustknospen wurden steif während dieser Gedankenreise, und weiter unten begann es sehr, sehr feucht zu werden. Jasmins Nektar begann zu strömen, unaufhaltsam.

Ihr Kopf aber schlug erneut Alarm: *Gesteh es dir endlich ein, und sei auf der Hut: Dieser Mann macht dich total verrückt!*

Unwillkürlich verirrte sich ein vorwitziger Finger tief in die vor Feuchtigkeit glänzende Spalte. Ein zweiter folgte kurz darauf, aber die Spalte gierte nach mehr.

Die zweite Hand fand den Weg zur Klitoris und begann die empfindsame Perle sanft zu reiben.

Während die beiden Finger in der Spalte vor und zurück stießen, dabei immer schneller und härter im Rhythmus wurden, sich dazu noch drehten und kreiselten, begann Jasmin lustvoll zu keuchen.

Das Bettlaken fühlte sich ziemlich feucht an unter ihrem Po und den weit gespreizten Schenkeln. Die Liebessäfte flossen jetzt unaufhaltsam aus ihrem Körper, sämtliche Muskeln im unteren Becken gaben nach, wurden locker und unterwarfen sich den anstürmenden Lustwellen.

Immer tiefer trieb Jasmin die beiden hart arbeitenden

Finger in ihre triefende Muschi, bis schließlich ein dritter und sogar noch ein vierter Lustspender Platz fanden.

Alles geschah völlig mühelos, die Finger glitten einfach hinein in die warme, feuchte Höhle.

Unersättlich schien es plötzlich zu sein, dieses vorher noch so unschuldige und enge Loch, es hatte sich im Handumdrehen in einen lustvoll zuckenden gierigen Schlund verwandelt.

Während Jasmin sich nun auf dem nassen Bettlaken wand und keuchte unter den anstürmenden Lustschauern, übernahm ihr Körper vollends die Regie und schaltete das bewusste Denken und damit die Kontrollinstanz einfach ab.

Als plötzlich ein warmer Flüssigkeitsstrahl aus ihrer Mitte spritzte und eine weitere und vorher nie gefühlte Lustattacke hervorrief, wusste Jasmin, dass es sich dabei um Urin handelte. Sie konnte allerdings nichts dagegen tun, keiner der Schließmuskeln gehorchte ihr, dafür war die Lust zu übermächtig.

So oder so ähnlich musste es sich anfühlen, wenn ein Mann ejakulierte! Auch dabei gab es kein Halten und keine Kontrolle mehr, ein Mann, der kam, kam einfach – so wie Jasmin jetzt kam und kam.

Die rhythmischen Muskelkontraktionen in ihrem Becken waren so stark – ihr blieb davon einfach für einige Sekunden die Luft weg.

Als sie wieder einigermaßen zu Atem gekommen war, erhob sie sich und wechselte das nasse Bettlaken.

Noch immer rann der süße Nektar aus ihr heraus, benetzte die Schenkel und lief hinab bis zu den Kniekehlen. Selbst ihre Brüste spannten noch von der eben erlebten Lust.

Jasmin warf sich anschließend wieder aufs Bett und versuchte sich zu erinnern, wann sie sich jemals zuvor so wundervoll selbst befriedigt hatte, aber es wollte ihr kein Beispiel einfallen.

Sie sagte sich ehrlich, dass auch noch nie zuvor ein Mann ihre Begierde so sehr geweckt hatte wie dieser schöne Inder, den sie John nannte.

Sie rief sich sein Gesicht, seine Gestalt erneut in Erinnerung, die Worte, die er ihr gesagt, und die Berührungen, die er ihr geschenkt hatte.

Er schien sie ebenfalls zu begehren!

Doch wozu dann diese Zurückhaltung?

Oder waren alle indischen Männer so?

Mit diesen Fragen im Herzen schlief Jasmin irgendwann erschöpft ein.

Am nächsten Morgen stand John mit einer einzelnen wunderschönen Orchidee vor ihrer Tür.

»Wollen wir frühstücken? Mein Wagen wartet unten auf der Straße.«

Sie fragte nicht, wohin die Fahrt ging.

Als sie vor einer weißen Villa hielten, die inmitten eines riesigen Gartens mit einem Swimmingpool lag, sagte Jasmin nur: »Sie haben wirklich ein wunderschönes Haus, John.«

Er hielt ihr wie immer die Wagentür auf. »Kommen Sie, der Tee ist sicher bereits fertig.«

Der Tee stand tatsächlich bereit, war stark und duftete, wie das Gebäck daneben, süß und köstlich einladend.

Als sie fertig waren, kam eine ältere Frau im bunten Sari auf die Terrasse und begann abzuräumen. Wortlos verschwand sie wieder, ebenso geräuschlos, wie sie aufgetaucht war.

Immer mehr fühlte Jasmin sich wie in einem Märchen aus Tausendundeiner Nacht. Sie schloss die Augen vor Wohlbehagen und lehnte sich in ihrem bequemen Gartensessel zurück.

Als sie Johns Hand auf ihrem bloßen Arm spürte, sah sie hoch. Er stand dicht vor ihr und lächelte auf sie herunter.

»Komm«, sagte er schließlich und reichte ihr eine Hand, »komm mit mir, Jasmin.«

Wieder stellte sie keine Fragen, und er führte sie schnurstracks in ein Schlafzimmer, in dem das grelle Tageslicht durch bunte Lamellenjalousien gedämpft wurde. Auf dem großen Futonbett lagen Seidenkissen.

John schloss die Tür und nahm Jasmin dann in die Arme. Er hob sie hoch wie eine Feder und trug sie hinüber zum Bett.

Sachte ließ er sie auf die Kissen gleiten, ehe er sich über sie beugte.

Diesmal waren seine Lippen endlich fest und so fordernd, wie sie es sich erträumt hatte. Voll Verlangen glitten außerdem gleichzeitig seine schlanken Hände über ihren ganzen Körper.

Dann begann er sie auszuziehen …

Stück für Stück, langsam und genießerisch, während er zwischendurch immer wieder ihren Hals, ihre Brüste, ihren Bauch mit Küssen bedeckte.

Als sein Kopf zwischen ihre Schenkel abtauchte, seufzte Jasmin vor Wonne, bäumte sich auf und kam.

»Was machst du bloß mit mir?«, fragte sie dann leise.

Er lächelte sie an. »Du hast sicher schon vom Tantra der Liebe gehört oder gelesen?«

Das hatte sie, aber trotzdem schüttelte sie jetzt den Kopf. Sie wollte es aus seinem Mund hören.

Er erklärte es ihr also, während er sich nun ebenfalls auszuziehen begann: »Tantra ist eine uralte indische Liebeskunst. Menschen, die diese Kunst beherrschen, genießen die Wonnen der körperlichen Liebe auf besonders beglückende Weise, weil sie wissen, dass alles im Leben seine Zeit hat und braucht. Auch die Lust, wie könnte es anders sein? Ich werde dich diese uralte Kunst des Liebens lehren.«

Er stand vor ihr, schlank und gut gebaut, mit diesem prachtvollen Ständer, der jetzt vor ihren Augen aufragte, und sah auf Jasmin herab.

Einladend öffnete sie die Arme für ihn, und John glitt im nächsten Augenblick über sie.

Sachte drang er in sie ein, öffnete sie Stück für Stück, bis sie leise Seufzer ausstieß vor wachsender Lust.

Dann begann er sich in ihr zu bewegen, langsam erst, schließlich schneller, er steigerte das Tempo allerdings nur ganz allmählich. Das wiederum gab Jasmin die Zeit, sich an einen gemeinsamen Rhythmus zu gewöhnen. Und dies gelang ihr so gut, bis sie schließlich das Gefühl für den Raum und die Zeit um sie beide herum verlor.

Es gab nur noch sie und John und diese Lust und Wärme.

Jedes Mal, wenn sie glaubte, gleich zu explodieren, zog John sich aus ihr zurück und flüsterte: »Warte noch!«

Dann küsste er sie zärtlich, um irgendwann plötzlich

erneut in ihr Innerstes vorzustoßen, das ihn jedes Mal bereitwillig und gierig aufnahm.

Das Spiel ging eine lange Weile so, bis Jasmin sich schließlich nicht mehr zurückhalten konnte und wild aufschrie. Dann ließ auch John sich gehen.

Kurz bevor er kam, zog er allerdings seinen Schaft heraus und verspritzte sein Sperma auf Jasmins Bauch, um es anschließend mit beiden Händen sanft auf ihrer Haut zu verreiben.

Danach schliefen sie eine Weile, einer im Arm des anderen, dann liebten sie sich erneut, und so ging es immer weiter, während draußen allmählich das Tageslicht schwand und die Dämmerung hereinbrach.

Als Jasmin irgendwann doch nach ihrer Uhr sah, erschrak sie.

»John, ich muss gehen! Heute Abend ist in der Botschaft ein Empfang, ich werde dort erwartet.«

Er lachte. »Wir haben Zeit, Liebes. Der Empfang beginnt um acht. Wir werden vorher noch zu deiner Wohnung fahren, damit du dich umkleiden kannst, und anschließend geht es direkt zur Botschaft.«

Sie staunte nicht schlecht. »Bist du etwa auch eingeladen?«

»Mein Vater war Diplomat. Er und Walther Merkur waren enge Freunde. Walther war es übrigens, der mich bat, in den ersten Tagen diskret ein Auge auf dich zu haben. Er fürchtete, du könntest im großen Delhi verloren gehen. Deshalb bin ich dir heimlich gefolgt, du solltest dich ja nicht beobachtet oder gar belästigt fühlen.«

»Männer! Ihr seid doch alle gleich, also wirklich.«

Jasmin schüttelte den Kopf und tat entrüstet, aber in Wirklichkeit war sie dankbar dafür, in Walther einen so fürsorglichen Chef zu haben. Der gute Mann hatte ja nun nicht ahnen können, was sich zwischen ihr und ihrem Leibwächter abspielen würde. Dafür waren sie beide ganz allein und zu gleichen Teilen verantwortlich, John und sie!

Sie rollte sich wie eine Katze zusammen und schnurrte tatsächlich ein bisschen vor Wohlbehagen, während John ihr das lange Haar aus dem Nacken strich und begann, zärtlich Nacken und Schultern zu massieren.

WIE ZÄHMT MAN EINEN VERFÜHRER?

Eva hatte es verdammt satt, ihn mit anderen zu teilen ...

Also, ich sollte mich vielleicht zuerst einmal kurz vorstellen.

Ich bin ein Mann, und als solcher erzähle ich Ihnen die nun folgende Geschichte aus meiner Sicht. Es ist natürlich meine eigene Geschichte, auch wenn letztendlich eine Frau alle wichtigen Fäden spinnt. Und sie fest in der Hand behält, bis zum – für mich – bittersüßen Ende. Obwohl ich fast die ganze Zeit über der felsenfesten Meinung war, ich selbst hätte alles im Griff ...

Ich heiße übrigens Harry, das muss als Information genügen.

Ich bin Schriftsteller von Beruf und veröffentliche mittlerweile zum Schutz meines Privatlebens unter einem Pseudonym. Ich war lange Zeit eher erfolglos, bis mich der plötzlich einsetzende Ruhm vor einiger Zeit traf wie der berühmte Blitz aus heiterem Himmel.

Vorher hatte ich offiziell bereits neun Bücher veröffentlicht – unter anderem auch ein Sachbuch mit dem beziehungsreichen Titel »Frauen verführen – aber richtig! Gute Ratschläge für alle Möchtegerncasanovas«.

Letzterer Titel – unter meinem männlichen Pseudonym – verkaufte sich sogar einigermaßen gut, jedenfalls besser als die anderen acht, aber wie gesagt: Der große Renner war nie dabei, leider. Dabei träumte ich doch beinahe jede Nacht wieder von einem gut gefüllten Bankkonto, Ruhm und Geld und vor allem von den vielen schönen Frauen, die mir dann wie von selbst zu Füßen sinken würden.

Am allerbesten – rein finanziell gesehen – liefen immer noch die erotischen Romane, die ich unter einem weiblichen Pseudonym, also quasi inoffiziell, verfasste. Mein Verlag wollte das so, weil auch die Zielgruppe für Schmöker mit deftigen Titeln wie »Feuchtheiße Nächte unter funkelnden Sternen« weiblich war.

Wenn Sie jetzt glauben, ich hätte die Arbeit an diesen Werken nicht ernst genommen, dann irren Sie sich übrigens gewaltig!

Ich legte mich ganz im Gegenteil mächtig ins Zeug. Will heißen: Ich recherchierte wie ein Weltmeister, unter vollem Körpereinsatz, sozusagen.

Immerhin galt es so weit wie möglich abzuklären, wie die weibliche Erotik denn so tickt. Als Mann hat man davon ja nicht automatisch sehr viel Ahnung, und viele Frauen kennen sich ebenfalls nicht gut genug aus auf dem Gebiet. Aber sie lassen sich gerne zum Beispiel von einem Buch inspirieren – das behauptete mein Verlag immer, und ich behaupte es mittlerweile auch.

Natürlich muss das Buch – der Roman – dazu den richtigen Ton treffen und die richtige Stimmung hervorzaubern.

Frauen sind stärker gefühlsbetont als wir Männer, so

viel immerhin wusste ich von Anfang an. Und dass man sie auf dem Gefühlsnerv auch treffen muss.

Ich hatte mir deshalb vorgenommen, draußen im wirklichen Leben durch verschärfte Recherche möglichst viel in Erfahrung zu bringen. Über den weiblichen Gefühlsnerv und andere erogene Zonen.

Es lag also ganz im Interesse meiner Leserinnen, wenn ich zeitweise drei Intimfreundinnen zur gleichen Zeit glücklich zu machen versuchte! Immerhin reagiert jeder Frauentyp ein bisschen anders. Im Bett, meine ich jetzt – na ja, und auch sonst.

Nein, die Bücher liefen auch gar nicht so schlecht, ich konnte immerhin davon leben. Allerdings wollte ich mehr!

Eines Tages setzte ich mich also hin und schrieb ein weiteres Buch unter dem Arbeitstitel »Meine drei Frauen und ich«.

Darin plauderte ich frisch und frei von der Leber weg und erzählte die Wahrheit, nichts als die volle Wahrheit.

Im Verlag dachten wir uns dann eines Tages am runden Tisch gemeinsam einen noch reißerischeren Titel aus, erfanden ein neues männliches Pseudonym dazu: *der junge aufstrebende Autor XY* – und das Buch kam bald darauf auf den Markt.

Bingo! Bestseller! Es war geschafft: 200 000 verkaufte Exemplare alleine in den ersten vier Monaten!

Einladungen zu diversen Talkshows kofferweise. Interviews in hochkarätigen Männermagazinen. Und Frauenzeitschriften, was weniger angenehm ablief. Aber egal, Publicity ist schließlich Publicity!

Und Geld ist Geld ist Geld!

Mein Bankkonto schwoll an und tut dies immer noch. Das ist ja das Schönste überhaupt am Durchbruch – ist der Damm erst einmal gebrochen, gibt es kein Halten mehr. Es passiert alles ganz von selbst, man braucht nur noch daneben zu stehen und mehr oder weniger gefasst zuzuschauen.

Und dabei hatte ich doch nur die Wahrheit geschrieben! Über mein eigenes kleines Männerleben. Und ohne ein wirklicher Casanova zu sein. Jener Herr war zu seinen Zeiten viel schlimmer, als ich jemals werden könnte oder wollte.

Zurück zur Wahrheit im Buch. Ich sollte die Aussage an dieser Stelle einschränken – es ging immer nur um meine eigene Wahrheit, meine Sicht und Interpretation der Ereignisse.

Die drei beteiligten Frauen versuchte ich natürlich so weit wie möglich zu schützen. Schon um nicht später von ihnen vor Gericht gezerrt zu werden.

Selbstverständlich wusste auch im richtigen Leben keine der drei von den beiden jeweils anderen. Es sind ohnehin grundverschiedene Charaktere. Und sie unterscheiden sich selbst in den körperlichen Merkmalen total, also: Körbchengröße, Hüftumfang, Beinlänge, Haarfarbe, aber auch Lieblingsstellungen, Lautstärke beim Sex usw.

Sie sehen: Im Dienste meiner schriftstellerischen Karriere verzichtete ich sogar darauf, mich auf einen bestimmten Frauentyp festzulegen. Obwohl ich natürlich – wie jeder andere Mann auch – da meine ganz speziellen Vorlieben habe.

Im Buch hatte ich selbstverständlich alle Personenbeschreibungen so gut wie möglich verschlüsselt, außerdem gab ich den Figuren völlig anders klingende Namen.

Ich durfte und musste ja zwingend davon ausgehen, dass alle drei das Buch lesen und sich trotz aller Vertuschungsversuche meinerseits gewisse Fragen stellen würden. Und mir obendrein ebenfalls.

Und dann wurde es also ein Bestseller, und mir wurde nun doch verdammt mulmig!

Die Erste, die anrief, war Elena.

Elena mit dem großen Busen, den breiten Hüften und der schlanken Taille.

Sie trägt ihr dunkles Haar in einem kinnlangen Pagenkopf, ihre Stimme klingt tief, fast männlich. Außerdem beherrscht sie ihre Beckenmuskulatur durch jahrelanges Training dermaßen perfekt – ich brauchte immer nur die Augen zu schließen und mich von ihr melken zu lassen. Dann war ich vollkommen glücklich, obwohl ich rein äußerlich eher auf zarte Blonde stehe.

Irgendwie war klar, dass diese burschikoseste unter den drei Damen als Erste anrief.

Elena klang gereizt am Telefon. »Liebling! Die Corinne in deinem Buch bin doch nicht etwa ich?!«

»Aber ich bitte dich, meine Liebe!«, sagte ich völlig ernst, »wie kommst du denn bloß auf so eine Idee? Das mit uns beiden ist doch etwas Besonderes, das würde ich nie und nimmer in einem Roman bringen.«

Ich hörte sie am anderen Ende atmen, dann sagte sie: »Okay. Ich weiß eigentlich nicht, warum, aber ich glaube dir, Harry!«

Wir verabredeten uns dann noch für den folgenden Tag, nachmittags gegen vier. Wobei ich mir die Option offenhielt, kurzfristig per SMS noch absagen zu können wegen dringender Termine, mit denen man als plötzlich bekannter Autor schließlich jederzeit konfrontiert werden kann.

Ich hatte kaum aufgelegt, da klingelte das Telefon erneut.

Diesmal war es Doris, die rassige Rothaarige.

»Schätzchen, diese Monique in deinem Buch, die so gerne um jeden Preis geheiratet werden möchte – soll das etwa ich sein?«

Mittlerweile hatte ich schon etwas Übung und blieb daher völlig gelassen-heiter.

»Darling«, sagte ich, »bestimmt nicht! Du und ich, so etwas gehört nicht in ein Buch. Was denkst du denn bloß von mir, sag mal!«

Doris bat reumütig um Verzeihung.

Ich nehme mal an, sie weiß, was sie an mir hat. Denn es ist auch nicht jedes Mannes Sache, Sex an eher öffentlichen Orten zu haben. Vor allem, wenn die beteiligte Dame dabei auch noch ziemlich laut wird.

Als »Privatmann« wäre diese Übung ja auch nicht gerade *meine* erste Wahl, aber im Interesse gewisser Recherchen sieht natürlich manches anders aus. Insofern hatte Doris doppelt Glück mit mir, und unterbewusst spürte sie das wohl auch.

Ich beklage mich hier nicht, verstehen Sie mich nicht falsch. Es gibt ja tatsächlich schlimmere Jobs! Außerdem ist Doris wirklich ein rassiges Kätzchen, mit einer wunderhübschen, zart behaarten Muschi, die rotgolden im Sonnenlicht des sonntagnachmittäglichen Stadtparks aufzuleuchten pflegte.

Gegen Abend dieses Tages rief dann schließlich auch noch Eva an, die süße blonde Medizinstudentin, meine erklärte Favoritin.

Ausgerechnet sie hatte ich durch einen ganz dummen Zufall kennen gelernt, weil ich nämlich eines Tages einen Sturz vom Fahrrad erlitten hatte.

Das passierte vor mehr als einem Jahr, als ich noch ein unbekannter und eher armer Schreiberling war und mir daher kein Auto leisten konnte. Jedenfalls keines, in dem ich eine Frau wie Elena, Doris oder Eva hätte abholen mögen. Und dann lasse ich es eben lieber und fahre Fahrrad und behaupte, ich täte das zum Ausgleich für meine intellektuelle Schreibtischtätigkeit.

An jenem Tag damals war ich also auf die Nase gefallen, und zwar ziemlich derb. Ich begab mich gezwungenermaßen in die Notaufnahme eines Krankenhauses und ließ mich notverarzten.

Und zwar von Eva, richtig.

»Hallo, Engelchen!«, sagte ich jetzt zur Begrüßung und weil ich mich wirklich freute, ihre Stimme zu hören.

»Hallo, Harry, alles okay bei dir?«

Ich wartete darauf, dass sie als Nächstes fragen würde, ob die Dominique in meinem neuesten Buch etwa sie, Eva, darstellen solle.

Bei dieser Figur nämlich hatte ich mich noch am wenigsten um Verschleierung bemüht. Und Eva war so überaus intelligent, sie hätte es eigentlich sofort merken müssen, viel eher jedenfalls als die anderen beiden Ladys.

Und sagte kein einziges Wort: Ich war regelrecht geschockt, zumindest aber enttäuscht!

Eva sagte: »Ich fahre für zwei Wochen in den Bayerischen Wald, ins Ferienhaus meines Onkels. Ich wollte mich eigentlich nur von dir verabschieden, Harry.«

Schlagartig wuchs mein Frust ins Unermessliche. *Irgendwas war hier faul!*

Bloß was?

»Was machst du denn dort?«, erkundigte ich mich vorsichtig. »Der Bayerische Wald ist so gar kein angesagtes Ferienziel für hübsche junge Frauen wie dich, oder täusche ich mich da? Außerdem gefällt mir nicht, dass ich dich dann für ein ganzes Weilchen nicht sehen werde.«

»Oh«, sagte sie und lachte nur ganz kurz und leise, ehe sie fortfuhr: »Ich muss lernen. Wenn das Wintersemester beginnt, kommen eine Menge Prüfungen auf mich zu ...« – sie schwieg für einen Moment. Dann schob sie selbst eine Frage nach: »Möchtest du vielleicht mitkommen, Harry? Viel Zeit werde ich zwar nicht für dich haben, aber du arbeitest doch sicher selbst bereits wieder an einem neuen Manuskript?«

Ich muss sagen: Normalerweise stehe ich eher so gar nicht auf den Bayerischen Wald. Wegen Geldmangel hatte ich allerdings genau dort jahrelang meine wenigen kostbaren Ferientage des Jahres mit Wandern verbracht.

»Eine tolle Idee!«, hörte ich mich jetzt am Telefon rufen. Das Ganze lief so spontan und blitzschnell ab – es war klar: Mein Denkapparat hatte Funkpause, sprich: einen Aussetzer, und dafür regierte mich eine Überdosis Hormone.

Eva war eben so eine: Bei ihr bekam ich bereits einen Ständer in der Hose, wenn ich bloß ihre Stimme am Telefon hörte!

»Süße, ich habe den Koffer praktisch schon gepackt!« – das ergänzte ich noch.

Nur drei Stunden später holte ich Eva in meinem neuen Cabriolet ab.

Zuvor war ich sogar noch einkaufen gewesen. Einige Flaschen Champagner, mehrere Flaschen teuren Rotwein.

Seit mein Bankkonto nicht mehr unter galoppierender Schwindsucht litt, gönnte ich mir gerne mal etwas.

Außerdem mögen junge hübsche Frauen es, wenn man sie ein bisschen verwöhnt.

Eva steckte in ausgebleichten Jeans, dazu trug sie einen flauschigen weißen Pulli, der so kurz war, dass ihr sexy Bauchnabel zum Vorschein kam. Die blonden Locken waren vom Wind zerzaust, sie sah aus wie ein Engel, der auf Spaßtour auf Erden wandelte.

Mein Herz hüpfte, und mein bestes Stück begann zu wachsen.

Sie warf sich neben mich auf den Beifahrersitz, gab mir einen frechen kleinen feuchten Kuss auf den Mund.

Es wurde eine richtig tolle Fahrt.

Nein, geredet haben wir eigentlich nicht viel. Überhaupt war Eva noch nie sehr gesprächig gewesen, seit wir uns kannten nicht. Daher wusste ich auch nicht besonders viel von ihr. Und umgekehrt. Aber uns genügte das, wir wollten ja hauptsächlich Spaß miteinander haben, und das funktionierte auch ohne viele Worte.

Wir sprachen also während unserer Fahrt in den Bayerischen Wald so gut wie nicht miteinander. Brauchten wir auch nicht, wozu hat der Mensch schließlich Hände mit auf diese Welt bekommen?

Okay, ich musste fahren, also lenken, mit dem Lenkrad. Aber dazu genügt meistens die linke Hand, oder?

Und Evachen wusste ganz entschieden, was tun mit ihren zehn hübschen Fingerchen.

Ich wiederum begann auf dieser Autofahrt ganz deutlich zu begreifen, welch außerordentlich wichtige Rolle ein genüsslich ausgedehntes Vorspiel auch für Männer spielen kann.

Schließlich waren wir nur noch vielleicht zwanzig Kilometer von unserem Ziel entfernt. Eva zog den Reißverschluss zuerst an meiner, dann an ihrer Jeans wieder ordentlich zu, zupfte ihren Flauschpulli zurecht und fuhr sich mit beiden Händen durch die Wuschellocken. Dann ließ sie die Katze aus dem Sack.

»Harry, ich muss dir vor der Ankunft etwas sagen. Wir werden nicht allein im Haus sein, da ist noch ein anderer Gast.«

»Na ja, wenn sie jung und hübsch ist, soll es mir durchaus recht sein«, flachste ich vergnügt.

»Jochen studiert Medizin wie ich«, erklärte Eva seelenruhig. »Er ist mir allerdings einige Semester voraus und hat deshalb das erste Staatsexamen bereits hinter sich. Wir lernen zusammen, er fragt mich ab und ich ihn. So profitieren wir beide. Er ist schon seit einer Woche da. Es macht dir doch nichts aus, oder?«

Ich bekam das größte Zimmer im ersten Stock, am Ende des Flurs. Mit eigenem Bad.

Jochen, ein gut aussehender sportlicher junger Mann mit breiten Schultern, bewohnte den Raum neben der Treppe.

Eva quartierte sich in der Mitte ein, in einer Kammer, die zwischen meinem und Jochens Zimmer lag.

Sie half mir netterweise beim Auspacken meiner Sachen. »He, du hast ja gar keinen Laptop mit dabei«, rief sie überrascht beim Anblick meiner Habseligkeiten.

»Weißt du, Engelchen, den Anfang eines neuen Manuskripts schreibe ich immer per Hand!«, flunkerte ich munter drauflos. »Dies fördert meine Kreativität.« Ich hob vielsagend-entschuldigend die Schultern.

Um nichts in der Welt hätte ich ihr an dieser Stelle verraten, wie wenig mir der Sinn momentan nach arbeiten stand. Diese beiden Wochen sollten eigentlich der »Recherche am weiblichen Objekt im realen Leben« dienen. Mit einem Störfaktor wie diesem Jochen hatte ich allerdings nicht gerechnet gehabt.

In den darauffolgenden Tagen bekam ich Eva kaum zu Gesicht. Gleich nach dem Frühstück verschwand sie mit Jochen in dessen Zimmer, wo die beiden zusammen büffelten. Ich legte öfter mal zwischendurch ein Ohr an die Tür, aber von drinnen war außer Stimmengemurmel nichts zu hören.

Abends kochten wir gemeinsam, wobei ich besser sagen sollte: Eva und Jochen kochten, mich wollten sie partout nicht helfen lassen, ich durfte den Tisch decken, damit hatte es sich. Eva meinte, ich sei schließlich Gast hier und solle außerdem lieber mein neues Buch schreiben und mich darauf konzentrieren.

Zum Essen leerten wir dann gemeinsam ein Fläschchen Wein, anschließend ging jeder auf sein eigenes Zimmer, zum Lesen und Entspannen, haha.

Nun, die beiden Studenten standen morgens sehr früh auf. Jochen joggte zuerst, während Eva Frühstück machte, und anschließend begann die Büffelei von vorne.

Ich hingegen wurde immer erholter und unausgefüllter und frustrierter, mein bestes Stück randalierte jede Nacht und wollte nach nebenan, zu Eva, was bei mir prompt Schlaflosigkeit zur Folge hatte. Was wiederum dazu führte, dass ich mir viele Gedanken machte, zu viele vielleicht, wie ich heute weiß.

So fragte ich mich beispielsweise immer öfter, in welchem Verhältnis Eva zu Jochen wirklich stand. Und ob sie es vielleicht untertags in seinem Zimmer zwischendurch heftig miteinander trieben, zur Erholung. Oder gerade eben jetzt, in ihrem Bettchen nebenan, während mir hier vor lauter Frust der eigene Schwanz in der klammen Hand zusammenfiel wie ein geplatztes Würstchen.

Das Gedankenkarussell drehte sich von Nacht zu Nacht schneller, ich wurde fast verrückt dabei, glaubte schließlich sogar, an einer ausgewachsenen Paranoia zu leiden – oder diese in Kürze jedenfalls zu entwickeln!

Kurz und gut, so konnte es nicht weitergehen! Daher fasste ich eines Nachts einen Entschluss …

Morgen früh, wenn Jochen zum Joggen aufgebrochen sein würde, wollte ich mit einer Flasche Champagner in Evas Zimmer schleichen (die Türen hier im Haus hatten zum Glück keine Schlüssel!), das holde und doch momentan so unerreichbare Mädchen dann mit einem Kuss sanft wecken und anschließend mein Glück erproben!

Sie schlummerte tatsächlich noch selig und nichtsahnend. Ich setzte mich vorsichtig auf den Bettrand und küsste zuerst ihre Nasenspitze, die unter der Bettdecke hervorlugte.

Evas Augenlider begannen zu flattern. Sie erwachte.

Ich raunte die vier magischen Worte in ihr Ohr, die ich die ganze Nacht hindurch unter Schweißausbrüchen wieder und wieder geübt hatte: »Würdest du mich heiraten?«

Sofort war sie hellwach.

»Oh, Harry! Aber ja.«

Dann fiel ihr Blick auf das Tablett mit der Flasche und den Sektkelchen. *Ja, ich war gut vorbereitet auf meinen Coup!*

»Champagner zum Frühstück? Du bist wirklich bestens vorbereitet!« – sie kicherte, dann sagte sie: »Ich hoffe nur, dein Eifer überdauert die nächsten dreißig Jahre. Weil – das kann ich dir heute schon versprechen – ich mir wünsche, an jedem Hochzeitstag morgens von dir mit Champagner geweckt und verwöhnt zu werden. An Geburtstagen ebenfalls und ...«

Ich verschloss ihr vorsichtshalber den Mund rasch mit einem drängenden Kuss, ehe das kleine Biest noch mehr Forderungen von sich geben konnte.

Natürlich schob ich ihr dabei auch die Zunge hinein, allerdings hatte sie nur darauf gewartet, wie es schien.

Die folgenden Ereignisse entglitten irgendwie völlig meiner Kontrolle. Sie war ja schließlich schon auf der Autofahrt hierher mit ihren Händen verdammt geschickt gewesen – und auch jetzt befreite sie meinen Schwanz umgehend aus der Pyjamahose und legte los. Allerdings nahm sie dieses Mal auch ihren Mund zu Hilfe. Das alles passierte, ehe ich es mir überhaupt neben ihr im Bettchen bequem machen konnte.

Ich sah buchstäblich Sternchen, als sie die Haut weiter nach unten schob und die Eichel freilegte, wobei sie mit dem Daumen über die Haube fuhr, dann das gute Stück zwischen die Lippen nahm und mit der Zunge liebkoste.

Mein Schwanz schwoll auf doppelten Umfang an, ich fürchtete schon, gleich abzuspritzen, als sie meine Notlage bemerkte und losließ, um mich neben sich unter die Bettdecke zu lassen.

Erst jetzt bemerkte ich, dass sie kein Fetzchen Stoff am hübschen Leib trug. Ihre vollen, runden, festen Apfelbrüste sprangen wie von selbst in meine Hände.

Ich tauchte ab nach unten, schob mich zwischen ihre geöffneten Knie und gab der kleinen Hexe die Zungenschläge zurück, die sie gerade eben noch an mich verschwendet hatte.

Sie keuchte und stöhnte laut, ihr gesamter Körper begann zu zittern.

Ich hörte einen kurzen Moment lang auf, und sofort protestierte sie: »Mach weiter, fick mich, Harry!«

Auf dieses Kommando hatte ich nur gewartet, seit so vielen Tagen und Nächten gewartet ... eigentlich hätte es längst erfolgen sollen nach der Ankunft hier! Aber wegen Jochen war alles ganz anders gekommen, als ich gehofft und erwartet hatte.

Obwohl ich befürchtete, dass nach diesen erzwungen enthaltsamen Tagen mein Lümmel vorschnell feuern würde, schob ich ihn ihr jetzt ohne weitere Umstände bis an die Wurzel hinein.

An der Pforte gab es einen leichten Widerstand, aber da diese Muschi vor Nässe fast schon sprudelte, wusste ich, was ich zu tun hatte.

Druck erhöhen und vorwärts!

Ich war drinnen und verlor beinahe sofort jede Bodenhaftung.

Mein Schwanz puckerte wie verrückt, mein Kopf drohte zu platzen vor Lust, die wellenförmig durch meinen ganzen Körper jagte, buchstäblich bis hinunter in die Zehenspitzen.

Dann kam auch noch Evas Hand hinzu, die meinen Schaft immer dann umklammerte und drückte, wenn er ein Stück weit aus ihr herausfuhr. Gleichzeitig schien sie so dafür zu sorgen, dass ihre Kliti ebenfalls massiert wurde ... interessant!

Andererseits war es mir in meinem Zustand auch wieder völlig egal, was sie aus welchem Grund da unten trieb. Ich hatte mich in ein stöhnendes, grunzendes männliches Raubtier verwandelt, das nur noch eines im Sinn hatte: unter tierischem Gebrüll sein Weibchen durchzunageln und in ihm abzuspritzen!

Als Eva sich plötzlich unter mir aufbäumte, dann meinen Rücken umklammerte und mir ihre Nägel gleichzeitig tief ins Fleisch trieb, war es so weit: Mein Schwanz explodierte ganz einfach.

Und Evas herrlich nasse und dabei so köstlich enge Möse verwandelte sich in einen zuckenden und pochenden Schlund, der auch noch den letzten Tropfen kostbaren Erbgutes aus mir heraussaugte.

Natürlich gab ich ihr mein Sperma auch herzlich gerne, immerhin ist Geben stets seliger denn Nehmen, das hatte ich schon in der Schule im Religionsunterricht gelernt und verinnerlicht.

Später dann, als wir uns erschöpft und glücklich in den Armen lagen, musste ich ihr dann doch noch eine für mich wichtige Frage stellen: »Sag mal, dein Freund Jochen ... wird er jetzt nicht furchtbar eifersüchtig sein?«

Sie lachte hell. »Ach was! Der gönnt mir doch mein Glück. Er hat schließlich auch bloß mir zuliebe mitgemacht und mit keinem Wort verraten, dass er mein Bruder ist. Obwohl er es anfangs reichlich albern fand, das kleine Spielchen.«

Mir großem Schriftsteller und Frauenhelden begann an dieser Stelle im Text allmählich ein gewaltiges Licht aufzugehen.

Ich räusperte mich schließlich und versuchte eine präzise Frage zu stellen, was sich dann etwa so anhörte: »Ja, aber, wieso hast du ...«

Sie fiel mir streng ins Wort. »Keine weiteren Fragen, Harry, bitte! Ich frage dich schließlich auch nicht, wie Corinne und Monique in deinem Roman in der Realität heißen oder wer sie sind. Und dass es sich bei Dominique um mich handelt, das weiß ich auch von selbst, das muss ich nicht erst fragen!«

In diesem Moment wurde mir endgültig klar – ab sofort konnte, durfte und würde es in diesem Leben nur noch eine für mich geben: Eva.

Meine Frau. Diese kleine, süße, durchtriebene Schlange.

NACHHILFE IN SACHEN LIEBE

Was stellt ein Mann nicht alles aus Enttäuschung an ...

Richard bemerkte den fremden Duft an Lissy an dem Abend, an dem er noch einmal ins Auto steigen wollte, um zurück ins Labor zu fahren. Eine wichtige Versuchsreihe musste über achtundvierzig Stunden und damit über Nacht durchgezogen werden, und sein Kollege wartete auf die Ablösung.

»Also bis morgen früh dann, Liebling!«, sagte Richard gerade und beugte sich zu Lissy hinunter, die einen ganzen Kopf kleiner war als er. Beide standen sie neben seinem Wagen, und seine Frau erwartete ihren üblichen Abschiedskuss von ihm.

Später wusste er nicht mehr zu sagen, welcher Umstand ihm plötzlich diesen Hauch eines herben Geruchs, der eindeutig von Lissy ausging, in die Geruchsgänge geweht hatte.

Auf jeden Fall aber registrierte seine geschulte Chemikernase in jenem Augenblick zweifelsfrei das fremde Herrenparfüm. Er wusste immerhin so viel darüber, dass es nämlich momentan mächtig *in* war und dass er es dennoch oder auch gerade deswegen gründlich verabscheute.

Er, der sonst eher ruhig und besonnen war – ein typischer Wissenschaftler eben –, reagierte in diesem Moment überraschend spontan.

Richard schob Lissy brüsk von sich, die Schärfe in seiner Stimme und auch die Worte, die er jetzt von sich gab, überraschten ihn selbst am meisten: »Sag deinem Liebhaber, er soll sich wenigstens eine bessere Duftnote zulegen. Diese hier stinkt zum Himmel, und damit meine ich nicht nur den Geruch!«

Wie verletzt er wirklich war und wie scharf er eben geklungen haben musste, wurde ihm erst klar, als Lissy den blonden Kopf senkte und hilflos zu weinen begann.

Er war peinlich berührt, von ihren Tränen, der ganzen vertrackten Situation, seiner eigenen Hilflosigkeit in diesem prekären Moment.

»Hör auf, bitte!«, waren die nächsten Worte, die er schließlich herausbrachte. »Ich muss jetzt wirklich dringend ins Labor. Ab nächster Woche werde ich dann Urlaub nehmen und für ein paar Tage wegfahren. Allein. Ich brauche Zeit für mich, um über alles nachzudenken.«

Lissy erschrak und hörte prompt auf zu weinen. »Aber Richard! Ich … wir sollten doch zumindest miteinander reden, meinst du nicht?«

»Schon gut, lassen wir das! Wir haben oft geredet, ich weiß ja, was dir fehlt. Ein ewig abwesender Ehemann ist wohl nicht das Richtige für dich. Du hättest eben keinen Wissenschaftler heiraten sollen, Lissy.«

Jetzt schluchzte sie wieder. »Aber wenn wir nicht einmal mehr miteinander reden …«

Er fiel ihr jetzt ins Wort, was er sonst nie tat: »Ich finde, die Tatsachen sprechen für sich, Lissy. Du hast offensichtlich deine Wahl ohnehin bereits getroffen. Was gibt es da noch groß zu reden?«

Das war vor einer Woche gewesen.

Jetzt saß er am Steuer seines Wagens und war auf dem Weg nach Südfrankreich. Einer seiner Freunde aus alten Studententagen besaß hier ein Ferienhaus.

Richard suchte gerade nach einem anderen Sender im Autoradio. Als auf einmal *L'Arlesienne* ertönte, war er für den Moment zufrieden und stoppte die Suche, um stattdessen die Landschaft zu genießen, während er in gemächlichem Tempo weiterfuhr. Es erwartete ihn ja niemand am Ziel, nur das leere Haus, und den Schlüssel dazu würde er im gewohnten Versteck finden.

Gestochen scharf ragte die weiße Schneekuppe des Mont Ventoux in den sattblauen Himmel. Der Mistral, dieser frische Gebirgswind aus den Cevennen, hatte jede Wolke vertrieben. Heute war ein wunderschöner Tag, und eigentlich sollte er, Richard, ihn aus vollstem Herzen genießen.

Carpe diem – schon die alten Römer hatten es gewusst!

Solche blauen Sommersonnenferientage waren selten im Leben, und für einen hart arbeitenden Wissenschaftler sogar noch seltener. Zum Genießen brauchte man niemanden, das konnte man auch gut alleine ... war doch sowieso alles nur eine Frage der Gewöhnung. Auch das Alleinsein wollte gelernt sein, wie alles im Leben. Leider konnte man darin keine Nachhilfestunde nehmen.

Pinky kam aus München. Sie war gerade einundzwanzig geworden, sie war blond und trug die lockigen Haare kurz geschnitten wie ein Junge. Die Frisur betonte ihre hübsche Kopfform und die hohen Wangenknochen.

Sie war seit zwei Tagen unterwegs, immer per Anhalter. Für heute hatte sie sich eigentlich vorgenommen gehabt, die letzte Etappe bis zu ihrem Ziel zu schaffen. Der Rucksack lag neben ihr im Straßengraben, und sie machte sich bereit, wieder einmal den Daumen auszufahren.

Sie war aus völlig anderen Gründen als Richard so allein unterwegs ...

Pinky liebte erstens Frankreich und ganz besonders die Provence.

Außerdem liebte sie zweitens gerade einen jungen Franzosen – Jean aus Aix-en-Provence. Solange diese Liebe anhielt – wie lange, wusste sie nicht –, wollte sie die Dinge am Laufen halten. Deshalb stand sie jetzt hier am Straßenrand und wartete darauf, wieder einmal mitgenommen zu werden. Zu Jean, der noch gar nicht ahnte, was da auf ihn zukam.

Ihr Handy hatte sie vorsichtshalber ausgeschaltet, es brauchte niemand zu wissen, was sie gerade machte. Sie hatte beschlossen, sich einige Tage aus allem Stress auszuklinken und außerdem Jean zu überraschen. Basta.

Pinky hielt ohnehin viel von solchen Überraschungsbesuchen. Bei einem neuen Lover, wohlgemerkt!

Man bekam auf diese Weise schnellstens heraus, ob der junge Mann noch andere Täubchen zum Gurren brachte. Außerdem zeigte sich so auch ganz schnell, ob er wirklich auf einen stand. Dann nämlich, wenn er einem gleich nach der Begrüßung – oder schon währenddessen – sofort die Klamotten vom Leib riss und zur Sache ging. Worauf sie im Fall von Jean ganz entschieden hoffte. Der Sex war ihrer Erfahrung nach immer gerade dann am besten. Das Überraschungsmoment sorgte für eine gehörige Portion Würze.

O ja, sie freute sich schon sehr auf Jeans überraschtes Gesicht. Sie konnte seine Lippen bereits auf ihrem Mund spüren, seinen Duft riechen, ihn in sich fühlen, hart und prall … Sie merkte, wie sie feucht wurde, hier am Straßenrand, nur beim bloßen Gedanken an *Petit Jean* …

Sie kicherte und hielt dann den Daumen wieder optimistisch in den Wind. Sie hatte eben in einiger Entfernung den dunkelblauen Wagen auftauchen sehen.

Als das Auto näher kam, bemerkte sie auch das deutsche Nummernschild.

Ein einsamer Mann am Steuer, das sieht gut aus für mich …

Pinky sprang halb auf die Straße und winkte heftig.

Richard war in Gedanken gerade in das Glück seiner ersten Ehejahre mit Lissy versunken.

Sie hatten damals beide oft zusammen hier in Südfrankreich Urlaub gemacht, meistens im Ferienhaus des erwähnten Freundes, der eher selten hierherkam. Zu viele Termine, zu viele Verpflichtungen, der arme Teufel.

Was waren das für zauberhafte Tage gewesen, auch wenn sie damals nicht viel Geld besessen hatten. Er, Richard, hatte ja erst am Anfang seiner Karriere gestanden. Und Lissy einige Warteschleifen nach dem Studium gedreht, ehe sie als Lehrerin an einer Realschule untergekommen war.

Tage voller Liebe, Sex und brennender Leidenschaft,

voller guter Gespräche und Diskussionen, dazwischen gab es Wein und gutes einfaches Essen, das sie zusammen selbst zubereitet hatten. Und diese Zärtlichkeit, die immer irgendwie um sie beide herumwaberte wie ein zarter Nebel.

Sie brauchte nicht gerufen zu werden, diese Zärtlichkeit, oder gar angemahnt, sie war einfach da, wie die Luft zum Atmen. Und genauso wichtig war sie ihnen beiden ja auch gewesen – damals. Sie hatten sich nicht vorstellen können, jemals wieder ohne diese Zärtlichkeit leben zu können.

Ach, Lissy …

Ob sie noch da ist, wenn ich zurückkomme?, durchfuhr es Richard plötzlich.

Lissy war und ist doch so konsequent, gerade wenn es um Gefühle geht. Vermutlich packt sie eben in diesem Moment ihre Koffer und zieht zu dem anderen Mann! Sie hat doch immer gesagt: »Ehe uns die Liebe und die Zärtlichkeit abhandenkommen, gehe ich lieber, Richard. Und das Gleiche erwarte ich von dir, hörst du? Das Leben ist zu kurz und wie die Liebe viel zu kostbar, um sich selbst und dem Partner etwas vorzulügen.«

»Sie ist sicher nicht mehr da, wenn ich heimkomme!«, sagte Richard an dieser Stelle halblaut zu sich selbst, dann musste er hart schlucken, und ein feiner Tränenschleier nahm ihm kurz die Sicht … genau in dem Moment aber tauchte das heftig winkende Mädchen am Straßenrand auf!

Richard erschrak und trat deshalb instinktiv so scharf auf die Bremse, dass die Reifen empört kreischten.

»Himmel, Lissy, was machst du denn hier!«, rief er laut.

Dann aber sah er, dass dieses Mädchen, welches jetzt mit langen Schritten auf seinen Wagen zukam, viel jünger war als seine Frau.

Sie trug außerdem die Haare kürzer als Lissy.

Aber eine gewisse Ähnlichkeit war vorhanden. Die gleiche zierliche Figur, die zarte, fast durchscheinende Haut einer echten Blondine.

»Landsmann, hallo!«

Pinky hatte bereits die Beifahrertür aufgerissen und strahlte ihn erwartungsfroh an. Ihre türkisblauen Augen trafen Richard tief in der Seele.

»Fahren Sie etwa zufällig in Richtung Aix?«

»Nicht direkt, nein! Ein ganzes Stück außerhalb, um ehrlich zu sein. Zu weit, um von da nach Aix zu laufen, fürchte ich. Von den Busverbindungen habe ich keine Ahnung, war immer nur mit dem Wagen da.«

»Egal. Das passt schon.«

Sie warf sich bereits auf den Beifahrersitz. Der knappe Mini rutschte noch ein Stückchen höher.

Er konnte nicht anders, seine Augen verfolgten das Schauspiel. Dann bemerkte er, wie sie ihn spöttisch und mit hochgezogenen Brauen ansah, und er wandte rasch den Kopf der Straße zu. Er setzte den Blinker, warf je einen Blick in Seiten- und Rückspiegel und gab schließlich Gas. *Back on the road.*

»Übrigens, ich heiße Pinky!«, erklang jetzt ihre helle Stimme vom Beifahrersitz her.

»Sie haben den Gurt noch nicht angelegt!«, stellte er fest und streifte dabei ihre braun gebrannten hübschen Beine mit einem raschen Seitenblick – *was soll ein Mann denn machen, du lieber Himmel! Warum müssen diese jungen Dinger sich auch immer so sexy zu-*

rechtstylen? Wenn sie schon Autostopp machen, wären lange Jeans wohl vernünftiger.

Sie reagierte nicht, also bat er sie jetzt direkt: »Würden Sie bitte den Gurt anlegen?« – und weil sie noch immer nichts sagte, fuhr er wie zur Erklärung fort: »Die Franzosen mit ihrem wilden Fahrstil waren mir noch nie geheuer, wissen Sie!«

Schweigen auf dem Beifahrersitz.

Er beschloss, die Taktik zu ändern, außerdem war ihm eine Unterlassungssünde seinerseits eben aufgefallen.

»Übrigens, ich heiße Richard.«

Er legte beide Hände fest ums Lenkrad, sie sollte sehen und spüren, er hatte alles im Griff.

Pinky sah vor allem eines: den goldenen Ehering an seiner rechten Hand.

»Sie machen Urlaub hier? So ganz allein?«, fragte sie keck, wie es ihre Art war. Sie wollte das schließlich wissen, also fragte sie eben, basta! Und noch eines wollte sie wissen, das fragte sie jetzt als Nächstes: »Wo ist denn Ihre Frau?«

»Zu Hause!« Er hörte selbst, wie knapp und brüsk das klang. Also schob er weitere Erklärungen nach: »Ich habe einen Forschungsbericht und außerdem einen Fachartikel zum selben Thema zu schreiben. Dafür brauche ich Ruhe. Die hoffe ich hier zu finden.« *So, das muss jetzt aber genügen.*

Er bemerkte selbst nicht, wie er jetzt die Lippen aufeinanderpresste und gleichzeitig starr nach vorn auf die Straße sah.

Pinky jedoch konnte seine innere Anspannung mit Händen greifen, und trotzdem räkelte sie sich genüsslich auf ihrem bequemen Ledersitz. Dann sprach sie den

Gedanken, der ihr gerade gekommen war, unverblümt und laut aus.

»Sie Ärmster, in dieser herrlichen Gegend und bei diesem Wetter arbeiten zu müssen. Also ich wüsste da wahrhaftig was Besseres.«

Einen kurzen Moment lang sah er sie erneut von der Seite her an, schließlich trat ein seltsam verschleierter Ausdruck in seine Augen. »So? Was denn zum Beispiel?«, fragte er heiser.

Pinky schossen verschiedene Gedanken und Gefühle gleichzeitig durch den Sinn. *Seine Stimme klingt heiser. Und sexy. Für mich jedenfalls. Natürlich hat er keine Ahnung davon, weder wie seine Stimme klingt, noch welche Wirkung sie auf mich hat. Er sieht gut aus, aber er ist traurig. Vermutlich hängt diese Tristesse mit seiner Frau zusammen. Ich spüre das genau. Er hat Trost bitter nötig, dieser einsame Fremde namens Richard, und ich habe gute Lust, ihm diesen Trost auch zu geben. Er übt eine starke Anziehungskraft auf mich aus, das reicht mir als Grund völlig.*

Im nächsten Augenblick sagte sie auch schon laut: »Nehmen Sie mich mit in Ihr Ferienhaus, dann werden Sie die Antwort auf Ihre Frage schon selbst herausfinden.«

Sichtlich überrascht entfuhr ihm jetzt ein leiser Pfiff, der ihr natürlich nicht entging, obwohl sie so tat.

Schließlich fragte er: »Werden Sie denn in Aix nicht erwartet?«

Pinky lächelte. »Aber nein, mein Freund weiß gar nicht, dass ich auf dem Weg zu ihm bin. Ich bin frei und kann tun und lassen, was ich will.«

Sie lag auf einer Liege hinten im Garten unter dem Apfelbaum und sonnte sich. Sie trug lediglich ein knappes Bikinihöschen am Leib. Hinter ihren geschlossenen Augenlidern wirbelten die Gedanken durcheinander.

Ich werde nicht schlau aus Richard. Gestern Abend, nach der Ankunft, vertraut er mir beim Essen und einer Flasche Wein seine Ehesorgen an. Und auch, dass er sich momentan ziemlich verloren fühlt. Aber wie ich dann diesen zärtlichen einladenden Gutenachtkuss direkt auf seinen Mund drücke, da zuckt er glatt zurück. Und geht allein auf sein Zimmer ...

Dabei glaube ich, ach was – ich weiß es –, dass ich ihm gefalle. Sehr sogar, das verrät der verschleierte Ausdruck seiner Augen, wenn er mich ansieht.

Warum zum Teufel packt er dann nicht die Gelegenheit beim Schopf? Seine Frau hat ihren Lover, und er hat mich mitgenommen in dieses Haus hier. Wozu, wenn nicht um mit mir zu schlafen?

Sie fuhr zusammen, als eine Männerstimme leise neben ihr sagte: »Hallo« – sie riss die Augen auf und starrte hoch in Richards lächelndes Gesicht.

»Woran denkst du?«, erkundigte er sich nun, während er immer noch auf sie herabsah, wobei seine Augen hungrig ihre hübschen Apfelbrüste streichelten.

»Hallo, Richard!« – *super, Pinky, du klingst richtig schön cool,* dachte Pinky an dieser Stelle.

Und dann konnte sie sich plötzlich nicht mehr beherrschen, einfach so, aus heiterem Himmel, sie wusste nicht einmal, warum gerade jetzt, warum gerade hier, im Garten ...

»Du vergehst noch vor Tristesse, Mann! Tu endlich was gegen deine verdammte Traurigkeit, die zieht einen ja total runter, und dich selbst am meisten. Merkst du das denn nicht selbst? Warum setzt du dich nicht einfach in dein bescheuertes Auto, kaufst unterwegs einen Riesenstrauß roter Rosen und fährst schleunigst und auf direktem Weg heim zu deiner geliebten Lissy?«

Er starrte sie sprachlos an, in seinem Gesicht aber arbeitete es, er war einerseits verblüfft, zugleich aber auch verletzt.

Sie sah das alles, war aber trotzdem noch nicht fertig, und bremsen wollte und konnte sie sich auch nicht: »Du tust so überlegen, ganz der nüchterne Wissenschaftler. Dabei zerreißt es dir das Herz. Wie lange seid ihr eigentlich verheiratet, Lissy und du? Fünf Jahre?«

»Zehn«, sagte er und klang kläglich dabei.

»Himmel! Deine Lissy hätte einen Orden verdient für so viel Tapferkeit und Geduld mit einem Stockfisch von Mann. Kapierst du denn nicht, was eine Frau braucht? Dinge wie Zärtlichkeit und Aufmerksamkeit braucht sie, und manchmal auch die drei magischen Worte. Wir wollen sie hören, verstehst du?«

Da beugte er sich zu ihr herab und zog sie auch schon in seine Arme und gleichzeitig hoch vom Liegestuhl.

»Ich liebe dich«, sagte er überraschend laut und fest. »Ist es gut so?«

»Nein! Weil ... du liebst doch Lissy!« Pinky musste trotzdem lachen, obwohl sie es an dieser Stelle eigentlich wirklich nicht wollte, dann setzte sie noch eins drauf: »Ihr musst du es sagen, Herrgott noch mal!«

Er lächelte und nickte – und dann drückte er seine Lippen fest auf ihren Mund. Pinky verstummte.

Seine Zunge begehrte Einlass, bekam ihn gnädig gewährt und begann sofort zu spielen.

Pinky stöhnte leise.

Da hob Richard sie einfach in seinen Armen hoch und trug sie zum Haus hinüber.

»Gibst du mir ein bisschen Nachhilfe?«, murmelte er leise an ihrem Ohr, als sie einen Arm um seinen Nacken schlang.

Sie nickte nur.

Was sollte ich sonst wohl tun, hier und jetzt, du Stockfisch, hm? Außerdem habe ich es schließlich und endlich genauso gewollt!

Er trug sie hinauf in sein eigenes Zimmer und legte sie auf dem breiten Doppelbett behutsam ab. So behutsam, als wäre sie aus kostbarem zerbrechlichem Porzellan. Das gefiel ihr wiederum. Sehr sogar. Ihr winzig kleines Bikinihöschen wurde noch eine Spur feuchter, als es ohnehin schon war.

Das große Fenster stand offen, draußen zwitscherten die Vögel in den Bäumen, die Luft war weich und roch nach wildem Thymian.

Richards Lippen wanderten an Pinkys Hals hinab und weiter hinunter bis zu den beiden rosigen Bergspitzen. Seine Zunge kreiste abwechselnd um die eine, dann um die andere, bis sie hart waren und Pinky zu seufzen begann.

Verdammt, das kann er gut! Zärtlich und trotzdem kräftig genug. Ich spür die kleinen Stromstöße ja im ganzen Körper ... am besten stöhn ich jetzt ein bisschen lauter, das wird ihm Mut machen und ihm zusätzlich einheizen. Nicht, dass er auf einmal Skrupel bekommt und aufhört ...

Aber ihre Sorge war unbegründet, denn jetzt nahm er auch noch beide warmen Hände zu Hilfe und umfing damit ihre Brüste, knetete sie sanft, während sein Mund weiter an den harten Spitzen saugte, immer schön abwechselnd.

Himmel, er ist wirklich gut! Das ist ja ein unglaubliches Gefühl, es jagt von den Brüsten bis hinunter zwischen die Beine, direkt in meine Muschi.

Ob es daran liegt, dass er schon älter ist und mehr Erfahrung hat? Die Jungs, mit denen ich bis jetzt so rumgemacht habe, gehen immer viel zu schnell ran an die Buletten. Die wollen ihn bloß so schnell wie möglich einparken und dann loslegen wie die Stiere. Ein paar harte Stöße, dann gehen sie ab wie ferngesteuerte Raketen. Wie die Straßenköter führen sie sich auf, die jungen Kerle, geil wie die Hölle. Wo unsereins dabei bleibt, ist ihnen meistens schnuppe. »He, komm schon, Babe!«, keuchen sie kurz vor dem Abfeuern, sie denken wohl, als emanzipierte Frau von heute sei man eben selbst für die eigene Lust verantwortlich. Und hinterher heißt es dann: »Sorry, ich hab mich einfach nicht mehr länger zurückhalten können, Babe. Du machst mich eben so an!« Klingt ja irgendwie gut, aber damit hat es sich auch schon mit den positiven Eindrücken.

Sie war jetzt so heiß, sie konnte es kaum mehr abwarten, ihn endlich in sich zu spüren.

Pinky begann ungeduldig, an Richards Hemd zu zerren und schließlich an der Gürtelschnalle seiner Hose zu nesteln.

Er lachte leise und hielt ihre Hand fest, drehte sie herum und küsste deren Innenseite so zärtlich und lange, bis selbst diese vor Lust kribbelte.

Dann sagte er: »Warte, ich bin gleich so weit.«

Im Nu war er nackt. Er führte ihre Hand jetzt hinab auf den richtigen Weg, wo er sie haben wollte.

»Bist du sicher, dass du es wirklich willst?«

Pinky keuchte nur noch, ihr Puls flog, sie wollte ihn so sehr, das musste er doch spüren, wozu diese blöde Frage?

»Aber ja, Mann! Worauf wartest du denn noch?«

Sie griff beherzt wieder zu und nahm sein steifes Glied in ihre kleine Hand, streichelte die Spitze, liebkoste sie mit dem Daumen, dann mit dem Mund, dann mit der ganzen Hand, bis der Mann endlich stöhnte und ihre Hand wegstieß.

Mit einem einzigen heftigen Ruck streifte er ihr das knappe Tangahöschen ab.

Er kniete jetzt zwischen ihren weit gespreizten Beinen und bewunderte den Anblick, der sich ihm bot. Zuerst nur mit den Augen, dann nahm er einen Finger zu Hilfe, ließ ihn eintauchen in den dunklen feuchten Liebestunnel, zog ihn wieder heraus und strich damit über die pochende Perle, die sich aufgerichtet hatte, immer wieder strich er darüber, mit sanftem Druck. Bis Pinkys Körper zu zucken begann und sie wimmerte.

Sie stieß ihm gleichzeitig ihr Becken entgegen, sah ihm dabei in die Augen, und sein voll erigiertes Glied fand schließlich den Weg wie von selbst. Er spürte, wie ihre Muskeln zurückwichen, die enge Pforte freigaben. Aber als er tief eingedrungen war, schmiegten dieselben Muskeln sich sofort wieder eng um seinen Schaft.

Mit beiden Händen ergriff er jetzt Pinkys Fußgelenke, er hob sie an, ihre Beine schwebten in der Luft und lagen im nächsten Moment auf seinen Schultern.

Auch ihre süße Muschi und ihr fester runder Po

ragten nun halb in die Höhe. Und das war gut so, genau da wollte er sie haben. Sein Schwanz drang in dieser Stellung mühelos noch tiefer hinein, bis zur Wurzel. Er füllte das enge unschuldige Loch völlig aus und konnte spüren, welche Lust er dem Mädchen unter sich damit bereitete. Sogar ohne sich viel in ihr zu bewegen. Einfach stillhalten, und ihre Muskeln da drinnen tanzten einen heißen feuchten Tanz auf seinem Schaft, der dazu pulsierte und den Takt vorgab.

Pinky konnte sich nicht erinnern, jemals eine solche Lust gefühlt zu haben. Nicht einmal mit dem Vibrator, den Jean ihr zum Abschied geschenkt hatte, als er nach Hause musste.

Sie fühlte, wie ihre Säfte aus ihr herauszulaufen begannen, ihr Nektar durchfeuchtete das Bettlaken, dann bewegte Richard sich plötzlich in ihr, mit sanften, langen Stößen liebte er sie, minutenlang, sie vergaß die Zeit, überließ sich der immensen Lust, und schließlich wurde sie unversehens von einer heftigen Welle einfach gepackt und hoch hinauf auf den Gipfel katapultiert, wo sie sich ihre Lust aus dem Leib schrie, bis das letzte Nachbeben abgeklungen war.

Ihr wurde bewusst, dass Richard irgendwann während ihrer Schreiorgie ebenfalls gekommen sein musste, aber eigentlich war ihr das nicht so besonders wichtig. Dieser Mann konnte auf sich selbst aufpassen, das wusste sie jetzt, ihm war es hauptsächlich darum gegangen, sie zufrieden zu stellen, und das war ihm gelungen ... Hurra!

Merci, Monsieur!

Richard lag jetzt still auf ihr, küsste sie mit viel Gefühl, und sie mochte auch das. Es war schrecklich, wie diese jungen Männer oft sofort hinterher aufsprangen und unter die Dusche rasten, weil sie kurz darauf noch irgendwas anderes vorhatten und spät genug dran waren.

Richard blieb einfach in ihr, bis sie beide erneut Lust verspürten, da begann er sich zuerst ganz langsam wieder in ihr zu bewegen. Bis allmählich die Lust mit voller Wucht zurückkehrte.

Später flüsterte Pinky in seinen Armen: »Die Nachhilfe hatte anscheinend eher ich nötig!«

Sie schliefen kaum in dieser Nacht, lachten, redeten, hörten Musik, tranken Wein und liebten sich dann wieder, immer wieder, bis es draußen zu dämmern begann.

Sie fand im Laufe dieser Sommernacht heraus, wie unersättlich sie sein konnte.

Er stellte erfreut fest: Das alte Feuer war noch in ihm vorhanden. Noch konnte er es mit jedem Rivalen aufnehmen.

Richard brachte Pinky am nächsten Tag bis direkt nach Aix hinein, sogar bis kurz vor Jeans Haus. Sie gab ihm einen Abschiedskuss, lachte ein wenig wehmütig dabei und flüsterte in sein Ohr: »Adieu, Tristesse! Mach's gut.«

Unterwegs hielt er später an einer Telefonzelle an. Falls sie noch da war, im gemeinsamen Haus und damit in seinem Leben, würde er nicht zögern, die Chance zu ergreifen.

Lissy war sofort am Apparat.

»Ich liebe dich!«, sagte er.

Sie begann zu weinen. »Richard! Ich liebe dich doch auch! Verzeih mir.«

»Ich bin bald bei dir, Liebling. Wir müssen reden, ich habe dir ein Geständnis zu machen.«

Eine Weile blieb es still am anderen Ende, er befürchtete schon, sie hätte einfach aufgelegt.

Dann aber sagte Lissy, mit klarer Stimme: »Behalte es für dich, ich bitte dich herzlich darum. Ich will und ich muss es gar nicht wissen. Komm einfach zurück zu mir, wenn es das ist, was du wirklich willst.«

Er legte erleichtert auf und ging zum Wagen zurück.

DAVID, DER MAGIER

Heute ist er berühmt. Aber als ihn noch keiner kannte, weihte ihn eine rassige Tigerdompteuse in die Geheimnisse der Zirkuswelt ein. Leidenschaft inbegriffen ...

David wartete vor Nadjas Garderobe, als sie in ihrem hautengen Glitzerkleid herauskam. Sie hob kaum den Blick, schien in Gedanken meilenweit entfernt zu sein. Wie immer vor ihrem großen Auftritt. Er kannte das, deshalb nahm er ihr Verhalten auch nicht persönlich. Es war ihre Art, sich zu konzentrieren, indem sie den Blick nach innen richtete. Sie brauchte innere Stärke für ihren gefährlichen Job.

Er schlenderte lässig auf sie zu und hauchte ihr dann einen raschen Kuss auf die nackte Schulter.

Sie zuckte zusammen und murmelte »Frechdachs!«, anschließend stupste sie ihn jedoch freundschaftlich in die Seite.

»Toi, toi, toi, meine Schöne!«, raunte er an ihrem Ohr. »Ich wollte dir doch bloß viel Glück wünschen. Wie immer.«

»Dank dir, mein Lieber. Wie immer.«

Insgeheim freute sie sich sehr über seine Geste. Wie immer. David sah nicht nur ausgesprochen gut aus, er war obendrein ein wirklich lieber Kerl. Und Jahre jünger als sie. Wie viele genau, wollte sie lieber gar nicht wissen. Deshalb fragte sie ihn auch nie danach.

»Nadja?«

Sie war schon im Gehen begriffen, blieb jetzt aber noch einmal stehen.

»Ja?«

In diesem Augenblick ertönte draußen der vertraute Tusch. Das war das Zeichen, sie musste in die Manege. Vier Königstiger – Nora, Captain, Sesal und Nico – warteten dort auf sie.

Nadjas Augen überprüften wie gewöhnlich zu Beginn rasch noch einmal die Situation. Jede der großen Raubkatzen saß auf dem gewohnten Podest. Gut.

Als Nächstes suchte ihr Blick den von John, ihrem Ehemann und Assistenten.

John stand mit einem Stock, dessen Ende eine scharfe Spitze zierte, am Gitternetz. Er würde heute besonders auf die ohnehin unberechenbare Nora aufpassen müssen. Die Tigerin war gerade in Hitze, das machte die Sache für John nicht einfacher. Er würde mit dem Stock von Zeit zu Zeit ihre Flanken berühren und das Tier damit wissen lassen, dass es auch dann nicht unbeobachtet blieb, wenn Nadja ihm den Rücken zukehren musste.

Die Dompteuse spürte augenblicklich, dass heute etwas entscheidend anders war. Allerdings lag es nicht an Nora, auch nicht an einem der anderen Tiger.

John wich ihrem Blick aus, eindeutig.

Sofort beschlich sie wieder das ungute Gefühl, seit Tagen quälte sie sich jetzt bereits damit herum.

Warum macht er nicht endlich den Mund auf? War-

um sagt er mir nicht einfach, was ich doch längst tief drinnen weiß?

Er wird mich verlassen, ihretwegen! Vielleicht schon heute.

Wegen dieses dummen jungen Frauchens, das er vor Wochen bereits kennen gelernt hat und das ihn um den Verstand bringt, weil sie ihn anhimmelt, ihn zu ihrem Helden macht.

Der zweite Tusch ertönte.

Du musst in die Manege!, hämmerte es in ihrem Kopf. *Konzentriere dich, Nadja! Die Tiere müssen von deiner Überlegenheit überzeugt sein. Die Alpha-Tigerin bist du, und du musst es bleiben. Jede dieser Raubkatzen könnte dich mit einem einzigen gezielten Prankenhieb durch die Luft schleudern. John hätte vielleicht nicht einmal eine Chance, noch rechtzeitig einzugreifen. Noch dazu heute, wo er mit seinen Gedanken so offensichtlich ganz woanders ist.*

Sie atmete tief durch und konzentrierte sich in Gedanken auf die eingespielte Dressurnummer.

Dann gab sie sich einen Ruck, zauberte ein strahlendes Lächeln auf ihr Gesicht und begann mit ihrem Auftritt.

Das Publikum empfing sie mit Applaus, als sie jetzt mitten zwischen den Tigern auftauchte, wunderschön anzusehen in der schulterfreien Glitzerrobe.

Automatisch, fast wie ein Roboter, spulte Nadja die einzelnen Programmpunkte der Tigerdressur herunter.

Alles ging glatt.

Das Publikum belohnte sie mit einem weiteren donnernden Applaus, sie verneigte sich und rang sich wieder ein strahlendes Lächeln ab.

Dann kam zum Schluss noch die so genannte Pyramide. Dabei sollten die Raubkatzen auf einer Art Klappleiter übereinanderstehen.

Es war ohnehin eine schwierige Übung – umso mehr, wenn unter den Tieren eine gereizte Stimmung herrschte.

Zunächst ging alles gut.

Doch dann versuchte Nadja die widerspenstige Nora dazu zu überreden, ihren angestammten Platz innerhalb der Pyramide einzunehmen.

Dazu musste Nora über Sesal hinwegsteigen. Was der Tigerdame heute aber sichtlich nicht passte. Ihr wütendes Fauchen verriet ihre Laune.

Nora empfand Sesal als Konkurrentin um die Gunst von Captain.

Die Tigerin war eifersüchtig, und Nadja konnte ihr das Gefühl noch nicht einmal verübeln.

Sesal duckte sich auch bereits auf ihrem Podest, sie fürchtete sich vor Noras Rachegelüsten.

Die Dompteuse bemerkte auch dies, trotzdem konnte sie sich nicht helfen: In Gedanken galt ihr Respekt nach wie vor der rachsüchtigen Nora, die bereit war, die Nebenbuhlerin in einen offenen Kampf zu verwickeln.

Ein scharfer Zuruf Johns zerriss die angespannte Stille, die plötzlich im Zirkuszelt herrschte. Es war, als hätte auch das Publikum etwas bemerkt, und die Menschen hielten angespannt den Atem an. Gespräche und Gelächter waren verstummt.

Nadja fuhr unmerklich zusammen. Im Bruchteil einer Sekunde wurde ihr klar, wie unkonzentriert sie gerade eben gewesen war. Ihre Gedanken waren doch glatt einen Moment lang abgeschweift.

Reiß dich zusammen!, murmelte sie halblaut vor sich hin.

Für gewöhnlich half das, und ihre Konzentration meldete sich zurück.

Aber heute war es bereits zu spät, die Situation war ihr entglitten, in diesem einen kleinen Moment der Unaufmerksamkeit.

Noras Blick nämlich war starr geworden, sie hatte begonnen, Sesal unablässig zu fixieren. Nur ihre Schwanzspitze zuckte und zeigte ihre innere Anspannung. Die Dompteuse hingegen schien für die Raubkatze überhaupt nicht mehr in der Manege zu existieren.

Nadja wusste es ebenso wie John: Wenn ein Tiger so etwas tat, hatte er etwas vor. Und in der Regel nichts Gutes.

Plötzlich sprang Nora Sesal an, im Nu waren die beiden Tigerdamen in ein heftiges Gerangel verwickelt.

Noch guckten Captain und Nico nur zu, aber Nadja war klar: Bereits jetzt befand sie sich selbst in höchster Gefahr.

Es war bloß eine Frage der Zeit, bis die beiden Tigermännchen ebenfalls mitmischen würden, dann gab es kein Halten mehr.

Kein Dompteur der Welt konnte vier kämpfende Tiger trennen, ohne dabei selbst in Stücke gerissen zu werden.

Nadja schrie Nora an, rief dann scharf ihren Namen.

Die Tigerin zuckte tatsächlich einen Moment lang zurück. Diese Chance nutzte wiederum Sesal, um zu flüchten.

Geistesgegenwärtig öffnete John den Laufgang im

Hintergrund, damit das verstörte Tigerweibchen den Ring verlassen konnte.

Kaum war die Rivalin weg, beruhigte sich auch Nora. Nadja durfte aufatmen.

Als sie ihre Garderobe betrat, wartete John auf sie. Das tat er sonst nie.

»Du warst unkonzentriert«, fuhr er sie heftig an. »Du weißt besser als ich, dass ein Tiger jede deiner Stimmungen mitkriegt! So einen Fehler kannst du dir in der Manege nicht leisten.«

Sie sah ihm in die Augen, aber sie konnte keine Besorgnis darin lesen, nur Verärgerung. Da war ihr endgültig klar, was jetzt gleich kommen würde.

»Was war bloß los eben …« – fing er wieder an, senkte aber die Augen unter ihrem eindringlichen Blick.

»Hast du deine Koffer bereits gepackt?«, unterbrach sie ihn.

Auf einmal wirkte er müde und angespannt, er hob die Hände.

»Wenn du es ohnehin schon weißt …«, murmelte er.

Sie lachte auf. »Ich kenne dich, John! Du wirst nie ohne den Zirkus leben können. Ohne mich auch nicht. Jedenfalls nicht für längere Zeit. Dieses Mädchen wird dir all das hier nicht ersetzen können.«

Er straffte seine Schultern. Sie wusste natürlich, sie hatte Recht. Und auch, dass ihm das nicht passte.

»Das ist meine Sache«, erwiderte John scharf. Dann drehte er sich abrupt um und ging.

Nadja schminkte sich ab und zog schließlich auch das Glitzerkleid aus, hängte es vorsichtig über den Bügel. Der dazu passende BH folgte.

Ein Weilchen stand sie nur in halterlosen Strümpfen und ihren Glitzerpumps an den Füßen vor dem großen Garderobenspiegel und betrachtete sich nachdenklich.

Es war alles wie immer: die vollen, festen Brüste, die noch wie eh und je die dunklen Spitzen keck und einladend zugleich in die Luft reckten, der Schwerkraft und dem Alter trotzend.

Das rasierte Dreieck zwischen den Schenkeln schimmerte rosenholzfarben, verlockend weiblich.

John, ich liebe dich doch. Warum tust du mir das an? Du hast immer beteuert, es würde nie eine andere geben für dich. Ich hätte die schönsten Brüste, die schmalste Taille, das betörendste Bermudadreieck zwischen den Schenkeln. Du hast doch alles gehabt, John, oder?

Warum, John, warum nur?

Als sie später in den Wohnwagen zurückkam, in dem sie gemeinsam so viele Jahre gelebt hatten, waren seine Sachen verschwunden.

In dieser Nacht träumte Nadja, wie Nora John anfiel und ihn in Stücke riss. Während sie selbst untätig vom Rand der Manege aus zusah ...

Nadja wollte, dass David ab sofort Johns Part im Hintergrund ihrer Dressur übernahm.

Die Zirkusleitung stimmte grundsätzlich ihrem entsprechenden Vorschlag zu, man wäre erleichtert, wenn sich die Lücke schnellstens auf diese Weise schließen ließe, versicherte man ihr.

Allerdings müsse sie selbst mit David verhandeln. Falls er ablehne, müsse sie schnellstens einen Ersatz für John finden, andernfalls würde man ihre Dressurnummer ganz aus dem Programm streichen müssen. Ohne Assistenten ginge es nun einmal nicht, das wisse sie ja selbst.

»Bitte!«, sagte sie und sah David dabei tief in die Augen.

Sie wollte nicht wirklich betteln, sie wollte ihn hypnotisieren, deshalb lächelte sie auch nicht dabei.

Sie verließ sich instinktiv auf ihr inneres Gefühl. Es sagte ihr nämlich, dass die erotische Spannung, die sich bereits seit Wochen zwischen ihnen aufgebaut hatte, David dazu bringen würde, ihrer »Bitte« nachzukommen.

Sie wusste, er bewunderte sie. Als Dompteuse. Und als Frau. Sie gefiel ihm, in beiden Rollen.

Die Frau aber begehrte er obendrein. Und dieses Begehren würde ihrer gemeinsamen Arbeit erst die richtige Würze geben. Und zugleich ihrer von John verwundeten Seele schmeicheln.

Er durfte – er würde nicht nein sagen.

»Für dich mache ich es, Nadja«, sagte David jetzt.

»Gut!« Dieses Mal schenkte sie ihm auch ein Lächeln. »Fangen wir an.«

Im Schnellkursus brachte sie ihm in den folgenden Tagen die wichtigsten Spielregeln im Umgang mit den Königstigern bei.

Erstens: Die Raubkatzen sind und bleiben wilde Tiere und können jederzeit außer Kontrolle geraten, trotz Geburt in der Gefangenschaft und Dressur.

Zweitens: Tiger springen ihr Opfer stets von hinten an.

Drittens: Ein Tiger spürt immer deine innere Befindlichkeit. Der Dompteur darf deshalb nie eine Schwäche zeigen bei der Arbeit, er muss immer das Alpha-Leittier bleiben.

David begriff schnell, das musste er auch. Er würde in Zukunft Nadjas Lebensversicherung sein ... Niemals zuvor hatte ein anderer Mann als John diese für sie so wichtige Aufgabe übernommen.

In der nächsten Zeit ertappte sie sich dabei, wie sie immer öfter heimlich Davids gut gebauten muskulösen Körper musterte, wenn er im neuen hautengen Trikot durch die Arena schritt.

Er ließ sich nicht anmerken, ob er etwas mitbekam von ihren Blicken. Aber manchmal blieb er kurz stehen und blickte sich nach ihr um. Dabei spielte immer dieses leise Lächeln um seine Lippen, das aber zugleich seltsam traurig wirkte. David war sich seiner Sache zumindest nicht sicher, und auch das machte ihn so sympathisch. Er hielt sich nicht für unwiderstehlich.

Allmählich dämmerte ihr, dass er auch in anderer Hinsicht ein ebenbürtiger Ersatz für John sein könnte ...

Einige Tage später war die erste Vorstellung nach Johns Auszug. Bereits Stunden vorher schminkte sich Nadja sorgfältig, ehe sie in ihr hautenges Glitzerkostüm stieg.

»Du siehst zum Niederknien aus!«, rief David ihr gut gelaunt entgegen, als sie aus der Garderobe kam. Seine intensiv blauen Augen strahlten. »Was für ein Prachtweib du abgibst. Ich meine es ganz im Ernst.«

Sie gab ihm lächelnd einen Klaps auf die Wange, zögerte dann scheinbar und drückte ihm schließlich einen Kuss auf die Lippen. Eigentlich handelte es sich nur um den Hauch eines Kusses, aber die Dosierung war ihr gelungen, sie spürte es sofort.

David war wie elektrisiert. Heiser raunte er: »Nadja!«, und schlang beide Arme um sie. Er presste heftig seine Lippen auf ihren Mund, er wollte mehr, viel mehr. Sein Kuss wurde fordernder, drängender.

Augenblicklich wurden ihr die Knie weich, sie war selbst überrascht, wie unerwartet heftig ihr Körper auf diesen Kuss reagierte.

Bin ich nur so ausgehungert? Oder ist es mehr?

Sie spürte die Feuchtigkeit, die bereits ihren hauchdünnen Slip unter dem Glitzerkleid zu durchnässen begann. Auch das verräterische Ziehen im Unterleib, das sich von Sekunde zu Sekunde verstärkte, war Antwort genug. Sie sehnte sich danach, David in sich zu spüren.

»Warte!«, murmelte sie und bog ihren Kopf zurück, während seine Lippen über ihre Hals wanderten.

»Nicht hier, David. Ich habe jetzt schließlich den Wohnwagen für mich allein.«

Hand in Hand liefen sie hinüber. Hastig stieß sie die Tür auf, David drängte sie förmlich hinein.

Kurze Zeit später lagen zwei glitzernde Fummel am Boden, deren Besitzer viel zu sehr miteinander beschäftigt waren, als dass sie sich Sorgen um den Zustand der teuren Zirkuskostüme gemacht hätten.

Vom Schminktisch, den es auch hier gab, polterten mehrere Utensilien, als David dagegenstieß, weil er seine jetzt splitternackte Dompteuse so wild in die Arme riss.

Cremedosen und einige der weichen Kosmetikpinsel fürs große Auftritt-Make-up, die Nadja regelmäßig durch neue ersetzte, rollten auf dem Boden umher.

Sie kümmerten sich auch darum nicht, stattdessen fielen sie eng umschlungen auf das einladend breite Bett, das beinahe die Hälfte des Wohnraums einnahm.

Mit seinen Augen, Händen und Lippen liebkoste David die üppigen Formen von Nadjas Körper. Er hatte sich so lange danach gesehnt, in seinen Träumen hatte er sie oft schon ausgiebig geliebt ... aber jetzt bekam er es auf einmal mit der Angst zu tun: *Himmel, sie war so schön, so unglaublich weiblich, so begehrenswert, stark und klug noch dazu. Würde er ihr genügen, als Liebhaber, als Mann, als Mensch? Was, wenn er ausgerechnet jetzt in ihren Armen versagen würde – als Mann?*

»Nadja?«, raunte er heiser.

»Mach es mir ... jetzt, David!«, flüsterte sie und drängte ihren prachtvollen Körper gegen ihn, er roch ihren Duft und spürte gleichzeitig, wie seine Erektion zunahm, er wurde bretthart, dem Himmel und seinem kleinen Freund sei Dank dafür ...

Nadja wand sich, Davids Mund schien überall gleichzeitig zu sein. Er saugte an den Nippeln der Brüste, war plötzlich mitten in ihrer Muschi und machte sich dort zu schaffen, die Zunge ließ er dabei über die Klitoris gleiten, immer wieder, ehe sie in Nadjas feuchtes enges Loch vorstieß, bis sie vor Wonne nur noch seufzen konnte.

Ihre Augenlider flatterten, sie versuchte an John zu denken, aber sein Gesicht verschwamm vor ihren Augen, eine Lustwelle rollte durch ihr Becken.

Plötzlich strich etwas Weiches, Haariges über ihre ohnehin schon angeschwollene Muschi.

Sie öffnete die Augen und sah, dass David zwischen ihren geöffneten Schenkeln kniete, in der Hand einen ihrer Kosmetikpinsel, mit der sie großzügig glitzernden Puder auf ihr Dekolleté zu stäuben pflegte. Er musste das Ding vom Boden aufgehoben haben.

Immer wieder strich er jetzt mit dem Pinsel über ihren Kitzler, von oben und unten, von rechts nach links, und umgekehrt.

Das Gefühl war unglaublich, Lustschauer jagten in schneller Folge durch Nadjas Unterleib, ihre rasierte Scham schwoll weiter an unter der haarigen Massage.

Der Pinselkopf fuhr tiefer, strich über den Eingang zum feuchten dunklen Tunnel, glitt kurz hinein und drehte sich, wurde zurückgezogen, strich über die immer mehr anschwellende Liebesperle ... und Nadja schrie und bäumte sich gleichzeitig auf.

Vor ihren Augen ragte jetzt Davids Schwanz stolz auf, sie konnte eine einzelne blaue pochende Ader erkennen, die ihn der Länge nach durchzog. Er war bis zum Bersten mit Blut gefüllt, daher das deutlich sichtbare Pochen, das ihr verriet: Er war mindestens so erregt wie sie. Und gleich würde er sie mit diesem riesigen Ding aufspießen, sie konnte es kaum mehr erwarten.

Zunächst jedoch näherte er sich nun ihrem Mund, den sie gehorsam öffnete, um ihn mit Lippen und Zunge in Empfang zu nehmen.

Während sie ihn lutschte, rieb und strich der Pinsel da unten weiter an ihren empfindlichsten Stellen herum und brachte sie beinahe um den Verstand.

Ihr ganzer Körper glühte mittlerweile, die Haut überzog sich mit einem feuchten Schleier, der Atem ging heftig und stoßweise.

Dann fuhr der Pinsel auch noch zwischen Nadjas Pobacken und machte sich an dem anderen Loch zu schaffen.

Ihre Schenkel begannen zu fliegen, währenddessen der Schwanz in ihrem Mund immer mehr anschwoll und sie die ersten Lusttropfen auf der Zunge schmecken ließ, die aus seiner Spitze hervorquollen.

Kurz vor dem Höhepunkt zog David sich hastig aus ihrem Mund zurück. Er glitt mit seinem harten prächtigen Körper über sie und drang mit einem einzigen gezielten Stoß tief in Nadja ein.

Er füllte sie augenblicklich völlig aus. An diesem Punkt gab es kein Halten mehr – sie kam so schnell und heftig, dass es sie selbst überraschte, ihr Schrei erstarb in der Luft, sie warf den Kopf in den Kissen herum.

Dann hörte sie doch jemanden schreien, dachte, es wäre David, aber sie war es selbst.

Als sie wieder klarer denken konnte, steckte David noch immer tief in ihr, bewegte sich aber kaum.

»Ich will, dass du öfter kommst«, flüsterte er, »wir lassen uns Zeit, ja?«

Sie nickte und schloss die Augen, versuchte die Zeit zu vergessen und einfach nur zu genießen.

Er küsste zärtlich ihre Lippen, die Augenlider, ehe er sich sanft wieder in ihr zu bewegen begann.

Sie war nun ganz entspannt, lag einfach nur da, genoss seine harte pulsierende Männlichkeit tief in sich.

Er liebkoste ihre Brüste, seine Zunge spielte mit den harten Knospen. Gleichzeitig begann er, sich wieder schneller zu bewegen und härter in sie zu stoßen. Nadja nahm seinen Rhythmus unwillkürlich auf, passte sich ihm an.

Bereitwillig kam auch die Lust zurück.

Nadja spürte, wie sich eine unbeschreibliche Hitze zwischen ihren Schenkeln ausbreitete, während dieser steinharte und so herrlich ausdauernde Schwanz immer tiefer in ihr Innerstes vordrang, dann wieder zu stoßen begann, bis ihr die Luft wegblieb.

Dieses Mal kamen sie beide gleichzeitig.

»Jetzt muss ich mich glatt noch einmal neu schminken!«

Nadja lachte, ehe sie aufstand und wieder in ihr Kleid schlüpfte. Sekunden später war sie aus dem Wohnwagen.

In ihrer Garderobe sah sie in den Spiegel.

Mit leiser Wehmut betrachtete sie die ersten feinen Fältchen, die sie neulich bereits entdeckt hatte. Die Zeit ließ sich eben nicht betrügen, auch nicht mit einem jüngeren Lover.

Sie war Mitte dreißig und David Mitte zwanzig, inzwischen wusste sie es genauer.

Früher oder später würde er sie verlassen, so wie John sie verlassen hatte. Nur würde es für Nadja diesmal nicht so schlimm werden, denn sie liebte David nicht. Sie begehrte ihn nur, ziemlich heftig sogar, wie sie eben voller Genuss hatte feststellen können.

Aber sie liebte John, wie sie es immer getan hatte.

Die ersten Vorstellungen mit David verliefen problemlos, die Tiger verhielten sich vorbildlich, alles klappte.

Zwischen den Auftritten genoss Nadja die Tage und

vor allem Nächte mit ihrem jungen Liebhaber. Sie, die erfahrene Frau, führte ihn allmählich immer tiefer in die raffinierten Geheimnisse reifer weiblicher Liebeskünste ein.

Er war ein gelehriger Schüler. Im Bett. Und in der Manege ebenso.

Dann kam dieser Abend ...

Verträumt lächelnd nach einer heißen Liebesstunde, erschien sie zu einer nächtlichen Sondervorstellung in der Manege.

Applaus brandete auf, wie üblich an dieser Stelle.

Die Panne passierte während der Nummer mit dem Feuerreifen.

Nora sauste los, obwohl sie noch gar nicht dran war.

Der Feuerring schwankte und drohte ins Sägemehl zu fallen. Aufgeregt begannen nun auch die drei anderen Tiger umherzurennen, nahmen sich gegenseitig die Fluchtdistanz, fauchten erregt.

Nadja scheuchte zuerst Sesal, dann Captain und Nico zurück auf ihre Plätze. Nora allerdings befand sich hinter ihrem Rücken! Genau im Gefahrenpunkt, da, wo sie eigentlich nicht sein durfte.

Nadja hörte das empörte Fauchen der Tigerin und im Hintergrund Davids aufgeregte Stimme. Aber die Großkatze schien ihm nicht zu gehorchen. Nora hatte keinen Respekt vor David, sie spürte wohl seine mangelnde Erfahrung.

Im Publikum war es still geworden. Die Menschen hatten ebenfalls bemerkt, dass sich in der Manege etwas Ungewöhnliches abspielte.

Die atemlose Stille wurde jäh von einer scharfen Männerstimme unterbrochen: »Nora, zurück!«

Nadja erstarrte innerlich.

Wieder ertönte Johns Stimme: »Nora! Zurück!«

Die Tigerin erhob sich langsam aus ihrer sprungbereiten Stellung und begann tatsächlich den Rückzug, wenn auch fauchend vor Empörung.

John rief nochmals scharf ihren Namen, da wandte Nora sich um und verließ endlich den Ring durch den jetzt offenen Laufgang.

John erwiderte ruhig Nadjas Blick.

Er war zurückgekommen, genau im richtigen Moment.

Bald darauf verließ David den Zirkus. Jahre später sah Nadja ihn wieder – im Fernsehen.

Er hatte richtig Karriere gemacht, war zu einem berühmten Zauberkünstler avanciert. Sogar seine eigene TV-Show hatte er bekommen.

An seiner Seite assistierte ihm seine hübsche blonde Verlobte.

Nadja musste insgeheim lächeln, weil plötzlich einige höchst lustvolle Erinnerungen in ihr hochkamen.

Die Magie der Liebe hast du von mir gelernt, großer Zauberer!

Sie kuschelte sich vergnügt in Johns vertraute starke Arme.

JUDITH UND DER MANN AM NEBENTISCH

Er saß einfach nur ruhig da und sah sie an ...

Bereits kurz nach der Landung in Athen wurden Judiths Nerven arg strapaziert. Ihr Koffer war nicht mitgekommen.

Ein Manager der griechischen Fluggesellschaft versicherte ihr auf Englisch, sie werde ihr Gepäck spätestens am nächsten Tag bekommen, man würde es ihr direkt ins Hotel bringen.

No problem, Madam!

Seufzend beschloss sie, sich nicht weiter aufzuregen, es würde nichts ändern und nur ihr Nervensystem belasten.

Sie trat aus dem Flughafengebäude und schnappte sich das nächste Taxi, das gerade vorfuhr, um einen Fahrgast abzusetzen.

Sie ließ sich zuerst am Hotel vorbeifahren, um dort rasch einzuchecken, und bat den Fahrer, solange zu warten.

Während sie das Anmeldeformular an der Rezeption ausfüllte, tröstete sie sich mit dem Gedanken: *Wer, wie ich, außer Handgepäck keinen Koffer hat, braucht auch nichts auszupacken.*

Fünf Minuten später sprang Judith wieder ins Taxi und gab als nächstes Fahrtziel Piräus an. Sie kannte die quirlige Hafenstadt von früheren Besuchen her und liebte deren ganz besondere Atmosphäre.

In einer der Hafenkneipen fand sie einen freien Platz an einem winzigen Tisch draußen auf dem Gehsteig.

Ein Kellner eilte herbei, sie bestellte, ohne lange zu überlegen, ein Mineralwasser und einen griechischen Mokka. Stark, heiß und süß, wie sie ihn liebte.

Zufrieden lehnte sie sich anschließend zurück und ließ ihre Augen wandern. Das geschäftige Treiben ringsumher erinnerte sie an frühere Aufenthalte in Piräus. Es waren schöne Erinnerungen darunter.

Einmal hatte sie – blutjung noch – hier in derselben Gegend mit einem italienischen Lover gesessen, verliebt und hingerissen von der erotischen Ausstrahlung des jungen Mannes.

Hinterher hatten sie sich in ihrem billigen Hotelzimmer stundenlang geliebt, bei offenen Fenstern, aber geschlossenen Vorhängen. Der Verkehrslärm hatte sie keineswegs beim Liebesspiel gestört, außerdem waren Nico und sie damals ziemlich laut gewesen.

Es war lange her, heute wusste sie nicht einmal, wo er jetzt wohl lebte. Vielleicht war er ja nach Florenz zurückgekehrt, in seine Heimatstadt. Egal, es hatte ihn für eine kurze Weile in ihrem Leben gegeben, sie hatten viel Spaß miteinander gehabt, und dann war es eines Tages vorbei gewesen. Die schöne Erinnerung an einen lustvollen Nachmittag in Piräus aber war geblieben.

Der Mokka kam, und Judith trank ihn mit Genuss. Kurz dachte sie dabei an Lutz, ihren Verlobten, der jetzt zu Hause im Büro saß.

Lutz wollte im Urlaub nur Ruhe. Deshalb hatte er Judith vorgeschlagen, später nachzukommen. Sie wollten von Piräus aus ein Schiff zu der zauberhaften Insel Hydra nehmen, um dort einige geruhsame Tage zusammen zu verbringen.

Bis dahin wollte Judith, die sonst eher nüchterne Computerfachfrau, ihren geheimen Leidenschaften frönen – Kultur satt, pralles Leben und ausgedehnte Einkaufsbummel in der griechischen Hauptstadt.

Judith stellte die zierliche Mokkatasse zurück auf die Untertasse. Sie nahm einen großen Schluck Mineralwasser, um den seltsamen Eindruck von Sand auf der Zunge wegzuspülen, den der Bodensatz des Mokkas jedes Mal dort hinterließ.

Eine ältere Frau, ganz in Schwarz, strich an ihr vorüber. Einen Augenblick lang trafen sich ihre Blicke.

Plötzlich blieb die Alte stehen und fragte: »Sie kommen aus Deutschland?«

Judith nickte überrascht. Zwar sprachen viele der jüngeren Griechen neben Englisch auch Deutsch, aber sie hatte nicht erwartet, von dieser alten Frau hier in der eigenen Muttersprache angeredet zu werden.

Die Frau hatte mittlerweile den Blick auf die leere Tasse vor Judith gerichtet. Im nächsten Moment griff sie nach dem Gefäß, drehte es blitzschnell herum und stellte es mit der Öffnung nach unten auf den Unterteller zurück.

Judith war verdutzt, aber sie wartete schweigend, was als Nächstes passieren würde.

Wieder sah die ältere Griechin ihr direkt in die Augen, bis Judith als Erste den Blick abwandte.

Es mochten vielleicht zwei oder drei Minuten verstrichen sein, als die Frau die Tasse endlich wieder anhob, sie umdrehte und hineinstarrte.

Schließlich hielt sie Judith das Gefäß vors Gesicht. »Sie sehen …«, sagte sie leise.

Judith sah nur Kaffeesatz, der sich in einem eigenartigen wabenförmigen Muster auf dem weißen Porzellangrund ausgebreitet hatte.

»Ein Mann wird kommen, bald schon, sehr bald«, erklärte die Griechin. »Ein schöner, aber auch ein gefährlicher Mann. Gefährlich für Ihre Seele. Passen Sie gut auf sich auf. Nicht jede Liebe macht glücklich! Denken Sie an meine Worte. Wir lieben nicht, um glücklich zu sein. Wir lieben, um dabei zu lernen.« Mit einem Ruck stellte sie die Tasse zurück auf den Tisch und ging auch schon grußlos davon, als ob nichts geschehen wäre.

Als Judith sich auf ihrem Stuhl umdrehte, um der Alten nachzuschauen, war diese bereits verschwunden.

War dies eben eine Fata Morgana? Oder wirklich und wahrhaftig eine echte Kaffeesatzleserin?

Unwillkürlich schüttelte Judith den Kopf und trank von ihrem Wasser, aber ihr Gedankenkarussell drehte sich dabei unaufhörlich weiter:

Natürlich, die Griechen glauben ja an diese besondere Form des Blicks in die Zukunft. So, wie sich manche Menschen die Karten legen oder Horoskope erstellen lassen. Meist für ein hübsches Sümmchen Geld, wohlgemerkt.

Merkwürdig … die alte Frau eben wollte ja gar nichts von mir, jedenfalls kein Geld!

Aber wozu und warum dann diese merkwürdige Prophezeiung?

Ein Mann wird kommen …

An dieser Stelle musste Judith plötzlich lachen. Sie verspürte eine gewisse Erleichterung, höchstens vermischt mit einer Spur Enttäuschung, was sie sich aber nicht eingestehen mochte.

Ein Mann wird kommen ...

Natürlich. Lutz!

In einigen Tagen schon, mit dem Flugzeug aus Stuttgart.

Aber schön und gefährlich?

Der gutmütige Brummbär Lutz mit den treuen Hundeaugen und dem kleinen Bauchansatz?

Nein, das klang einfach nur lächerlich.

Lutz war ein verlässlicher Kamerad, nicht schön, aber dafür beruhigend ungefährlich.

Judith malte sich rasch aus, wie sie Lutz die Story erzählen würde, und hörte bereits seinen bissigen Kommentar dazu in ihren Ohren.

Sie winkte den Kellner heran und beglich die Rechnung. Anschließend wanderte sie noch ein ganzes Weilchen durch Piräus und ließ sich von der Atmosphäre anstecken. Hafenstädte wie diese weckten stets drängende Sehnsüchte in ihr, die sie sich eigentlich nicht erklären konnte.

Denn im Prinzip war sie mit ihrem geordneten Leben doch zufrieden. In Stuttgart. Und mit Lutz. Im Prinzip.

Dieses ziehende Gefühl in der Brust ist einfach nur eine sentimentale Form von Fernweh. Hervorgerufen durch den Anblick der Schiffe und die spezifischen Gerüche des Hafens, sagte sie sich.

Der Koffer wurde tatsächlich am nächsten Tag gegen Mittag im Hotel abgeliefert.

Judith war glücklich, endlich den Hosenanzug gegen ein leichtes wadenlanges Baumwollkleid mit tiefem Ausschnitt auswechseln zu können. Die Hitze machte ihr zwar normalerweise wenig aus, aber auch nur, wenn sie dafür die richtige Kleidung am Leib trug.

Zufrieden drehte sie sich vor dem Spiegel im Hotelzimmer um die eigene Achse, ehe sie auch die flachen Schuhe gegen ein Paar offene Sandalen mit Lederriemchen tauschte.

Nun erst fühlte sie sich wirklich bereit, die griechische Hauptstadt ein weiteres Mal zu erobern.

Die merkwürdige Begegnung mit der Kaffeesatzleserin am Tag zuvor hatte sie bereits vergessen.

Der Nachmittag verging wie im Flug.

Judith genoss den Blick über die Stadt, wie er sich ihr von der Akropolis aus bot.

Unten brauste der Verkehr durch die Straßen wie jeden Tag. Es klang hier oben entfernt wie das Summen in einem Bienenstock und erinnerte sie unwillkürlich an New York. Eine andere Weltstadt, die niemals zum Schlafen kam. Nur mit dem Unterschied – Athen war so viel älter als der Big Apple.

Wie es hier wohl zugegangen sein mag vor einigen Tausenden von Jahren?, überlegte Judith.

Da, wo ich jetzt gerade bin, haben damals sicher auch Menschen den herrlichen Blick genossen. Vielleicht sogar im Arm des oder der Geliebten … um anschließend hinunterzusteigen, in einer der Tavernen etwas Brot und Käse und Wein zu bestellen und sich hinterher in einem Zimmer mit offenen Luken im Sternenschein und dem fahlen Schimmer des Mondes zu lieben.

Wieder einmal gingen ihre Gedanken auf eine romantische Reise in die Vergangenheit, es wurde ihr gar nicht wirklich bewusst. Ebenso wenig wie dieses leise sehnsuchtsvolle Ziehen im Becken.

Später wusste sie auch nicht mehr, wie lange sie an diesem Nachmittag so auf dem kleinen Steinmäuerchen gesessen hatte und nur die Augen hatte wandern lassen. Eine kleine Ewigkeit vermutlich, aber eigentlich war es egal, sie hatte schließlich Urlaub.

Der Mann kam lässig auf sie zugeschlendert.

Er trug einen leichten hellen Anzug. Sein Gesicht war ernst, offenbar hing er seinen eigenen Gedanken nach.

Sie ertappte sich dabei, wie sie den Fremden fasziniert anstarrte.

Nie hatte sie ein Männergesicht gesehen, das ihr attraktiver erschienen wäre. Sie fühlte sich augenblicklich stark zu ihm hingezogen, als trüge er einen unsichtbaren Magneten mit sich herum.

Er besaß starke Ähnlichkeit mit einem griechischen Gott. Beziehungsweise einer dieser Götterstatuen, wie man sie überall im antiken Athen hatte finden können. Und teilweise noch heute ausgrub. Sie hatte solche klassischen Gesichtszüge in Museen bewundert, mit ihren markanten Profilen und den griechischen Nasen.

Der hier war allerdings nicht aus Marmor gemeißelt, sondern deutlich aus Fleisch und Blut. Und noch dazu vom Leben sichtlich gezeichnet. Das dunkle Haar begann auch schon grau zu werden. Aber das machte alles nichts, schön war er trotzdem. Oder vielleicht auch gerade deswegen.

Der Mann mochte etwa Mitte vierzig sein.

Sie riss endlich die Augen los von seinem Gesicht. Da spürte sie seinen Blick.

Sie sah auf und direkt in seine dunklen Augen.

Er lächelte nicht, sondern blickte sie nur ruhig und nachdenklich zugleich an.

Schlagartig setzte bei ihr die Erinnerung wieder ein: *Ein schöner Mann, aber gefährlich für Sie ...*

Unwillkürlich musste sie jetzt lachen. Was für ein verrücktes Huhn sie doch war. Ließ sich glatt von einer vagen Prophezeiung wie dieser anstecken. Peinlich, so etwas!

Sie sprang von dem Mäuerchen und machte sich an den Abstieg zur Altstadt hinunter.

Der Mann folgte ihr nicht.

Anderntags traf sie ihn wieder.

Sie stand vor einem Geschäft mit Töpferwaren, als sie sich plötzlich beobachtet fühlte.

Sie drehte sich um und sah wieder einmal geradewegs in seine dunklen Augen.

Dieses Mal schenkte sie ihm ein Lächeln. Er hingegen blieb weiterhin ernst, sah sie nur an.

Judith ging weiter. Ohne sich darum zu kümmern, ob er ihr folgte oder nicht. Obwohl sie es ahnte.

Später, in einem Straßencafé, tauchte er wieder in ihrem Blickfeld auf. Er setzte sich an den Nebentisch, der eben zufällig frei geworden war.

Er saß ein Weilchen da, dann sprach er sie endlich an, auf Englisch. Er fragte, ob er sich zu ihr setzen dürfe, dann könne das junge Pärchen hier seinen Tisch haben.

Judith bejahte.

Sie erfuhr seinen Namen, Dimitrios, und außerdem, dass er auf Kreta geboren und aufgewachsen war, mittlerweile aber in den USA lebte.

»Dann sind Sie also auch hier in der Stadt, um Urlaub zu machen?«, erkundigte sie sich, weil sie nicht wusste, wie sie das Gespräch anders hätte in Gang halten können.

Sie fühlte sich nämlich zunehmend verwirrt und unsicher in seiner Gegenwart, ja regelrecht naiv wie ein Teenager.

Ihr dummes Herz pochte außerdem wie verrückt, und sie wagte sich nicht einzugestehen, was diese Anzeichen zusammengenommen wohl bedeuten mochten.

»Ja«, sagte er langsam, »zum ersten Mal seit fünfzehn Jahren bin ich wieder hier in meinem Land. Fünfzehn Jahre sind eine lange Zeit. Aber ich konnte hier in Griechenland nicht vergessen, deshalb musste ich gehen.«

Sie hob überrascht die Augen und sah ihn an. Sie hätte gerne an dieser Stelle sofort nachgehakt, wollte aber nicht zu neugierig erscheinen.

Aber er hatte die stumme Frage in ihren Augen längst gelesen: »Die Liebe« – er fuhr sich mit der Hand durchs dichte Haar. »Meine Frau kam hier ums Leben, und auch unser einziger Sohn.«

»Oh, das … das tut mir leid. Wie furchtbar für Sie« – Judith brach ab, ihr fehlten weitere Worte für eine menschliche Tragödie wie diese.

Nicht jede Liebe macht glücklich, hatte die alte Frau gesagt.

Er lächelte Judith jetzt kurz an, sagte aber nichts mehr. Ein Weilchen herrschte Schweigen.

Weil ihr die Worte der alten Griechin immer noch im Kopf herumschwirrten, gab Judith sich schließlich einen Ruck und fragte Dimitrios direkt, was er denn vom Kaffeesatzlesen hielte. Diesem uralten Brauch seines Heimatlandes.

»In Athen und vor allem in ländlichen Gegenden gibt es noch ein paar alte Frauen, die es beherrschen«, erklärte er bereitwillig. »Eine von ihnen hat mir damals das schreckliche Ende meiner kleinen Familie vorausgesagt. Ich glaubte ihr nicht. Heute weiß ich es besser. Ich hätte auf die Alte hören sollen. Vielleicht hätte ich dann etwas tun, den Unfall verhindern können. Wer weiß …« – er schwieg wieder, und Judith musste schlucken. Ihre Kehle fühlte sich rau und trocken an.

Dann erzählte er plötzlich weiter: »Ich habe drüben in den Staaten wieder geheiratet. Auch das wurde mir prophezeit. Man muss selbst wissen, wie viel man glauben will.«

Unter dem Tisch spürte Judith nun auch deutlich den Druck seines Knies an ihrem. Zuerst dachte sie an eine zufällige Berührung.

Aber der Druck blieb. Und weil sie ihr Knie nicht zurückzog, verstärkte er sich sogar. Nur eine Spur, aber deutlich genug.

Da erwiderte sie die stumme Frage.

Er legte eine Hand auf ihren nackten Arm. »Gehen wir?«

Sie nickte und dachte dabei: *Es wird vorbei sein, ehe es richtig begonnen hat. Aber ich will es gar nicht anders!*

Mit wackligen Knien stand sie auf und folgte ihm auf die Straße hinaus.

Er bewohnte ein kleines Apartment in der malerischen Altstadt.

Noch unter der Tür begann Dimitrios sie leidenschaftlich zu küssen.

Judith spürte sein Verlangen, aber auch seine Verzweiflung. Er wusste ebenso wie sie, dass sie keine einzige Sekunde verlieren sollten, durften, denn kostbare Sekunden wie diese waren knapp im Leben.

Ebenso wie die seltenen reinen Glücksmomente, an die man sich noch nach Jahren deutlich erinnern konnte, ganz gleich, welches Leben man inzwischen lebte, wo oder mit wem.

Die Tür schnappte in ihrem Rücken ins Schloss, Halbdunkel umfing sie.

Judith spürte seine zunehmende Erregung, die Härte der Erektion erreichte durch den dünnen Stoff ihres Kleides hindurch direkt ihren Körper.

Mit beiden Händen schob Dimitrios ihr hastig den Rock hoch bis zu den Hüften. Gleichzeitig drängte er mit fast schon verzweifelter Gier seinen Unterleib gegen ihren.

Das winzige Tangahöschen, das sie unter dem Sommerkleid trug, bot seiner kräftigen Hand keinen Widerstand. Er schob einfach den schmalen Fetzen Stoff zur Seite.

Ein Finger drang augenblicklich tief in sie ein, denn Judith war längst nass und auch weit offen für diesen Mann.

Sie begehrte ihn absolut, nichts und niemand hätte sie in diesem Augenblick davon abbringen können, das zu tun, was er von ihr wollte. Was sie von ihm wollte.

Er drang mit einem zweiten Finger in sie ein, sie

stöhnte auf vor Lust, spürte als Nächstes, wie ein weiterer Finger die Kerbe in ihrem Po penetrierte, auch dort das Loch fand und zielsicher eindrang.

Gleichzeitig drückte Dimitrios sie mit seinem ganzen schweren Körper gegen die angenehm kühle Wand im Flur. Dennoch brach ihr der Schweiß aus, sie stöhnte auf und nestelte dann ungeduldig an seiner Hose herum, bis sie endlich vorne weit aufklaffte.

Sein steinharter Schaft schnellte heraus und drängte sich sofort gegen ihren Venushügel.

Sie spürte, wie die Finger aus ihr herausglitten, und im nächsten Augenblick steckte Dimitrios endlich in ihrem heißen, feuchten Fleisch.

Es war, als hätte ihre kleine Möse nur auf diesen Augenblick gewartet. Ein ganzes Leben lang, genau auf diesen Augenblick, auf diesen Mann, auf diesen Schwanz.

Er schien wie für sie maßgeschneidert zu sein. Länge, Dicke, Härtegrad – alles war perfekt.

Er begann sofort, hart und gezielt in sie zu stoßen.

Hitze breitete sich in ihrem Becken aus. Sie stöhnten beide immer lauter, begannen zu schwitzen.

Einmal zog sich Dimitrios kurz aus Judith zurück, stieß dann erneut vor, weil sie keuchend und stöhnend bettelte: »Nicht, mach das noch einmal ... Bitte, hör nicht auf, nicht jetzt.«

Er drang wieder hart in sie ein, tief und noch tiefer. Becken rieb sich an Becken, und der Orgasmus kam heftig und bei beiden gleichzeitig.

Sie hielten sich hinterher nach Atem ringend lange einfach nur aneinander fest. Dimitrios umarmte Judith dabei, als wollte er sie nie wieder loslassen.

Schließlich hob er sie hoch und trug sie in ein Zimmer, in dem ein Bett stand, auf das er sie aus seinen Armen gleiten ließ.

Erst jetzt zogen sie sich gegenseitig ganz aus. Dabei liebkosten sie den Körper des jeweils anderen mit Blicken und Händen und Lippen.

»Du bist so schön«, raunte er, ehe er zwischen ihre Schenkel tauchte und sie mit seinem Mund dahin brachte, dass sie ein weiteres Mal heftig kam.

Zwei Tage lang verließen sie die angenehm kühle Wohnung kaum. Gingen nur kurz zum Abendessen aus, tranken Wein, kehrten dann in ihre Liebeshöhle zurück.

Der Hauch des unausweichlichen Abschieds, der über diesen beiden Tagen lag, fachte die Glut nur umso mehr an.

Zwischendurch schliefen sie das eine oder andere Stündchen, nur um dann – frisch gestärkt – sofort wieder übereinander herzufallen und sich leidenschaftlich zu lieben.

Sie wussten beide, es würde hinterher Tage dauern, bis sie wieder richtig sitzen konnten. Dieser Dauerbelastung hielt keine Möse, kein Schwanz dieser Welt ewig stand. Aber sie hatten ja eben auch nur diese beiden Tage zur Verfügung.

Was sind schon zwei Tage vor dem Hintergrund der Ewigkeit?

In den letzten Stunden sagte Dimitrios irgendwann: »Du hast gewusst, dass ich nicht bleiben kann, nicht wahr? Meine Familie … ich wünschte mir, wir beide wären uns früher im Leben begegnet. Aber es ist nun einmal, wie es ist.«

Judith wandte rasch den Kopf zur Seite, damit er ihre Tränen nicht sah.

Als Lutz in Athen eintraf, wartete Judith in der Halle des Flughafens auf ihn, wie sie es vereinbart hatten.

»Ich kann dich nicht heiraten«, sagte sie nach einer flüchtigen Begrüßung. »Ich habe dich nie geliebt. Oder jedenfalls nicht genug, das weiß ich jetzt. Ich fliege mit der nächsten Maschine nach Hause, Lutz.«

Er hob die Schultern, schien nicht einmal sonderlich überrascht zu sein.

»Wie du willst, Judith. Wenn du mich brauchst, irgendwann einmal, du weißt ja, wo ich bin. Der Tag wird kommen, meine Liebe, glaube mir!« – Damit nahm er seinen Koffer auf und ging davon. Aufrecht, mit geradem Rücken.

Sie sah ihm nach. Sah, wie er den Arm hob und ein Taxi direkt vor ihm anhielt.

Lutz sprang hinein, das Taxi fuhr davon. Er schaute sich nicht einmal mehr nach Judith um.

Auf dem Rückflug schrieb sie eine kurze Notiz in ihr Tagebuch:

Nicht jede Liebe macht glücklich. Wir lieben nicht, um glücklich zu sein, wir lieben, um zu lernen.

Sie unterstrich die Worte noch dick mit dem Kugelschreiber, dann lehnte sie sich in ihrem Sitz zurück und schloss die Augen.

Sie musste nachdenken.

EINE FRIVOLE WETTE

Andrea war bereits eine gute Weile solo. Okay, das war nicht rosig, aber es gab Schlimmeres im Leben. Ihr würde schon etwas einfallen, um endlich auch mal wieder ihren Spaß zu haben …

Andrea verspürte noch Lust auf einen Schlummertrunk und machte sich auf den Weg ins »Inkognito«. Die Kneipe lag quasi um die Ecke von ihrer Wohnung, jedenfalls für großstädtische Verhältnisse. Höchstens fünf bis sieben Minuten zu Fuß. Genau die richtige Distanz, um den Kopf auszulüften. Vor allem auf dem Heimweg hatte sich das schon des Öfteren als Segen erwiesen.

Raoul, der aus Argentinien stammte und als Barkeeper in jeder Hinsicht eine gute Figur machte, war in den letzten zwölf Monaten zwangsläufig ein guter Bekannter geworden. Genauer ausgedrückt: seitdem sie vor circa einem Jahr Jan vor die Tür gesetzt hatte.

Jan – die schmerzhafteste Schramme, die ihrem weiblichen Ego je zugefügt worden war!

Er hatte eine höchst verletzende Art entwickelt, sich über ihre häufige jobbedingte Abwesenheit hinwegzutrösten – und sich eine *Zweitfrau* gesucht. Die war jetzt seine *Erstfrau,* seit dem Tag nämlich, an dem Andrea schließlich dahintergekommen war.

Sie seufzte leise bei der bloßen Erinnerung daran. Seitdem war ihr nur der gute alte Billy geblieben, der sie schon vorher auf ihren zahlreichen Geschäftsreisen begleitet hatte. Weil sie nämlich dumm genug gewesen war und Jan nie betrogen hatte.

Na, wenigstens war Billy immer einsatzbereit und anspruchslos obendrein – nur ab und zu eine neue Batterie ...

Sie schwang sich auf einen freien Barhocker und winkte Raoul zur Begrüßung zu. Kurz darauf stellte er ein Glas Prosecco vor sie hin.

Der Junge war tatsächlich ein Schatz, er merkte immer, ob sie in Gesprächslaune war oder nicht. Und sogar, welches Getränk am jeweiligen Abend das beste für die jeweilige Befindlichkeit war.

Der erste Schluck perlte erfrischend an ihrem Gaumen, und Andrea gab sich spontan sehnsuchtsvollen Gedanken hin: *Traummänner, wo seid ihr?*

Ach was, Männer! Ich denke ja gar nicht in der Mehrzahl. EINER würde schon reichen.

Einer mit stahlblauen Augen, schmalen Hüften und breiten Schultern, den Bewegungen eines Panthers und einem Lächeln, das mich dazu bringt, mich mit weichen Knien auf sein Bett fallen zu lassen.

Klar, auch innere Werte sollte er haben, der Zuckerknabe! Die könnte ich dann Stück für Stück entdecken. Kleidungsstück für Kleidungsstück ...

An dieser Stelle musste sie in ihr Glas hineinkichern, was ihr einen fragenden Seitenblick von Raoul einbrachte. Er zapfte gerade ein Bier für einen Gast, aber als er damit fertig war, kam er näher und lachte sie vertraulich an: »Verrätst du mir, was du gerade denkst?«

»Kann ich nicht, jedenfalls nicht, ohne dabei rot zu werden.«

»Jetzt will ich es aber ganz genau wissen, Andrea! Komm schon ...«

In diesem Moment forderte eine arrogante Männerstimme: »Barkeeper, wir unterbrechen ja nur ungern Ihr Geplänkel, aber werden hier auch männliche Gäste irgendwann mal bedient?«

Raoul lächelte immer noch amüsiert in Andreas Gesicht hinein, als er seelenruhig sagte: »Klar doch! Was darf es denn sein?«

Sie schielte unterdessen aus den Augenwinkeln heraus nach den beiden Typen, die links von der Theke in der Ecke saßen.

Der Arrogante war dunkelhaarig, gut gekleidet und schon rein äußerlich betrachtet so gar nicht ihr Fall.

»Zwei Whisky!«, orderte er jetzt, ohne Raoul dabei anzusehen. Sein Blick hatte sich stattdessen in Andreas Ausschnitt versenkt.

Unwillkürlich durchkreuzten ketzerische Gedanken ihre kleinen grauen Zellen:

Himmel, was für ein widerlicher Angeber.

Mit dem auf einer einsamen Insel, und ich würde freiwillig eintrocknen und ein Keuschheitsgelübde ablegen.

Es lebe mein treuer lieber Billy!

Doch dann fiel ihr Blick auf den Begleiter des Snobs. Und plötzlich war Billy doch nur zweite Wahl.

Dieser Knabe nämlich sah einfach umwerfend aus. Und zweifellos besaß er auch innere Werte. Wie er so schweigend dasaß und sich offensichtlich für seine Begleitung schämte, wirkte er äußerst sympathisch.

Andrea hob ihr Glas und trank den letzten großen Schluck, ehe sie es leer auf den Tresen zurückstellte. Sie konnte sicher sein, Raoul würde in Kürze für Nachschub sorgen. Jedenfalls wenn sie nicht abwinkte. Und das würde sie nicht.

Sie würde jetzt lediglich zunächst einmal für eine kleine *Nachdenkpause* aufs Damenklo verschwinden.

Der Begleiter des Snobs gefällt mir. Der wäre eine Sünde wert.

Außerdem habe ich morgen frei.

Erste und wichtigste Frage nach oben – wie krieg ich ihn herum?

Nächste Frage nach oben – wie krieg ich vorher den Snob aus dem Feld geschlagen?

Sie saß auf dem Beckenrand und dachte nach.

Sie hatte auf dem Klo immer am besten nachdenken können, schon als Teenager.

Allerdings war es ihr noch nie passiert, dass sie dabei auch plötzlich Stimmen gehört hätte.

Was ist denn jetzt los?

Kann es sein, dass längere männerlose Phasen zu Halluzinationen führen? Sprich: man auf einmal männliche Stimmen hört, wo keine sein dürften?

Da, jetzt drang schon wieder diese arrogante Stimme – gedämpft zwar, aber noch recht deutlich zu verstehen und zu identifizieren – an ihr Ohr.

»Hast du vorhin die Perle am Tresen gesehen, David?«

Kein Zweifel möglich!

Es schien, als spräche die Stimme geradewegs aus der Kloschüssel zu ihr. Andrea schüttelte sich.

Dann wurde ihr als Nächstes bewusst, was die Stimme da eben gefragt hatte.

Der Typ scheint mich zu meinen!

Sie stand auf und blickte sich in der engen Kabine um.

Und dann begriff sie plötzlich: Die Toilette lag genau auf der anderen Seite der Kneipenwand.

Offenbar liefen die Leitungsrohre am Tisch der beiden vorbei und übertrugen die Schallwellen.

Sie kannte dieses Phänomen von anderen Altbauten her. Immerhin hatte sie selbst auch einmal jahrelang in einer höchst hellhörigen Bude hier im Viertel gewohnt.

Unwillkürlich hielt sie jetzt den Atem an, denn dieses Gespräch mochte in gewisser Hinsicht sogar noch interessant werden ...

»Sollte ich?«

Das musste David gewesen sein eben, der nette gut aussehende Begleiter.

»Na, ich dachte! Rasante Figur, nettes Gesicht, und vor allem schöne große *Ohren.*« Der Typ lachte jetzt anzüglich. »Und so allein obendrein ...«

»Jonas, du bist unmöglich. Ich mag es nicht, wie du über das Mädchen sprichst. Du kennst sie doch gar nicht!«

David hört sich wirklich nett an ...

Der Mensch namens Jonas meckerte jetzt regelrecht

los. »Ich wette um einen Euro, dass ich die Schnecke heute Nacht noch näher kennen lernen werde.«

Andrea zuckte zusammen.

Was für ein Arsch! Am liebsten würde ich jetzt deinen Kopf in die Kloschüssel tauchen. Leider liegt eine Wand zwischen uns beiden.

Obwohl sie sich ärgerte, musste sie doch unbedingt weiter zuhören. Sie gestand sich ein, einfach zu neugierig auf Davids Antwort zu sein.

»Jonas, du spinnst komplett!«, sagte der nur knapp.

Wie Recht du doch hast, süßer David!

Der arrogante Blödmann lachte schon wieder. »Du wirst schon sehen. Die Wette gilt. Wenn ich sie heute Nacht rumkriege, bekomme ich einen ganzen Euro von dir, David. Fang schon mal an zu sparen.«

Als Andrea wieder am Tresen Platz genommen hatte, stand ein Glas Prosecco auf ihrem Stammplatz.

Raoul zwinkerte ihr kurz zu und widmete sich dann erneut den anderen Gästen.

Während sie durstig trank, gingen ihre Gedanken bereits wieder auf Wanderschaft:

Dieser Jonas ist eigentlich ein überzeugendes Argument für einen Lokalwechsel.

Ich müsste bloß irgendwie dafür Sorge tragen, dass David, der Nette, mir dorthin folgt. Und zwar alleine.

Ein Königreich für einen zündenden Einfall! Und zwar auf der Stelle, bitte schön!

In diesem Moment fiel neben ihr ein Satz, der sie fürs Erste aus ihrem Entscheidungsdilemma befreite.

»Na, Mädchen, keine Lust auf ein bisschen nette Gesellschaft?«

Natürlich war das Jonas, der Kotzbrocken, wer sonst – und seine plumpe Anmache konnte man wahrlich nicht anders aufnehmen denn als pure Herausforderung an den eigenen Sportsgeist!

Andrea schnappte ihr Glas und entschwebte mit einem zweideutigen Lächeln um die Lippen in Richtung Schlachtfeld, das heißt: den Tisch der beiden Helden.

Sie brauchte sich gar nicht umzudrehen und wusste trotzdem, dass der Maulheld in ihrem Rücken bereits jetzt ein siegessicheres Grinsen im Gesicht kleben hatte.

Außerdem sprach das verdutzte Mienenspiel Davids für sich.

Das erste Unglück passierte schon beim nächsten Drink.

Andrea hatte auf Einladung von Jonas hin einen *Harakiri* bestellt, eine geschmacklich fragwürdige Mischung aus extrem klebrigem Anissirup und hochprozentigem Wodka.

Doch in die Verlegenheit, das Gesöff tatsächlich auch hinunterzuwürgen, kam sie sowieso nicht.

Das Glas rutschte ihr doch glatt aus purem Versehen aus der Hand, und sein Inhalt landete auf Jonas' schicken Designerhosen, von wo er bestenfalls mit Salzsäure je wieder zu entfernen sein würde.

Was dann weiter geschah, konnte wirklich nur als unglaubliche Verkettung von unglücklichen Zufällen bezeichnet werden ...

Als Nächstes brannte Andrea, die eigentlich Nichtraucherin war, mit ihrer Zigarette – von Jonas angeboten – ein Loch in das Jackett des edlen Spenders. Versehentlich natürlich, aber deshalb nicht minder verheerend in der Wirkung.

Als er sich zur Beruhigung selbst eine neue Zigarette anzünden wollte, sprang Andrea auf und schnappte sich Raouls Feuerzeug vom Tresen. Sie hatte beobachtet, wie der Barkeeper es vorhin erst aus einer Gasflasche neu befüllt hatte.

Ganz Lady, bot sie dem lieben Jonas also Feuer an. Leider schoss dabei die Flamme aus Raouls Feuergeber so hoch, dass Jonas' tadellos gefönte seitliche Stirnlocke angeschmort und um ein sichtbares Stück eingeschmolzen wurde.

Nicht unbedingt ein attraktiver Look, eher … interessant.

Vor Schreck sprang Jonas unbeherrscht auf, um in Richtung Toiletten zu hechten. Leider übersah er dabei Andreas Bein und stolperte so ungeschickt, dass er unmittelbar danach voll gegen den Tresen donnerte.

Das Unglück, das wiederum aus diesem Vorfall resultierte, konnte auch Raoul beim besten Willen nicht mehr verhindern: Durch die Erschütterung kippte ein Kübel mit Eiswürfeln um und ergoss sich über Jonas' belämmertes Gesicht.

Das reichte. Er rappelte sich fluchend hoch und entschwand endgültig in Richtung Herrentoilette.

Als er zurückkam, war er wieder einigermaßen gefasst, auch sah man ihm das Malheur nicht weiter an, sogar die Stirnfranse war jetzt nach hinten gekämmt, wodurch der Brandschaden unsichtbar gemacht war.

Die Gesamtschadensbilanz hielt sich also in Grenzen …

Dennoch trollte sich Jonas kurz darauf unter einer eher fadenscheinigen Entschuldigung nach Hause.

Natürlich überreichte er Andrea vorher noch seine Visitenkarte sowie die E-Mail-Adresse seiner Versicherung: »Ich nehme an, wir brauchen uns nicht zu streiten, Mädchen, was?«

David atmete draußen auf der Straße erst einmal tief die frische Luft ein.

Seit Jonas' Flucht waren gut zwei Stunden vergangen. Zwei Stunden, in denen Andrea und er sich deutlich nähergekommen waren.

Er schob seine Hand unter ihren Arm: »Ich rufe dir ein Taxi. Es ist spät geworden.«

Andrea schätzte vornehme Zurückhaltung durchaus bei einem Mann. Hier und heute allerdings würde sie einem restlos befriedigenden Ausgang des Abends schlicht zuwiderlaufen.

Sie musste also wohl oder übel nochmals die Initiative ergreifen. Zum wievielten Mal eigentlich heute Abend?

»Ich denke, du rufst besser ein Taxi für uns beide. Hatte ich dir vorhin nicht gesagt, dass ich unbedingt noch deine Schmetterlingssammlung sehen möchte?«

So, damit liegen die Karten auf dem Tisch! Wenn er jetzt nicht ins Spiel einsteigt, ist er nicht interessiert, anderweitig gebunden oder schwul …

Wenn David überrascht war, so ließ er es sich jedenfalls nicht anmerken. Allerdings fragte er auch nicht mehr lange, sondern nannte dem Taxifahrer kurz darauf seine eigene Adresse.

Auf der Rückbank des Wagens schmiegte sie sich an ihn.

Sie spürte den Druck seines Beins wie eine Antwort. Also legte sie auch noch eine Hand auf seinen Oberschenkel. Er legte sofort seine Hand auf ihre.

Kurz darauf küsste er sie endlich. Zuerst fragend. Dann, als sich ihre Lippen bereitwillig öffneten, zunehmend drängend. Außerdem gab seine Hand die ihre auf dem Oberschenkel frei und legte sich dafür um ihre rechte Brust.

Den neu gewonnenen Freiheitsradius wiederum nutzte Andreas Hand für einen Testgriff –

O Mann! Das fühlt sich ja vielversprechend an, die harte Beule da zwischen deinen Schenkeln.

Dann war da plötzlich eine andere warme Hand unter ihrem Rock. Sie stürmte ungehindert vorwärts, ein Schenkelpaar öffnete sich wie auf ein geheimes Zeichen hin.

Tangaslips haben neben diversen Nachteilen einen großen Vorteil – sie sind äußerst sexogen!

Dieser Gedanke formte sich als letzter halbwegs vernünftiger Spruch noch in Andreas Kopf. Anschließend schoss sie jede Vernunft in den Wind und verwandelte sich in eine liebestolle Venusfalle.

David hatte nämlich soeben zwei Finger in ihr Loch geschoben.

Weiter brauchte er nicht viel zu tun, sie saß darauf wie auf einem Speer, der durch diese Haltung gleichzeitig gegen die Klitoris drückte und diese unter den Vibrationen von unten automatisch auch reiben musste.

Das Taxi bretterte in einigermaßen rasantem Tempo durch die nächtlichen Straßen. Vielleicht auch beobachtete der Fahrer die Szene auf seiner Hinterbank im Rückspiegel und raste deshalb so?

Es war Andrea egal, so wie ihr alles im Moment egal war.

Nur mit Mühe konnte sie es verhindern, laut zu stöhnen.

Der Rhythmus des fahrenden Wagens – beschleunigen, abbremsen, ausscheren, wieder beschleunigen, um eine Ecke kurven, geradeaus beschleunigen – übertrug sich direkt auf ihre Möse und von da weiter bis in ihr Becken.

Davids Finger wirkten als zusätzliche Verstärker, und außerdem füllten sie das Loch gerade genug, um dort zusätzlichen und höchst lustvollen Druck auszuüben.

Andrea spürte, wie sich ihre Muskeln innen immer stärker zusammenzogen, ihre harten Nippel rieben sich oben am Stoff der Bluse, das Blut rauschte in ihren Ohren – und dann kam sie plötzlich heftig auf Davids Fingern.

Sie merkte, wie ihr Saft daran herablief, während er gleichzeitig, als sie noch immer kam, seinen Mund in ihre Haare wühlte und erstickte Laute von sich gab.

Nur Minuten später waren sie am Ziel.

Während David den Fahrpreis beglich, ordnete Andrea rasch notdürftig Rock und Bluse.

Kaum waren sie ausgestiegen, begannen sie einander bereits wieder wie wild zu küssen.

Das Taxi brauste mit quietschenden Reifen davon.

Sie taumelten in ein Haus und weiter in einen Lift, der sie in den zweiten Stock brachte.

David ließ nicht von ihr ab, keine Sekunde, während er sie durch eine Wohnungstür manövrierte.

Kleidungsstücke fielen bereits im Flur achtlos zu Boden. Sie stiegen einfach darüber hinweg. Morgen war schließlich auch noch ein Tag …

Andrea spürte Davids Hände überall auf ihrem Körper. Sie genoss seine heißen Lippen, die an ihren Brustknospen zu saugen begannen und bereits wieder Stromstöße zwischen ihre Beine jagten.

Er machte sich mit einer Inbrunst über sie her, als hätte er monatelang keine Frau mehr gehabt.

Jeder Zentimeter ihrer Haut begann zu glühen unter seinen harten Lippen.

Immer tiefer wanderte der gierige Mund nach unten, bis er schließlich die dritte längst geschwollene Knospe dort unten zwischen den Schenkeln entdeckte.

Uuuuhhh, was der alles anstellen kann, bloß mit Mund und Zunge … Wo hat er das bloß gelernt?

Jetzt knabbert er auch noch mit den Zähnen an der empfindlichen Kliti …

Wow, das ist ja … wer schreit hier eigentlich so?!

Himmel, das bin ja ich!

Und jetzt – was ist das denn? Sein Schwanz? Was für ein gewaltiger Prügel … und wie er pulsiert und zuckt … es kommt ihm doch nicht jetzt gleich schon, oder?

Ich glaub, ich komme gleich schon wieder, bitte jetzt noch nicht, ich will diesen Schwanz spüren, sofort …

»Mach's mir endlich, ich halte das nicht länger aus!«

Andrea schrie und bäumte sich auf.

Da warf David sich mit seinem ganzen Gewicht zwischen ihre weit geöffneten Beine und auf sie.

Himmel, Junge, stopp! Nicht so heftig, ich platze ja in der Mitte auf!

Der Eingang liegt mehr zentral, hörst du mich!

Guter Himmel, dieser Schwanz ist so angeschwollen, der passt doch nie und nimmer in mein kleines Loch ... Los, mach schon, schieb ihn rein!

»Ich kann nicht mehr warten«, keuchte sie, »mir kommt's gleich!«

Mit dem Mund verschloss er ihr die Lippen. Seine Zunge stieß vor, und gleichzeitig drang sein Schaft unten zwischen die anderen Lippen, die sich sofort fest um ihn schlossen.

In den nächsten Minuten durfte Andrea feststellen, dass Davids Schwanz so hart und so ausdauernd sein konnte wie der gute Billy.

Das einzig Dumme war nur, sie konnte ihn nicht – wie ihren treuen Plastikliebesdiener – einfach zwischendurch mal für ein paar Minütchen abstellen, um die Wonne zu verlängern!

Dieser Hammer hier war nicht mehr zu bremsen.

Plötzlich jagte ein so gewaltiger Lustschauer durch ihr Becken, dass ihr fast schwindlig wurde, sie fühlte sich wie in einem Karussell, das sich ständig um die eigene Achse drehte.

Sie konnte nur noch eines tun – sich in ihr Schicksal ergeben und damit in den stärksten Orgasmus seit Langem versinken.

Als Andrea am nächsten Morgen aus dem fremden Bett schlüpfte, weckte sie David nicht. Sie fand ihre Kleider verstreut im Flur und schlüpfte rasch hinein.

Sie lief zu Fuß nach Hause.

Auf Davids Bettkonsole aber lag eine einsame Euro-
münze auf einem kurzen Briefchen.

Guten Morgen. Es war wunderschön.

*Da ich annehme, dass Dein Freund seine Wettschul-
den nicht begleichen wird ...*

Wenn David es wert war, dann würde er trotzdem ihre
Adresse herausfinden. Oder die Handynummer. Oder
beides.

Und irgendwann einfach vor ihrer Tür stehen.

EINE LIEBE AUF PAROS

Nadia fliegt allein nach Griechenland. Auf Paros begegnet sie Costa, dem Bildhauer.

Nadia las die letzte Seite zum zweiten Mal und klappte dann das Buch zu. Der Ausgang des Romans war zwar traurig, aber sie bereute die Lektüre nicht. Die geschilderte Lovestory hatte sie tief berührt – wider Erwarten. Die Geschichte hatte tatsächlich Ähnlichkeit mit ihrer eigenen, von der sie allerdings noch nicht wusste, wie das Ende aussehen würde, denn noch war alles offen und sozusagen in der Schwebe.

Ihre Freundin Lydia hatte ihr das Buch zum Geburtstag neulich geschenkt. Mit der Bemerkung: »Diesen Bestseller wollte ich dir eigentlich schon vor Jahren überreichen. Lediglich deine Verweigerungshaltung in Sachen Liebesromane hielt mich bislang davon ab.«

»Und jetzt glaubst du also, ich sei reif dafür?« Nadia musste an der Stelle lachen.

»Allerdings. Überreif sogar!«, entgegnete Lydia trocken.

»Aha! Da bin ich aber gespannt ...«

»Viel Spaß beim Schmökern, liebste Freundin! Falls

der Roman dich dabei auch noch zum Nachdenken anregen sollte, umso besser.«

Nadia musste jetzt noch schmunzeln bei der bloßen Erinnerung an Lydias Gesichtsausdruck, während sie letztere Bemerkung machte.

Sie wusste es ja: Selbst ihre beste Freundin fand die Beziehung zwischen ihr, Nadia, und dem griechischen Bildhauer Costa, der auf Paros lebte, reichlich ausgefallen. Beinahe so ausgefallen wie die lebenslange Mesalliance zwischen der Pariser Intellektuellen und dem bretonischen Fischer in dem Buch.

Nadias Gedanken wanderten jetzt unwillkürlich zurück zu jenem Sonntag vor fünf Jahren, als alles bereits begonnen hatte ...

Draußen herrschte nasskaltes und trübes Wetter. Der Winter war noch nicht wirklich vorbei, immer neue Tiefausläufer verhinderten den endgültigen Einzug des Frühlings.

Nadia bemerkte es allerdings kaum, ihre Sorge galt in jenem Jahr nicht dem Wetter.

Am vergangenen Mittwoch war ihr Scheidungstermin gewesen.

Zehn Jahre Ehe mit Christopher wurden innerhalb weniger Minuten quasi zu den Akten gelegt. Ein schmerzhafter Riss würde sich von nun an durch ihre Biografie ziehen.

Wie gesagt, es passierte an diesem regnerischen Sonntag danach ... Nadia saß allein in ihrer Wohnung in Hamburg und starrte in den lästigen Nieselregen hinaus, ohne ihn wirklich zu bemerken.

Schließlich öffnete sie sogar das Fenster sperrangelweit und hielt die Nase in die Feuchtigkeit und in den Wind.

Tief atmete sie einige Male ein und dann wieder aus. Sie konzentrierte sich ein Weilchen auf nichts anderes als den Weg ihres Atems.

Ein … und aus … und wieder ein … und wieder aus.

Diese Atemübungen – so hatte sie irgendwo gelesen – waren grundsätzlich für Körper und Geist nützlich. Darüber hinaus sollten sie auch noch geeignet sein, gelegentliche leichtere Depressionen zu vertreiben.

Irgendwann musste sie tatsächlich lachen, obwohl ihr eigentlich vorher eher nach Heulen zumute gewesen war.

Vielleicht lag es ja bloß an der vermehrten Frischluftzufuhr, aber im Grunde war es egal. Hauptsache, es wirkte. Das Leben hatte schließlich weiterzugehen. Eine Scheidung, das bittere Ende einer Liebe, durfte nicht das Ende der Welt bedeuten.

Sie hielt erneut die Nase in den Wind und versuchte, sich auf ihre Atemübungen zu konzentrieren. Und dann war er plötzlich da, dieser Geruch nach dem Meer.

Tief atmete Nadia den herben und salzigen Duft ein, der prompt weitere diverse Erinnerungen weckte.

Vor ihrem inneren Auge tauchten bunte sommerliche Bilder auf. Sie glaubte sogar, auf einmal Sonne und Wärme auf ihrer Haut zu spüren.

Die Vision nahm immer mehr Gestalt an. Und dann erschien eine Insel, umgeben von blauem Meer.

Nadia dämmerte ganz allmählich, dass sie dieses Fleckchen Erde sogar kannte und liebte.

Die Insel besaß einen Namen und lag nur wenige Flugstunden von Hamburg entfernt!

An dieser Stelle fasste Nadia einen spontanen Entschluss an jenem einsamen Sonntag zu Hause.

Ich packe einen Koffer und fliege nach Griechenland. Allein.

Zum Abendessen ging sie jeden Tag in jene kleine Taverne am Ortsrand. Das Essen war gut und günstig hier, der Wein ebenso. Die Wirtsleute – Yanni und Maria – begrüßten sie stets freundlich und kümmerten sich auch sonst rührend um sie, die Alleinreisende.

Es war am fünften oder sechsten Urlaubstag auf der Insel Paros, als Costa hereinkam und fragte, ob er sich zu ihr an den Tisch setzen dürfe. Sie sprachen Englisch miteinander, der schöne Grieche und die blonde Hamburgerin.

Er durfte sich setzen und wünschte ihr einen guten Appetit. Später fragte er, ob ihr das Essen hier auch schmecke.

»O ja, deshalb komme ich jeden Tag hierher. Vor allem der Lammbraten ist köstlich.«

Dann schwiegen beide wieder. Costa nippte an seinem Wein und schaute ansonsten aufs Meer hinaus, wie es schien, tief in Gedanken versunken.

Nadia hing ihren eigenen Träumereien nach. Nur hin und wieder warf dann doch einer dem anderen einen freundlich-neugierigen Blick zu.

Nadia, weil sie fand, noch nie einen so gut aussehenden Mann getroffen zu haben, Costa, weil, wie er ihr viel später sagte, ihn die tiefe Melancholie in ihren Augen sofort berührt hatte. Nur deswegen war er anfangs an ihren Tisch gekommen.

Costa, der Bildhauer, interessierte sich für Menschen

und ihre Geschichten. Die Geschichten prägten die Leute, machten sie zu fröhlichen, traurigen, weinenden und lachenden Menschen. Das Alter war dabei völlig zweitrangig, alle konnten ihm als Modell dienen für seine Skulpturen, die wiederum die Geschichten der Menschen nacherzählten, die sie darstellten.

Später an jenem Abend bestellte Costa eine Flasche Rotwein und ließ, ohne zu fragen, ein zweites Glas vor Nadia hinstellen.

Sie tranken einander zu, begannen allmählich ein tieferes Gespräch, welches schließlich dazu führte, dass Costa auch über seine Arbeit sprach.

Sie tauschten Lebensdaten aus. Nadia berichtete von ihrer Zeit in Hamburg, dem Job als PR-Frau in einer Medienagentur, der geschiedenen Ehe.

Costa erzählte von den vielen Jahren in den USA, in denen er in Seattle gelebt und gearbeitet hatte. Seine Marmorskulpturen verkauften sich dort drüben nach wie vor gut in verschiedenen Galerien.

Sie kamen einander näher, wurden miteinander vertraut, es ging alles sehr schnell, schneller, als Nadia es gewohnt war.

Allerdings war Costa auch anders als alle Männer, denen sie bis jetzt im Leben begegnet war. Vielleicht lag es ja daran, dass er Künstler war.

Irgendwann machte er dann plötzlich diesen Vorschlag: »Es gibt hier in der Nähe eine sehr schöne und vor allem einsame Bucht. Man erreicht sie nur mit dem Boot. Ich fahre morgen früh raus, kommen Sie mit?«

»Ja, gerne!«, sagte sie.

»Gut. Es wird Ihnen gefallen.«

Er reichte Nadia zum Abschied lediglich die Hand,

verzichtete auf die in Griechenland üblichen Wangen-
bussis und Umarmungen. Allerdings sah er ihr bei dem
Händedruck tief in die Augen.

Nur eine Sekunde länger als notwendig.

Aber es hatte genügt. Der Funke war bei ihr überge-
sprungen. Und sicherlich wusste er das auch ganz genau.

In dieser Nacht stellte sie vorsorglich den Wecker, um
am nächsten Morgen nur ja nicht zu verschlafen.

Es wurde ein unvergesslicher Tag.

Costa ließ das Motorboot über die Wellen tanzen.
Zeitweise glaubte Nadia, in einer Achterbahn zu sitzen, und klammerte sich an den seitlichen Haltegrif-
fen fest.

Trotzdem genoss sie das berauschende Gefühl von
Geschwindigkeit, die prickelnde Gischt auf ihrer son-
nenwarmen Haut.

Ein frischer Hauch von Freiheit und Abenteuer holte
sie ein und berührte sie sanft, es fühlte sich schon beinahe ein bisschen an wie Glück.

Dahinter lauerten allerdings noch immer die Schatten der Vergangenheit und schoben Wölkchen vor die
Sonne. Aber schon der nächste Wellenberg, der auch
das Boot tanzen ließ, verscheuchte diese unerwünschten
und lästigen Erinnerungen wieder.

Fast bedauerte sie es, dass Costa das Boot nach einer
Weile in eine einsam gelegene Felsenbucht steuerte.

Ein kleiner Sandstreifen markierte den Strandab-
schnitt, der tatsächlich nur per Boot zugänglich war. Es
sei denn, man mochte eine waghalsige Klettertour über
die Felsen riskieren.

Costa machte eine weit ausholende Armbewegung. »Mein Lieblingsplatz!«, erklärte er lächelnd.

Sie schwammen zusammen im glasklaren Wasser. Später lagen sie Seite an Seite in der heißen Sonne und ließen sich von ihr trocknen.

Nadia spürte Costas Körper neben ihrem, und obwohl er sie noch kein einziges Mal wirklich berührt hatte, ahnte sie bereits, wie sehr er sie begehrte.

Und ihr ging es nicht anders. Wenn sie ihn nur ansah, bekam sie bereits wacklige Knie, und die feinen Härchen auf ihren Armen richteten sich auf.

In seiner Gegenwart erschienen ihr selbst die Sinneseindrücke wesentlich intensiver zu sein. Sie nahm Gerüche, Farben und Geräusche stärker wahr. Der Pulsschlag rauschte in ihren Ohren, während das dumme Herz bis zum Hals hinauf zu hämmern schien.

Sie fragte sich unwillkürlich, ob Costa etwas mitbekam von ihren merkwürdigen Zuständen, die sie fatal an ihre fernen Backfischtage erinnerten.

Manchmal allerdings sah er sie einen Moment lang einfach nur an, dann war ihr völlig klar: Sie brauchte sich keine Gedanken zu machen. Er wollte sie.

Und sie ihn.

Und wenn es nur für diesen einen einzigen Tag wäre.

Gegen Mittag holte Costa Taucherbrille und Schnorchel nebst Flossen aus dem Boot, das er weiter draußen neben einer Felsengruppe festgemacht hatte.

Dort verschwand er dann auch für eine ganze Weile im Wasser.

Als er zu Nadia an den Strand zurückkehrte, brachte er in einer Art Fischreuse haufenweise Seeigel mit.

Sie warf ihm einen erstaunten Blick zu. Was wollte er bloß mit den stachligen Dingern?

Er grinste nur und verschwand erneut im Meer.

Sie beobachtete ihn, wie er noch einmal zum Boot zurückkehrte und hineinkletterte. Als er dieses Mal zurückkam, brachte er Weißbrot, Käse und eine Flasche Wein mit.

Er kauerte jetzt im Sand und begann vor Nadias staunenden Augen, mit einem scharfen Messer die Seeigel geschickt auszuhöhlen.

Sie saß ebenfalls im Sand und sah ihm zunehmend fasziniert zu. Er arbeitete konzentriert und mit Hingabe und erschien ihr dabei so attraktiv wie ein griechischer Gott.

Schließlich war er fertig und reichte Nadia eine Scheibe Weißbrot, die mit einer rötlichen gallertartigen Masse bestrichen war.

»Seeigeleier sind so köstlich wie Kaviar«, erklärte er ernst, während sie instinktiv zurückwich und vor Ekel den Atem anhielt.

Er erwartet doch nicht wirklich von mir, dass ich dieses Zeugs esse?!

Aber genau das war der Fall! Er sah ihr in die Augen und hielt die Scheibe Brot dicht unter ihre Nase. Ein Duft nach Meer und Fisch erreichte ihre Geruchsnerven, der nicht einmal unangenehm war.

Schließlich griff sie zu. Und es schmeckte ihr tatsächlich. Köstlich sogar. Salzig, nach Meer, aber gut.

Dazu passte der harzige weiße Wein ganz ausgezeichnet, den sie ebenfalls aus Costas Hand entgegennahm.

Hinterher gab es Käse und sogar Weintrauben. Nadias Gastgeber hatte an alles gedacht.

Satt und zufrieden dösten sie später wieder eine Runde in der Sonne, bis Nadia sich plötzlich aufsetzte. Worte flogen ihr von irgendwoher zu, die sie spontan laut aussprach: »Ich lebe! Jetzt kann ich es wieder fühlen.«

Das war der Augenblick, in dem Costa sie zum ersten Mal in seine Arme nahm.

»Das ist gut«, flüsterte er ihr ins Ohr. »Lass dich einfach fallen und hab vor allem keine Angst mehr.«

Er begann sie zu küssen.

Seine Lippen schmeckten genauso salzig wie die ihren.

Sein Kuss wurde intensiver, drängender. Der ihre sanfter und nachgiebiger, wie ihr ganzer Körper.

Sein Mund glitt über ihren Hals weiter hinunter bis zum Ansatz ihrer Brüste.

Mit einer schnellen Handbewegung streifte er Nadia die Träger ihres schwarzen Badeanzugs von den Schultern und entblößte die schimmernden Halbkugeln, deren Spitzen sich bereits aufgerichtet hatten.

»Du bist so schön«, murmelte Costa.

Eine seiner Hände glitt über ihren Rücken hinab. Langsam, fast zögernd tat sie dies, als wäre er sich noch nicht sicher, wie diese kühle blonde Frau in seinen Armen wohl reagieren würde, wenn er weitere Vorstöße dieser Art unternähme.

Nadia stöhnte auf und drängte sich dann leidenschaftlich an ihn. Sie schlang beide Arme um seinen Nacken und begann ihn auf eine Art und Weise zu küssen, die jeden Zweifel in Costa zum Schweigen brachte.

Von diesem Augenblick an geschah alles Weitere beinahe wie von selbst.

Costa streifte ihr den noch feuchten Badeanzug ganz ab, sein Mund wanderte weiter bis hinunter zwischen ihre geöffneten Schenkel, die vor Erwartung und stetig steigender Lust zitterten wie die staksigen Beine eines Fohlens.

Er fand das Bermudadreieck zwischen Nadias Beinen, das durch seine Farbe verriet: Die Frau, der es gehörte, war eine echte Blondine.

Costas Mund und Lippen begannen ein derart zärtliches Spiel, dass Nadia irgendwann glaubte, vor Lust glatt ohnmächtig zu werden.

Was dieser Kerl mit seinem sinnlichen Mund und der frechen Zunge da alles anstellte, war mehr als nur eine Sünde wert.

Es schien ihr, als wäre ihre Klitoris noch nie vorher so sehr angeschwollen, überdies richtete sie sich vorwitzig auf unter der Behandlung, während ein Paar harter Männerlippen sie küssten, eine freche Zunge sie genießerisch leckte wie ein Eis am Stiel und ein warmer Mund sie schließlich ganz verschlang, um an ihr zu saugen wie ein Baby an der Mutterbrust.

Nadia spreizte die Beine, so weit sie nur konnte. Sie bot ihm ihr Möschen dar wie eine überreife aufgeplatzte Frucht. Er sollte sie lecken, schlecken, schmecken, sie ausschlürfen bis zum letzten Tropfen.

Und sie wollte noch mehr, jetzt, wo ihre Lust diese unglaubliche Gier entfacht hatte – sie wollte ihn ganz in sich spüren, tief da drinnen, und wenn möglich noch tiefer, so tief wie überhaupt möglich.

»Komm!«, forderte sie ihn auf.

Aber er schien sie nicht gehört zu haben. Schließlich schrie sie es heraus: »Komm doch endlich in mich!«

Sie wollte und konnte keinen Moment länger darauf warten, wollte ihn ganz und gar, hier und jetzt.

Sie hörte sein leises zufriedenes Lachen, ehe er endlich über sie glitt.

Sie spürte das Hämmern seines Herzens, hart und schnell, und dann war er tatsächlich ganz bei ihr, schob ihr seinen leicht gebogenen harten Schwanz langsam hinein.

Ihr äußerster Muskelring gab sofort nach, der lustvolle Druck verstärkte sich, der harte Männerschwanz glitt weiter, tiefer in Nadias Innerstes hinein.

Noch ein letzter harter Ruck, und er steckte ganz in ihr, die ihn gierig verschlungen hatte.

Er füllte sie völlig aus. Sein Schwanz schien wie maßgeschneidert für sie zu sein. Länge und Dicke waren perfekt, der Härtegrad ebenfalls.

Er brauchte sich nicht einmal in ihr zu bewegen, die Lust steigerte sich trotzdem von Sekunde zu Sekunde.

Nadia schrie ihr Entzücken darüber laut heraus, sie umklammerte Costa, hob und senkte ihr Becken schließlich in seinem Rhythmus, als er jetzt begann, in sie zu stoßen.

Der Höhepunkt kam überraschend und mit einer Heftigkeit, die ihr den Atem nahm.

Sie sträubte sich nicht dagegen, versuchte nicht, die Lust mit allerlei Tricks zu verlängern. Sie ließ sich fallen, vergaß die Welt ringsherum und gab sich nur ihrer Lust und dem Mann in ihren Armen hin.

Es dauerte überraschend lange, ehe dieser Orgasmus ausklang. Sein Echo hallte immer noch in ihr nach, als sie spürte, wie durch den kräftigen Männerkörper, der sie in den Sand presste, ein Ruck ging, dann bäumte Costa sich auf und stieß noch einmal tief in ihre Muschi hinein. Seine Augen verdunkelten sich dabei vor Lust und Zärtlichkeit zugleich.

Nadia dagegen spürte, wie durch diesen letzten heftigen Stoß sich bei ihr eine neue Lustwelle aufzubauen begann, aber dann wurde ihr gleichzeitig bewusst, dass es jetzt erst einmal vorüber war, der müde Held brauchte eine Pause.

Ein Weilchen später kniete Costa neben ihr und streichelte ihr Gesicht. Dabei bemerkte er, dass es plötzlich tränennass war.

»Was ist los? Habe ich etwas falsch gemacht, Nadia?«

Sie schüttelte heftig den Kopf und lächelte ihn an. »Ganz im Gegenteil!«

Sie schlang die Arme um seinen Hals, zog ihn zu sich herunter und küsste ihn zärtlich. Dabei ließ sie die Hände zu seinen Pobacken wandern, knetete die beiden Kugeln sanft, bis sie spürte, dass sich an ihrem Bauch etwas munter zu regen begann.

Mit einer leichten Bewegung ihrer Hüfte brachte Nadia Costa dazu, sich von ihr abzurollen, jetzt lag er neben ihr. Sein erigierter Schwanz ragte wie ein kampfbereiter Speer in die Luft.

Mit der Hand und ihren Lippen begann sie ihm zu zeigen, wie glücklich er sie vorhin gemacht hatte.

Sanft schob sie die Vorhaut zurück und legte die Eichel frei. Sie begann den Kopf zu lecken wie ein Eis am Stiel. Der austretende Tropfen belohnte sie auf der Stelle, und sie machte eifrig und mit Hingabe weiter, nahm ihn schließlich ganz in den Mund und glitt mit den Lippen und der Zunge zugleich daran rauf und runter.

Bis Costa schließlich anfing, immer lauter zu stöhnen, und sich schließlich nicht länger zurückhalten konnte.

Mit einem Schrei kam er in ihrem Mund. Sie schluckte seinen Samen hinunter. Das Sperma schmeckte nach Meer und ein wenig auch nach Fisch. Köstlich.

Sie verbrachten den ganzen Nachmittag am Strand und redeten auch lange miteinander.

Costa wollte alles wissen, alles über Nadias Traurigkeit, alles über ihre Ehe. Und sie öffnete ihm ihr Herz, so wie sie ihm vorher ihren Körper überlassen hatte, voller Hingabe und Vertrauen.

Irgendwann griff er nach ihrer Hand, zog sie daran hoch und zum Wasser.

Sie warfen sich nackt in die Wellen und schwammen um die Wette. Übermütig wie Kinder.

Er war schneller als sie und erreichte das Boot als Erster.

Nadia kraulte auf ihn zu.

Costa öffnete seine Arme und empfing sie mitten in den Wellen mit einem Kuss.

Seine Zunge glitt in ihren Mund, begann zu spielen. Augenblicklich stand Nadia wieder in Flammen.

»Wir werden ertrinken hier«, lachte er, »lass uns ein Stück zurückschwimmen, wo wir Boden unter den Füßen haben.«

Als sie wieder stehen konnten, riss er Nadia heftig in seine Arme.

Sie spürte seine Erregung, spürte, wie er ihren Po sanft hochhob, während er ihr gleichzeitig das Becken entgegenstieß.

Der Auftrieb des Wassers half ihnen, und ihre beiden Körper verschmolzen augenblicklich wieder zu einem, fanden sich im gemeinsamen Rhythmus, als hätte es nie etwas anderes gegeben in ihrem Leben.

Sie trieben es wild und hemmungslos im warmen Meerwasser. Und dieses Mal kamen sie beide gleichzeitig.

Nadia blieb länger auf Paros, als sie ursprünglich geplant hatte. Der Abschied kam trotzdem.

»Du wirst doch wiederkommen?«, fragte Costa und lächelte mit diesem wissenden Blick.

Und sie kam wieder, Jahr für Jahr.

Jedes Frühjahr, jeden Sommer, jeden Herbst. Es war jedes Mal ein rauschendes Liebesfest unter südlicher Sonne.

Keiner von Nadias Freunden in Hamburg verstand die Geschichte.

Man fragte sie immer öfter: »Warum kommt er denn nicht mal hierher, dein griechischer Lover?«

»Hamburg ist ihm zu kalt, zu verregnet«, sagte sie dann. Aber das war nicht einmal die halbe Wahrheit, natürlich nicht.

In Wirklichkeit hatte sie Costa einmal zu Beginn erklärt, sie fürchte, der Zauber zwischen ihnen könne verloren gehen, wenn sie sich im *normalen Leben* träfen.

Sie wusste natürlich, dass sie ein Feigling war, bevorzugte aber sich selbst gegenüber die Erklärung vom gebrannten Kind und dem Feuer …

Als das Telefon klingelte, legte Nadia das Buch endgültig zur Seite und sprang auf.

Seine Stimme klang weich und ganz nah an ihrem Ohr.

»Es regnet sicher gerade in Hamburg?«

Sie warf einen raschen Blick aus dem Fenster und lachte nur.

»Macht nichts!«, sagte Costa. »Ich riskiere es, nass zu werden und mir eine Erkältung zu holen. Was ist das Leben schon ohne Risiken! Bist du endlich bereit, ebenfalls etwas zu riskieren, Nadia?«

»Ja. Aber was?«

»Holst du mich morgen vom Flughafen ab?«

Kurze Zeit später rief Nadia ihre Freundin Lydia an.

»Du hattest Recht, mein Leben ist tatsächlich spannender als der Roman!«

»Was ist passiert?«, fragte Lydia neugierig.

»Stell dir vor, er kommt!« Nadia lachte fröhlich und legte dann langsam auf.

DAS GEHEIMNIS DES ROTEN LUFTBALLONS

Was schwebt denn da?, dachte Isabella und bremste scharf vor Schreck. Auf dem nächsten Rastplatz hielt sie an. Ein lauter Knall, und das war auch schon das Ende eines unschuldigen roten Luftballons ...

Der rote Luftballon schwebte lautlos durch den Wagen, als Isabella eben auf die Autobahn eingebogen war. Er musste wohl zwischen Fahrer- und Rücksitz eingeklemmt gewesen sein. Sie steuerte den Wagen mit der linken Hand, mit der rechten griff sie nach dem Bändchen, an dem der Luftballon hing.

Sie zog das knallrote Ding näher zu sich. In seinem Inneren war ein zusammengefaltetes Stück Papier zu erkennen.

Isabella lächelte stillvergnügt in sich hinein.

Marcus, du verrückter Kerl!, dachte sie zärtlich. *Was hast du dir bloß jetzt wieder einfallen lassen?*

Sie spürte, wie ihr Puls unwillkürlich schneller ging. Allein der Gedanke an ihren neuen Lover, den sie gerade mal acht Wochen kannte, erregte sie bereits.

Marcus war genau der Typ Mann, den sie brauchte, nach dem sie gesucht hatte. Er hielt sie auf Trab.

Isabella sah das Hinweisschild auf den nächsten Parkplatz auftauchen. Sie entschied sich rauszufahren, um das Geheimnis des Luftballons zu ergründen. Ansonsten bestand die Gefahr, dass sie zuerst platzte – vor Neugier nämlich.

Wenn sie eine halbe Stunde zu spät zu dem Familientreffen eintrudeln würde, ginge die Welt schließlich auch nicht unter. Immerhin hatte Paps es sich reichlich spät überlegt, die Sippe zusammenzutrommeln.

Vermutlich hatte Mutti Druck gemacht, sie wollte wohl den 35. Hochzeitstag gemeinsam mit Kindern und Enkelkindern feiern.

Von Isabella, als dem einzigen Single in der Familie, wurde schlichtweg erwartet, dass sie auf alle Fälle erschien. *Was machst du denn sonst so alleine am Wochenende, Kind ...*

Dabei hätte sie sich diesmal zu gerne gedrückt.

Sie und Marcus hatten sich so auf das gemeinsame Wochenende gefreut. Sie arbeiteten beide viel und konnten sich deshalb unter der Woche nicht sehr oft sehen.

Und jetzt konnte sie ihn auch noch nicht einmal mitnehmen zu dem Familienfest, dazu war es einfach noch zu früh. Nicht einmal sie selbst wusste ja bis jetzt, wohin das alles führen würde. Also hatte sie auch ihren Lieben gegenüber geschwiegen, nicht einmal Mutti wusste bislang von der Existenz von Marcus.

Isabella war natürlich nichts anderes übrig geblieben, als Paps ihr Kommen zuzusagen, auch wenn die Einladung arg kurzfristig auf dem Handy eingetrudelt war. Vermutlich war sie einfach mal wieder die Letzte gewesen, die benachrichtigt wurde, sie war ja *solo* und damit am Wochenende automatisch verplanbar.

Marcus und sie fanden gerade noch Zeit genug für einen leidenschaftlichen heißen Quickie auf dem Tisch in Isabellas Küche – dann musste sie auch schon nach Nürnberg aufbrechen.

Marcus hatte vorher noch ihre hastig gepackte Reisetasche in ihren Wagen runtergebracht ... und dabei wohl den Luftballon gleich mit verstaut ... *Halt*, der Rastplatz!

Ein lauter Knall, und das war auch schon das Ende des roten Luftballons.

»*Hallo, süße Hexe, ich würde jetzt so unglaublich gern Deinen aufregenden Körper küssen. Angefangen bei den Zehenspitzen, dann langsam hinaufgleiten, höher und höher, bis ich genau dort lande, wonach mir der Sinn steht, und nicht nur der ... Du weißt wo!*

Ich mag es, wenn Du dabei zitterst und leise stöhnst. Wenn ich spüre, wie feucht Du bereits bist, wenn Du dich für meinen Mund wie eine Rose öffnest.

Und dein Geruch erst! Ich kann es riechen, wie sehr Du mich willst, o ja.

Weißt Du eigentlich, welch hübschen Anblick Deine rosa Nippel bieten, wenn sie sich aufrichten und hart werden unter meinen Berührungen? Ich vermisse Dich schon jetzt wie verrückt und kann es kaum erwarten, bis Du am Sonntagabend zurückkommst.

Fahr vorsichtig, Sexy Hexy, hörst Du?«

Isabella las die Zeilen noch einmal, ehe sie das Blatt zusammenfaltete und in ihre Tasche schob. Sie fühlte sich bereits wieder erregt, nur durch seine Worte.

Eine wilde Sehnsucht nach dem Verfasser der kleinen frivolen Botschaft packte sie. Am liebsten wäre sie auf der Stelle umgekehrt und zurück nach München gefahren.

Sie malte sich einen Moment lang aus, wie sie an Marcus' Tür Sturm läuten würde – obwohl sie seit Kurzem einen Schlüssel besaß, aber damit er nicht ahnte, wer ihm gleich in die Arme fallen würde!

In dem Augenblick, in dem er öffnete, würde sie sich auf ihn stürzen, ihn noch im Flur vernaschen …

Aber nein, an der Stelle musste Isabella lachen. *Natürlich würde sie nichts dergleichen tun, leider! Sie würde stattdessen braves Töchterlein spielen.*

Aber in etwas mehr als achtundvierzig Stunden war Sonntagabend, dann würde sie alles doppelt und dreifach nachholen!

Achtundvierzig Stunden – Himmel, was für eine kleine Ewigkeit! Wie viele Quickies könnte man darin unterbringen?

Isabella lachte noch immer in sich hinein, als sie bereits wieder auf der Autobahn war.

Sie gab Gas, jagte den Wagen auf hundertfünfzig Sachen hoch. Sie spürte diese verdammte irritierende Feuchtigkeit in ihrem Höschen und – noch schlimmer – dieses drängende Pochen und Ziehen zwischen den Schenkeln. Letzteres wurde durch die Vibrationen des Autos noch verstärkt.

Himmel, bin ich geil! Ich werde verrückt, wenn das jetzt das ganze Wochenende über so weitergeht, und kein Marcus-Schwanz zur Hand. Ich hätte ihn mitnehmen und heimlich in einer Pension in der Nähe unterbringen sollen. Um mich zwischendurch immer mal wieder rüberzuschleichen für ein paar Minütchen.

Die kleine Fantasie heizte ihr noch stärker ein.

Sie malte sich aus, wie sie Marcus bitten würde, gleich im Bett liegen zu bleiben, nackt und geduldig auf sie wartend, bis sie wieder kurz vorbeikäme. Ihr Höschen würde sie sozusagen als Pfand bei ihm lassen, und damit sie auch die paar Sekunden noch sparen konnten, die sonst fürs Aus- und Anziehen draufgingen.

An dieser Stelle in der Geschichte beschleunigte sie noch ein bisschen mehr, die Vibrationen von unten verstärkten sich prompt ebenfalls, ebenso wie das Pochen in ihrem Kitzler.

Unwillkürlich presste sie die Pobacken stärker auf den Sitz.

Als Nächstes stellte sie sich vor, Marcus' Kopf tauche jetzt eben zwischen ihre Oberschenkel, seine Zunge umkreise die geschwollene Klitoris – und das war es dann auch schon.

Sie kam.

Langsam ebbte der letzte Lustschauer da unten ab. Isabella fühlte sich jetzt angenehm entspannt und schmunzelte, als sie sich nun vornahm, Marcus von dem kleinen Intermezzo hier im Auto zu erzählen. Gleich, wenn er sie zur Begrüßung in die Arme nähme, würde sie es ihm ins Ohr flüstern, ihn damit heißmachen.

Und damit er in Zukunft wusste, was seine kleinen Botschaften anrichten konnten.

Aber vermutlich hatte der verrückte Kerl den Zettel ohnehin genau mit dieser Absicht in den unschuldigen roten Luftballon gesteckt ...

Am frühen Samstagabend war Isabella ein bisschen mit den Nerven herunter.

Familie gut und schön, aber solche Wochenenden waren auch anstrengend wie die Hölle.

»Nun, mein Kind«, hatte ihr Vater am Nachmittag an der vollbesetzten Kaffeetafel zu ihr gesagt. »Wann hast du eigentlich die Absicht, dir ein Nest zu bauen?«

Alle, die Schwestern Isabellas, deren Ehemänner und sogar die lieben Kleinen, hatten sie daraufhin erwartungsfroh angestarrt.

Isabellas Antwort war diplomatisch ausgefallen, darauf immerhin war sie stolz:

»Ach, Paps! Du weißt doch, mir geht dieser Nestbautrieb völlig ab. Außerdem nehme ich nur einen ganz besonderen Mann! Und der einzige, den ich von solcher Qualität kenne, ist bereits seit 35 Jahren glücklich mit einer anderen Frau verheiratet.«

Paps war daraufhin so sichtlich gerührt gewesen, er hatte doch glatt vergessen, weiter nachzuhaken.

Wohingegen Isabellas ältester Neffe, der neunjährige Carlos, losgekräht hatte: »Tante Isabella, hast du einen Verknallten?«

Während Isabella noch gluckste, setzte der Kleine siegessicher noch einen drauf: »In der Schule sind gleich drei Mädchen in mich verknallt!«

Womit diese Sache auch erledigt war, die Kaffeetafel bog sich unter dem allgemeinen lauten Gelächter.

Isabellas schuldig gebliebene Antwort ging in der Geräuschkulisse einfach unter.

Trotzdem fand sie den Tag insgesamt anstrengend. Denn Marcus fehlte ihr so sehr. Gegen Abend schnappte sie sich das schnurlose Telefon und schlich sich damit in Paps' Arbeitszimmer.

Nach dem fünften Freizeichen meldete sich der Anrufbeantworter: »Hallo, hier ist der Anschluss von Marcus Holstein. Es hat im Moment keinen Zweck, eine Nachricht zu hinterlassen, ich rufe in den nächsten beiden Tagen ohnehin nicht zurück.«

Isabella stutzte, dies war nicht der Text, den Marcus sonst abspulen ließ. Sie lauschte. Es ging noch weiter – »Wenn Sie nicht zufällig Isabella heißen, dann legen Sie jetzt bitte auf. Die folgenden Worte sind vertraulich und nur für Isabella bestimmt ...«

Ein leises Knacken und Rauschen folgte, dann einige Schweigesekunden, schließlich ging es weiter. Marcus' Stimme klang rau vor Zärtlichkeit: »Hallo, Liebes. Tut mir leid, dass du mich nicht erreichst. Aber ich halte es ohne dich hier nicht aus. Ich brauche bloß an dich zu denken, schon spielt mein bestes Stück verrückt. Also habe ich beschlossen, mit Dennis in eine Kneipe zu ziehen, um mich abzulenken. Einige Runden Dart spielen, ein paar Bierchen trinken. Später daheim kalt duschen und ins Bett gehen. Ich hoffe, es hilft, damit ich die Nacht überstehe ... Träum was Süßes, meine Süße.«

KLICK. Das Band war zu Ende.

Sie wusste, es hatte keinen Sinn, jetzt seine Handynummer zu wählen, weil Marcus Mobiltelefone in der Freizeit nämlich ablehnte. Er benutzte sie fast nur, wenn er beruflich unterwegs war. Hundertprozentig nahm er keines in eine Kneipe mit, wo er wegen des Lärms die meisten Anrufe ohnehin verpasste.

Isabella stand da, den Hörer noch immer in der Hand, und fasste den spontanen Entschluss, der Familie jetzt gleich beim Abendessen beiläufig mitzuteilen, sie würde bereits am nächsten Morgen und noch dazu sehr zeitig nach München zurückkehren. Und somit nicht mehr am gemeinsamen Frühstück teilnehmen.

So früh am Sonntagmorgen kam man auf der Autobahn wunderbar zügig voran. Vor allem, wenn die Sehnsucht mit aufs Gaspedal drückte.

Isabella parkte ihren Wagen vor dem Haus, in dem Marcus wohnte. Sie holte den Schlüssel heraus, den sie erst seit einer Woche besaß und noch nicht einmal benutzt hatte.

Leise schlüpfte sie in die Wohnung.

Auf Zehenspitzen huschte sie zum Schlafzimmer. Noch vor der Tür ließ sie die Hüllen fallen. Marcus schlief sowieso immer nackt.

Sie glitt zwischen die warmen Laken, kuschelte sich von hinten an seinen Rücken, während die linke Hand vorne auf Wanderschaft ging.

Tief atmete sie seinen männlichen Duft ein.

Sie mochte seinen Geruch und, besonders wenn er schlief, die Wärme, die sein Körper verströmte.

Er murmelte jetzt etwas, erwachte aber noch nicht völlig.

Ganz im Gegensatz zu einem gewissen Körperteil, der bereits steif wurde in ihrer Hand.

Sie rieb ihn zärtlich, und der Bursche richtete sich zu voller Pracht und Größe auf.

Marcus wälzte sich auf den Rücken, schließlich murmelte er schlaftrunken: »Isabella, du Hexe ...«

Er verstummte, als sie sich jetzt einfach kurzerhand auf ihn setzte und ihn in sich aufnahm.

Die Augen hielt Marcus noch immer geschlossen, aber Isabella spürte genau, dass er nun hellwach war.

Sein Schwanz begann tief in ihr heftig zu zucken und zu pulsieren. Was wiederum in ihrer Möse den Nektar fließen ließ. Sie hob die Hüften und begann ihn zu reiten.

Seine Hände griffen hoch nach ihren wippenden Brüsten, die Daumen umkreisten die vollen harten Knospen.

Isabella flog jetzt auf seinem Schaft auf und ab, sie wurde immer schneller, wippte vor und zurück.

Marcus stieß ihr keuchend von unten die Hüften entgegen, immer wieder, seine Hände massierten unablässig Brüste und Nippel.

Sie fühlte starke Lust und überbordende Zärtlichkeit zugleich und beugte sich zu ihm herab, damit sie ihre Lippen auf seinen Mund pressen konnte.

Seine Zunge schlüpfte auch sofort in ihren Mund.

Gleichzeitig schob sich seine Hand nach unten und befingerte ihre triefende Möse, wo dieses gierige Pochen tobte und immer noch an Stärke zunahm. Ihr ganzes Becken glühte bereits, die Hitze wanderte hinauf zu den Brüsten und sogar bis hoch in die Wangen.

Sie wusste augenblicklich: Jetzt blieb ihr nicht mehr viel Zeit – und prompt nahm diese unglaubliche Hitze weiter zu, bis es einfach nicht mehr ging: Sie kam bereits. Und auch noch so heftig, dass ihr bebender Orgasmus den Schwanz in ihr gleich mit zum Abspritzen brachte.

Marcus bäumte sich stöhnend unter ihr auf, stieß ein letztes Mal tief in sie hinein und sank dann zurück.

Schließlich zog er sie zärtlich neben sich, umschlang sie mit beiden Armen. »Endlich bist du da«, murmelte er an ihrem Hals. »Lass uns noch ein bisschen schlafen, meine süße Hexe, ja?«

Später liebten sie sich noch einmal langsam und ausgiebig, wobei sie sich dieses Mal reichlich Zeit nahmen für die Slow-Sex-Variante, die sie beide im Grunde bevorzugten.

Und noch später trieben sie es sogar noch einmal kurz, aber dafür wild, unter der Dusche nämlich. Das volle Sonntagsprogramm eben.

Als Isabella am Montagmorgen in ihre Wohnung kam, um sich fürs Büro fertig zu machen, blinkte ihr Anrufbeantworter.

Paps' Stimme sagte: »Kind, das nächste Mal bringst du deinen neuen Freund aber mit. Deine Mutter möchte ihn zu gerne kennen lernen.«

VERDAMMT HEISSE PARTY

Dorothee musterte die Partygäste. Unter den Gesichtern war eines, das sie nicht kannte. Irgendjemand musste ihn wohl mitgebracht haben, den attraktiven Unbekannten …

Robert war fremd in der Stadt. Am zweiten Abend, es war ein Samstag, wanderte er zuerst ein wenig ziellos durch die Straßen.

Er fühlte sich nicht einsam – er wusste bloß noch nicht so recht, wohin mit sich in dieser Nacht. Manchmal kamen ihm beim Spaziergang die besten Einfälle, also ließ er sich auch heute einfach treiben.

Im Hotel gab es ein erstklassiges Restaurant und eine gut besuchte Bar, in der man auch tanzen konnte. Aber irgendwie stand ihm der Sinn nach keinem von beidem. In der Hotelbar waren außerdem die Drinks unverschämt teuer, und das Publikum bestand obendrein hauptsächlich aus lauter gelangweilten Pärchen.

Aus diesen und noch einem anderen Grund war er lieber alleine unterwegs und schaute sich in den Straßen rund ums Hotel etwas genauer um. Laut Reiseführer gab es einige angesagte Lokalitäten in diesem Viertel, das immerhin zu den besten der Stadt zählte.

Man konnte ja nie wissen, vielleicht ergab sich urplötzlich unterwegs ein kleiner unverbindlicher Flirt.
Oder mehr …

Robert bog um eine Häuserecke und hätte um ein Haar
die beiden Schönen der Nacht gerammt, die auf hals-
brecherisch hohen Hacken vor ihm dahinstöckelten
und die wohlfrisierten Köpfe zusammensteckten.

Wieder einmal war er heilfroh, über eine ausgezeich-
nete Reaktionsfähigkeit zu verfügen. Die zwei hübschen
Frauen hatten von seinem Beinaheaufprall nichts mitbekommen, sie plauderten angeregt und schlenderten
dabei vertraulich untergehakt weiter.

»Ich bin schon verdammt gespannt auf die Party«,
sagte die Blondine gerade zu der anderen, die dunkelhaarig und deutlich kleiner war. »Bei Bruno soll ja früher immer mächtig was los gewesen sein …«

Der Rest der Unterhaltung ging in Gekicher unter,
das man wohl nur dann richtig deuten konnte, wenn
man den gerade erwähnten Bruno persönlich kannte.
Dieses Vergnügen jedoch war Robert nicht vergönnt gewesen, deshalb konzentrierte er sich jetzt lieber auf das
andere Schlagwort: *Party!*

Etwas Besseres als eine private Party konnte ihm im
Moment gar nicht passieren …

Immerhin war er ein Meister darin, uneingeladen auf
fremder Herren (oder Damen) Feste zu wildern. Gab es
dabei einmal keinen Flirt abzustauben, dann doch zumindest etwas Leckeres zu essen, und das auch noch umsonst. Und natürlich ebenso ein paar gepflegte Drinks.

Er war mittlerweile so versiert in dieser Disziplin –
er hätte es sogar geschafft, ohne Einladung an einem

Staatsbankett teilzunehmen. Vermutlich hätte man ihm dort einen Ehrenplatz angeboten. Eines Tages würde er sich das auch noch beweisen, aber das hatte Zeit. Im Moment wollte er sich durchaus damit begnügen, sich auf diese Party hier einzuschmuggeln.

Alles eine Frage des Selbstbewusstseins!

Nun, ein paar gute Manieren und entsprechendes Aussehen halfen natürlich. Aber das war's dann auch schon.

»Hallo«, rief Robert jetzt laut und betont gut gelaunt, »geht ihr auch zur Party?«

Zwei Frauenköpfe drehten sich daraufhin nach ihm um. Zwei Augenpaare musterten ihn interessiert.

»Ja«, antwortete schließlich die Blonde, »du etwa auch?«

Na klar, meine Schöne, was denkst du denn?

»Ich bin Robert!« – er streckte ihr eine Hand hin.

Sie nahm sie und drückte sie kräftig. »Sabrina. Freut mich. Und das ist Maren!«

Auch das dunkelhaarige Mädchen schenkte ihm ein Lächeln und reichte ihm die Hand.

Robert war durchaus zufrieden mit dem Anfang. Es klappte reibungslos und wie am Schnürchen. Ein wenig mehr Widerstand wäre ihm allerdings fast lieber gewesen, es fühlte sich dann *sportlicher* für ihn an, wenn die Herausforderung größer war.

Sogar den Namen des Gastgebers kannte er heute bereits – dieser Bruno.

»Wir sind gleich da«, verkündete in diesem Augenblick das Girl namens Maren.

Erst jetzt bemerkte Robert, dass sie und auch Sabrina kleine, edel verpackte Geschenkpäckchen dabeihatten.

Er würde wie immer in solchen Fällen mit leeren Händen antanzen, was natürlich kein besonders guter Einstand war. Andererseits konnte man sich auch hier gut behelfen. Er würde sich heute einfach dicht an Maren halten. Automatisch würde jeder, der sie beim Hereinkommen beobachtete, denken, er gehörte zu ihr. Und damit logischerweise auch zu ihrem Geschenkpäckchen. *Gift-Sharing* – er hatte den neuen Tatbestand eben erfunden.

Sie betraten das weitläufige Treppenhaus eines mehrstöckigen Gebäudes.

Edler Marmor überall, dieser Anblick bereits ließ hoffen.

Je edler das Ambiente, desto stilvoller die Gäste und folglich auch die Bewirtung ...

Der Lift kam, und sie fuhren ins oberste Stockwerk.

Bereits beim Aussteigen war Robert klar, diese Party fand in einem großzügigen Penthaus samt Terrasse auf dem Dach des Gebäudes statt.

Aus einer offenen Tür klangen ihnen Stimmen, Gelächter und Musik entgegen.

Es war wirklich alles ganz einfach heute Abend. Wieder einmal. Niemand fragte Robert, was er hier zu suchen habe und wer er eigentlich sei. Seine Anwesenheit wurde ebenso selbstverständlich zur Kenntnis genommen wie die von Sabrina und Maren.

Erstere stürzte sich schon bald nach der Ankunft auf einen hübschen Knaben in der Nähe und drückte ihm einen begeisterten Kuss auf die Lippen.

Bruno?

»Hallo, Sven. Schön, dich wiederzusehen.«

Also doch nicht Bruno. Sven. Auch okay.

Der Knabe grinste bloß und murmelte dazu etwas Unverständliches.

Als Sabrina zu ihrem nächsten Opfer weitereilte, postierte sich Robert neben Sven.

Kapitel zwei aus dem Handbuch für erfolgreiche Partyschnorrer: Hast du den Eintritt erst geschafft, halte rasch Ausschau nach unverfänglichen Plaudereien mit anderen Gästen, eventuell tut es auch ein kleiner Flirt in einer stillen Ecke, falls sich auf die Schnelle eine Gelegenheit dazu ergibt. Wenn der Gastgeber dich entdeckt, wird er denken: Ah, Maren hat tatsächlich bereits einen Neuen! Oder auch: Hat sie den schon mitgebracht, oder ist er mit jemand anderem gekommen, na, egal, jeder kann ja eine Begleitung mitbringen laut Einladung, das gehört sich so.

Sven war allerdings nicht sehr gesprächig. Er gehörte zum Typ des intellektuellen Partygastes: dabei sein, um zu beobachten und zu studieren.

Da Robert sich ohnehin nicht wirklich für Sven interessierte, war ihm dessen Charakterzug durchaus angenehm. So brauchte er seinerseits auch nicht viel zu reden und konnte die Blicke ebenfalls frei schweifen lassen.

Einer dieser Blicke blieb bald darauf an einer dunkelhaarigen Schönheit kleben, die in einem atemberaubenden smaragdgrünen Seidenkleid steckte, das ihre rasanten Kurven betonte.

Sie stand ganz in Roberts Nähe und schien ebenfalls die Gäste zu beobachten.

»Wo steckt eigentlich Bruno?«, fragte Robert jetzt laut genug, aber dennoch wie nebenbei den weiterhin schweigsamen Sven.

Es war immerhin angeraten, langsam mal herauszufinden, wie der Gastgeber aussah, sonst konnte es irgendwann doch noch peinlich werden.

»Keine Ahnung!«, antwortete Sven knapp.

Robert merkte, wie die dunkelhaarige Schöne zu ihnen herübersah.

Sie musterte nachdenklich Roberts Gesichtszüge, vermutlich suchte sie in ihrem Gedächtnis nach Spuren eines Erkennens.

Er lächelte sie an.

Sie lächelte zurück.

In diesem Moment trat Maren mit einem Glas in der Hand nahe an ihn heran. So nahe, dass die hervorblitzenden kessen Rüschen an ihrem BH ihn in der Nase gekitzelt hätten, wäre sie vierzig Zentimeter größer gewesen.

Robert war sehr groß, und er mochte große Frauen.

Die dunkle Schönheit war bestimmt eins achtzig.

»Na, Robert, gefällt dir die Party?«, fragte ihn die kleine Maren mit dem großen Busen nun keck und reckte ihm gleichzeitig ihr offenherziges Dekolleté noch stärker entgegen.

»Wirklich nett hier«, brachte er höflich hervor und konnte es doch nicht lassen, dabei weiter zu der großen Dunkelhaarigen hinüberzustarren. Die schien ihn mittlerweile nämlich ihrerseits mit Hilfe ihrer wundervollen braunen Augen hypnotisieren zu wollen.

Maren war seinem Blick natürlich längst gefolgt, immerhin war sie eine Frau, und Frauen entgingen solche Details niemals. Selbst wenn Mann sich dezenter verhielt, als ihm selbst es in seiner Begeisterung für die Lady in Grün im Augenblick möglich war.

Maren drehte sich völlig ungeniert auf dem Absatz um, checkte ab, wem Roberts Blick galt – und begann wie wild zu winken.

»Huhuuu, Dorothee, Liebchen, hier kann sich jemand ja so gar nicht an dir sattsehen!«

Dumme Ziege, dachte Robert unwillkürlich, *hat sich was von wegen Unauffälligkeit …*

Er lächelte Maren trotzdem gekonnt charmant an und versuchte das Beste aus dieser Situation zu machen. Immerhin spielte der Vorfall ihm ja auch eine unerwartete Chance in die Hand, wusste er doch jetzt, wie die schöne Dunkle hieß: *Dorothee!*

Er löste sich entschlossen aus Marens Gefahrenzone und trat näher an Dorothee heran.

Noch ehe er den Mund aufmachen konnte, sagte die: »In der Küche ist das Büfett eröffnet.« Sie sah ihm direkt in die Augen: »Ich sterbe vor Hunger.«

Er konnte nicht anders, als ihren tiefen Blick jetzt heißhungrig zu erwidern – sie hatte ihn bereits vollkommen hypnotisiert: »Gehen wir, ich komme mit«, sagte er.

Während sie ihre Teller füllten, verwickelte sie ihn in ein unverfängliches Gespräch. Er gab ebensolche Antworten. Dabei lag die ganze Zeit hindurch etwas Unausgesprochenes in der Luft, was ihm die Sinne verwirrte und das Gehirn vernebelte. Ihm war völlig klar, er würde alles tun, um Dorothee heute Nacht noch rumzukriegen.

Was er aß, bekam er dagegen kaum mit, aber es füllte den Magen und schmeckte auch ganz hervorragend.

Eine Viertelstunde später war sie es dann, die erneut die Initiative ergriff.

»Wollen wir tanzen?«, raunte Dorothee an Roberts Ohr.

Irgendjemand hatte inzwischen Oldies aus den Sechzigern aufgelegt. Ziemlich schnulzig, aber gerade deshalb gut zum Tanzen, vor allem, wenn man dabei in möglichst engen Körperkontakt treten wollte. Wie es schien, wollten die meisten Gäste genau das in dem Moment. Auch draußen auf der Dachterrasse drehten sich bereits einige Pärchen eng umschlungen und knutschend im Kreis.

Dorothee schmiegte sich in Roberts Arme und lotste ihn während des Tanzens sanft auf die Terrasse hinaus. Sie drängte sich noch näher an ihn. Seine Erregung wuchs, und ihm war klar, dass sie seine Erektion deutlich spüren musste.

Sein Schwanz spielte verrückt, es gab nichts, was er dagegen hätte unternehmen können. Klein-Robert spürte deutlich den nackten Frauenkörper durch die glänzende Seide hindurch, wie also sollte er wohl reagieren?

Dazu kamen noch die Fantasiebilder in Roberts Kopf: Dorothee mit weit gespreizten Schenkeln auf einem Bett liegend, das Kleid über die Hüften hochgerollt. Ihre rasierte Muschi mit der lüstern aufragenden kleinen Schlange in ihrem Nest, seidig schimmernde Schenkel, feucht glänzend von ihrem Saft, der seinem Schwanz den Eintritt ins Paradies verschaffen und versüßen würde …

Plötzlich gingen drinnen alle Lichter an, Wunderkerzen sprühten, die Musik brach schlagartig ab, irgendjemand rief: »Wo ist Dorothee? Dorothee, Geburtstagskind …« – und alle fingen prompt an zu singen: »Happy Birthday to you, Happy Birthday to you, Happy Birthday, liebe Dorothee …«

Die Stunde der Wahrheit war gekommen, dämmerte es Robert.

SIE war die Gastgeberin – und sie wusste ganz bestimmt, dass sie ihn niemals eingeladen hatte.

Sie löste sich aus seinen Armen und ging ins Wohnzimmer zurück. Von allen Seiten wurde sie umarmt und geküsst, musste Päckchen entgegennehmen und sich artig bedanken.

Robert lehnte sich mit einer Schulter an den Rahmen der Terrassentür und blieb in dieser Pose stehen. In seiner Situation konnte er es sich nicht erlauben, verdattert oder gar verunsichert zu wirken. Er spielte besser die Rolle des unnahbaren Helden, der aus seiner äußerlichen Armut kein Hehl machte, aber nichts zu tun brauchte, weil ihm das Herz der schönen Königstochter längst gehörte. Weil der Held nämlich unwiderstehlich war.

Als der Rummel endlich etwas nachließ, ging Robert wortlos auf Dorothee zu.

Kapitel drei aus dem Handbuch für Partyschnorrer: Wenn du auffliegst oder aufzufliegen drohst, denk daran – ein Mann hat so lange nicht verloren, wie er nicht sein Gesicht verliert!

Er zog Dorothee in seine Arme: »Alles Gute, schöne Unbekannte«, raunte er in ihr Ohr. »Ich würde dir gerne unter vier Augen gratulieren. Gibt es hier irgendwo ein ruhiges Plätzchen?«

Sie musste tatsächlich lachen, nahm ihn bei der Hand und zog ihn mit sich aus dem Raum. Sie wanderten durch ein anderes Zimmer, offenbar als Bibliothek und

Arbeitsraum genutzt, und standen schließlich vor einer verschlossenen Tür.

»Mein Schlafzimmer«, sagte sie. »Ist es das, woran du dachtest?« Sie zwinkerte mit einem Auge und musste sich offensichtlich auf die Lippen beißen, um nicht loszuprusten.

Ein Schelm!, dachte er unwillkürlich – Sie ist tatsächlich ein richtiger kleiner Schelm! Sie spielt mit mir wie die Katze mit der Maus. Na warte, meine Süße! Ich weiß doch ganz genau, wie es wirklich um dich steht …

»Genau hierher wollte ich von Anfang an«, versicherte er und verzog nicht einmal die Mundwinkel zu einer Andeutung eines Lächelns.

Denn es ist doch so: Wenn die beiden Richtigen sich sehen, erkennen sie innerhalb von wenigen Sekunden, was Sache ist! Die Hormone reagieren sofort, die brauchen keinen Smalltalk und keine gesellschaftlichen Konventionen. Und alberne Spielchen erst recht nicht.

Sekunden später landeten sie engumschlungen auf dem breiten Bett.

»Noch kannst du mich rauswerfen«, raunte Robert.

»Das hätte ich längst gekonnt, wenn ich es gewollt hätte.«

An dieser Stelle wurde ihm schlagartig klar: Er hatte es mit einer besonders gefährlichen Sorte Frau zu tun. Einer, die genau wusste, was sie wollte, und es sich auch nahm. Ohne Rücksicht auf Verluste.

Und jetzt wollte sie eben ihn, aber er floh trotzdem nicht. Seine Geilheit hatte ihn voll im Griff, da war absolut nichts mehr zu machen.

Sie packte zuerst seinen Schwanz aus und nahm ihn in den Mund.

Ihre Zungenspitze kreiselte und leckte, bis die Eichel in ihrer warmen Mundhöhle zu glühen begann.

Robert schrie auf, als würde er gefoltert. Es geschah unwillkürlich, die Lust hatte ihn übermannt, er wollte mehr davon, mehr, mehr!

»Was ist? Hast du etwa genug?«

»Nicht aufhören, bloß jetzt nicht aufhören, du lieber Himmel«, keuchte er.

»Zieh dich aus!«, forderte Dorothee.

Sie sah ihm zu – das Lämpchen neben dem Bett verbreitete ein schwaches rötliches Licht im Zimmer, das alles im Raum wie weichgezeichnet wirken ließ. Ihre Haut glänzte darin seidig und dunkel. Äußerst attraktiv und sexy. Er wusste also, wie seine eigene Nacktheit jetzt auf sie wirken musste.

Stolz baute er sich nach vollbrachter Arbeit vor dem Bett auf, wo sie lässig auf dem Rücken dalag und ihn beobachtete. Sie sah beinahe so aus wie zuvor in seiner Fantasie – in ihrem bis zu den gespreizten Oberschenkeln hochgerutschten Seidenkleid. Darunter trug sie tatsächlich nichts, er hatte sich vorhin beim Tanzen also nicht getäuscht.

»Willst du dich nicht auch ausziehen?«

Sie sagte nichts, ihre Augen waren unverwandt auf seinen Ständer gerichtet, als wollte sie sein bestes Stück hypnotisieren.

»Willst du ihn? Nimm ihn dir, er gehört dir für heute Nacht! Du hast vielleicht nur diese eine Chance«, forderte er sie heraus.

Das war natürlich ein Test. Er wollte wissen, ob sie wirklichen, echten Humor besaß. Wenn sie schon zu der gefährlichen Sorte Weib gehörte.

Sie lachte, zu ihrem und auch zu seinem Glück. Es klang tief, erregend sinnlich und spöttisch zugleich und zeigte sofortige Wirkung auf Robert: Sein Schwanz begann zu beben und erhob sich erneut wie eine Rakete kurz vor dem Start.

Dorothee setzte sich auf und nahm ihn wieder in den Mund. Die Zungenspitze begann erneut diesen äußerst erregenden Tanz auf der Eichel. Unwillkürlich streckte er ihr die Hüften entgegen und schob ihr seinen Schwanz tief hinein in den Rachen. Am liebsten hätte er ihn ja an ihrem Gaumen gerieben, traute sich aber nicht. Es gab Frauen, die sich dabei schlagartig übergeben mussten oder sogar einen Erstickungsanfall bekamen. So weit wollte er nicht gehen, andererseits war es schwer, sich in einer solchen Situation als Mann zu beherrschen.

Der Instinkt forderte unaufhörlich: *Fick sie in die Kehle. Tief hinunter bis ans Zäpfchen, los, mach schon ...* – aber natürlich gab es irgendwo eine Grenze, auch wenn er das in diesem Augenblick bedauerte.

Dorothee keuchte, ihre dunklen Augen schienen leicht hervorzuquellen, aber sie entließ ihn nicht aus ihrem Mund. Im Gegenteil umfasste sie jetzt auch noch mit Daumen und Zeigefinger einer Hand die Wurzel des Schafts und begann, ihn dort sanft zu drücken und zu kneten.

Robert hob regelrecht ab, aber ein Rest von klarem Verstand war ihm noch verblieben. Wenn er jetzt nicht eine Pause einlegte, würde er nicht mehr lange durchhalten, sondern tief in ihre Kehle abspritzen.

Nicht, dass daran grundsätzlich etwas auszusetzen gewesen wäre! Allerdings glaubte er doch, ihr etwas mehr schuldig zu sein – Ladys first, nicht wahr?

»Ich will dich – jetzt!«, sagte er laut, während er mit beiden Händen in ihrem langen Haar wühlte. Es fühlte sich seidig an. Und außerdem duftete es nach frischen grünen Äpfeln, er hatte es während des Tanzens bereits deutlich gerochen. Und genossen. Er mochte grüne Äpfel.

Dorothee warf sich auf den Rücken, mit weit gespreizten Schenkeln. Die dünne Seide des Kleides hatte sich wie von selbst bis über die Brüste hochgerollt – er konnte den Anblick ihres nackten Körpers zum ersten Mal in voller Fülle genießen. Und er konnte riechen, wie geil sie auf ihn war.

Das breite Bett beherbergte eine Unmenge von Kissen in verschiedenen Größen. Er schnappte sich eines davon und schob es unter Dorothees Pobacken.

Ihre Möse war nun höher gelagert als der übrige Körper, völlig seinen gierigen Blicken preisgegeben.

Mit beiden Händen drückte er die Oberschenkel noch weiter auseinander, bis die glatt rasierte Muschi vor ihm aufklaffte wie eine Auster und selbst ihr Innerstes noch offenbarte.

Die Kliti sprang hervor aus ihrem Nest und richtete sich stolz auf. Sie war deutlich angeschwollen, fast meinte Robert sehen zu können, wie sie bebte.

Er befeuchtete die Kuppen seines Zeigefingers und Daumens mit Speichel und nahm die Perle dazwischen, während er gleichzeitig mit der anderen Hand die äußeren Schamlippen weit aufspreizte.

Da bereits begann Dorothee unterdrückt zu keuchen, dann zu stöhnen. Er massierte zuerst sanft die Kliti zwischen seinen Fingerkuppen. Sie wurde dabei prompt nochmals spürbar größer – also steigerte er die Intensität allmählich und schob schließlich zusätzlich noch einen Finger in das darunterliegende Loch.

Dorothees gesamter Körper wurde von einem Beben ergriffen.

Er beugte sich hinunter und brachte statt der Finger nun seine Zunge zum Einsatz. Eine sehr nasse Zunge, reichlich eingespeichelt, als natürliches Gleitmittel. Seine Schöne sollte nicht glauben, er hätte ein Stück Sandpapier zwischen den Zähnen stecken.

Robert saugte, lutschte und leckte ihre Kliti, steckte dann die Zungenspitze in Dorothees überfließende Muschi und leckte auch hier mit Hingabe, als wollte er ihren süßen Saft auslutschen.

Sie warf mittlerweile den Kopf in den Kissen hin und her und krallte sich mit beiden Händen an den Laken fest.

»Ich will deinen Schwanz!«, forderte sie schließlich stöhnend.

»Gleich«, versprach er. Und legte ihr eine Hand mit leichtem Druck auf den Unterbauch, knapp über dem Venushügel. Dann züngelte er sie wieder, härter dieses Mal, rein die Zunge und wieder raus und wieder rein, wobei er den Druck mit der Hand gleichzeitig ebenfalls verstärkte und allmählich in eine Art Druckmassage übergehen ließ.

Er wusste, dadurch entspannten sich sämtliche Muskeln im Beckenbereich. War die Blase gut gefüllt, fühlte sich das besonders lustvoll an.

Er wusste ebenfalls, dass manche Frauen sich hierbei nicht mehr länger beherrschen konnten und erst einige Tröpfchen Urin absonderten, ehe sie unmittelbar darauf explosionsartig kamen.

Dorothee gehörte zu dieser Sorte, wie er gleich darauf beglückt feststellen durfte.

Sein Schwanz war nun ebenfalls mehr als bereit, das Timing also genau richtig.

In dem Moment, als Dorothees Becken begann, sich spürbar unter seiner Hand zusammmenzuziehen, schob er sich zwischen ihre weit gespreizten Schenkel und senkte sich langsam und genüsslich bis an die Wurzel in ihr klaffendes, leise schmatzendes Loch.

Robert war ziemlich gut gebaut und daran gewöhnt, dass die meisten Frauen in diesem Moment bereits kamen. Natürlich nur, wenn sie vorher überaus erregt waren. Aber dafür sorgte er stets.

Sie fühlten sich durch seinen mächtigen Kolben wie in zwei Hälften gespalten, hatte man ihm gestanden. Wenn er langsam und zentimeterweise eindrang, flippten sie vor Ekstase regelrecht aus. Und – EXPLOSION!

Dorothees Orgasmus hielt überdurchschnittlich lange an und verpasste seinem Kolben eine höchst willkommene Massage durch heftiges Zucken und Krampfen.

Einfach durchhalten, Robert, sagte er sich, *das hier ist fantastisch, genieß es, so was kriegst du nicht jeden Tag geboten. Dieses Mädchen hat dermaßen gut trainierte Muskeln da drinnen, es ist schier unglaublich.*

Er brauchte tatsächlich kaum mehr etwas zu tun, zwei oder drei Mal am Ende hart in Dorothee hineinzustoßen, das war's auch schon: Eine heiße, glühende Welle durchjagte buchstäblich seinen gesamten Körper, er bekam regelrecht eine Gänsehaut dabei.

Sein Schwanz entleerte sich abrupt, während Dorothees mittlerweile tropfende Möse noch immer zuckte und ihre Besitzerin einen unterdrückten Schrei ausstieß.

Hinterher verwandelte sie sich sofort wieder in die vollendete Gastgeberin.

»Die Leute werden sich wundern, wo ich stecke!«, sagte sie, stand auf, strich ihr Seidenkleid glatt und fuhr sich rasch mit beiden Händen durch die Mähne. Und schon wirkte sie wieder wie aus dem Ei gepellt, es war unglaublich.

»Lass dir ruhig Zeit! Du kannst auch hier drinnen bleiben, wenn du möchtest. In spätestens einer Stunde sind sicher alle verschwunden, dann spielen wir weiter, Süßer!« – sie beugte sich hinunter zu Robert und gab ihm einen frechen Zungenkuss, der ihn, wenn er nicht gerade erst gekommen wäre, sofort wieder angetörnt hätte. Jedenfalls versprach er mehr, für später.

»Klingt gut. Ich kenne ohnehin nicht so viele Leute auf deiner Party hier!« – er lachte heiser und leise.

»Haha, wen kennst du denn überhaupt?«

Natürlich, das hatte ja kommen müssen! Ladys wie sie fragen nie direkt, die haben ihre verschlungenen Pfade zur Wahrheit ...

»Tja«, sagte Robert, »Bruno zum Beispiel! Aber der scheint nicht hier zu sein.«

»Kein Wunder. Ich kenne keinen Bruno, also kann ich ihn ja wohl schlecht eingeladen haben.«

Sie trickst und blufft also weiter ... Allerdings hatte Robert ebenfalls nicht vor, klein beizugeben: »Ach, weißt du, Maren kennt ihn, und Sabrina ebenfalls. Frag doch die beiden Täubchen nach ihm.«

Der Trick schlug voll ein.

»Hast du was mit den beiden? Oder mit einer ...« – Dorothee zögerte kurz – »... oder gehabt?«

»Ist das wirklich wichtig, Dorothee?«, fragte er zurück. »In jedem Fall ist es Schnee von gestern. Und jetzt geh raus und sieh zu, wie du deine Gäste so bald wie möglich loswirst. Ich glaube, hier regt sich bereits wieder jemand.«

Sie kicherte und machte, dass sie aus dem Zimmer kam. Und Robert legte sich gemütlich in die Kissen zurück und schlummerte ein Weilchen. Es war klar: Er würde seine Kräfte heute Nacht noch einige Male brauchen.

SÜSSE RACHE IM HOTEL

Aus Florida schrieb Anja zwei rätselhafte Postkarten nach Hause. Eine an ihren Mann, die andere an ihre beste Freundin ...

Der Tauchlehrer hieß Juan und war ein echter Knaller, in jeder Hinsicht. Jung und gleichzeitig alt genug, verdammt wohlproportioniert und natürlich obendrein knusprig braun gebrannt, zumindest an den sichtbaren Partien seines Heldenkörpers.

Außerdem schien er ein Faible für blonde Mädchen mit Kurven an den richtigen Stellen zu haben, denn er ließ Anja von dem Moment an, wo sie an Bord des Segelbootes gekommen war, nicht mehr aus den Augen.

Sie konnte seine Blicke auf ihrer Haut spüren, ohne Juan überhaupt anzusehen, und genoss das Gefühl. Sie empfand sich selbst dadurch auf einmal als begehrenswert und gar nicht pummelig, wie so manches Mal, wenn sie es wagte, eines dieser Modehefte mit all den magersüchtigen Models durchzublättern.

Auch ihr Körper reagierte bereits auf seine Weise, sie brauchte gar nicht an sich hinabzusehen, sie wusste es auch so: Ihre Brustwarzen hatten sich längst in zwei steife Knöpfchen verwandelt und stachen durch den dünnen Stoff ihres eng anliegenden neonpinkfarbenen Badeanzugs hindurch.

Jeder – nicht nur der dafür verantwortliche Juan – konnte das Phänomen beobachten.

Trotzdem aalte sie sich bald darauf genüsslich an Deck in der Sonne. Sollten sie ruhig gucken, die anwesenden Männer, sie war immerhin Tausende Kilometer von zu Hause entfernt, niemand hier kannte Anja, sie war einfach eine normale Touristin. Ohnehin zwängten sich die meisten der Mitsegler bereits in ihre Taucheranzüge und waren damit ausreichend anderweitig beschäftigt.

Juan hielt derweil einen Vortrag über das richtige Verhalten unter Wasser, was auch ihn ein wenig ablenkte, obwohl seine dunklen Augen trotzdem oft genug noch den Weg fanden ... Anja hörte ihm nur mit einem Ohr zu. Sie hatte nicht vor, an dem angebotenen Tauchlehrgang teilzunehmen. Sie war überhaupt noch nie getaucht, und es war auch das erste Mal, dass sie so weit von zu Hause weg war.

Zwar gehörte Florida seit jeher zu ihren anvisierten Traumzielen. Aber damals bei ihrer Hochzeit mit Thomas hatten die beiden Flitterwöchner nicht genügend Geld gehabt für solch teure Ferien. Und später machte Thomas sich mit seiner eigenen Computerfirma selbständig. Nun war zwar bald genug Geld da, aber bei Thomas keine Zeit mehr für einen Urlaub, der ein verlängertes Wochenende überstieg.

Anja seufzte leise und drehte sich dabei auf den Bauch. Sie schob die Träger des Badeanzugs von den Schultern, um hässliche Streifen beim Bräunen zu vermeiden. Wieder bemerkte sie den anerkennenden Seitenblick, den Juan ihr zuwarf.

Anja schmunzelte. Ihre Gedanken wanderten zurück zu Thomas, der jetzt vermutlich bei Schmuddelwetter in seiner Firma saß und arbeitete. Jedenfalls wenn sie die Zeitverschiebung zwischen Florida und Europa im Kopf richtig kalkuliert hatte.

Zu Hause sollte jetzt wohl früher Morgen sein. An dieser Stelle schob sich plötzlich ein neuer, unerfreulicher Gedanke in den Vordergrund: *Vielleicht liegt Thomas ja gerade in Heikes Armen ...*

Anja musste unwillkürlich schlucken, als ihr diese Möglichkeit dämmerte. Und es war definitiv eine Möglichkeit!

Immerhin waren Thomas und Heike alte Freunde, sie kannten einander tatsächlich schon ewig. Jedenfalls länger als Anja und Thomas.

Eine Zeit lang, vor Anjas Eintritt in sein Leben, war Thomas sogar in Heike verliebt gewesen. Aber die hatte damals gerade ihr kleines Reisebüro eröffnet und damit andere Sorgen als die Liebe. Zumal sie total in ihrem Beruf aufgegangen war, damals jedenfalls. So war aus den beiden auch nie ein Liebespaar geworden.

Thomas selbst hatte die Geschichte am Beginn ihrer Bekanntschaft erzählt, und im Grunde hatte Anja sich nie viel dabei gedacht. Jetzt war ja sie es, in die er verliebt war, und sie erwiderte seine Gefühle. Wozu sich also Sorgen machen um längst gelegte Eier?

Im Grunde sind die beiden damals nur aus Mangel an Gelegenheit nicht zusammengekommen! Gefühle können auch wieder aufflammen, manchmal nach Jahren noch ...

Anja setzte sich mit einem Ruck auf – wobei sie gerade noch das Oberteil des verflixten Badeanzugs festhalten konnte – und fing sich einen erstaunten Juan-Blick ein. Sie zwinkerte dem Tauchlehrer kurz zu und legte sich wieder zurück, um weiter zu grübeln.

In letzter Zeit hatten die beiden wieder verdächtig vertraut miteinander gewirkt! Und dann Thomas' Vorschlag an Anja, doch alleine nach Florida zu fliegen, sich den lang gehegten Wunsch endlich zu erfüllen, wofür er in absehbarer Zeit ohnehin keine Zeit hätte …

Dann konnte Heike auch noch prompt kurzfristig dieses supergünstige Last-Minute-Angebot »für meine beste Freundin« aus dem Ärmel zaubern!

Ehe Anja es sich's versah, saß sie auch schon im Flugzeug.

Während die beiden jetzt zu Hause sturmfreie Bude haben …

Erneut fuhr Anja hoch, so sehr elektrisierte sie die zwingende Logik ihrer Erkenntnis.

Natürlich! Wie hatte ich nur so verdammt blind und blauäugig sein können?

Im nächsten Moment bemerkte sie trotz ihrer Verärgerung, dass das Oberteil ihres Badeanzugs nicht dort saß, wo es eigentlich sollte. Dieses Mal hatte sie vergessen, es festzuhalten, und das dumme Teil hatte sich prompt selbständig gemacht und war der Schwerkraft gefolgt.

Juans Augen wurden groß und rund und verrieten deutlich sein Entzücken über den hübschen Anblick.

Anja blieb äußerlich gelassen, cool schob sie die Träger zurück an die angestammte Position. Allzu lange hatte sich der Tauchlehrer nicht an dem Anblick erfreuen können, der sich ihm da so unerwartet geboten hatte.

Sie musste fast kichern, als sich prompt ein enttäuschtes Grinsen auf sein Gesicht stahl. Wieder zwinkerte sie ihm zu, immerhin wusste sie, wie hübsch ihre vollen Brüste waren, es gab keinen Grund, sich für irgendetwas zu schämen. Sie hatte sie auch nicht absichtlich zur Schau gestellt, ihre innere Erregung war echt gewesen, nur deshalb war ihr das kleine Malheur überhaupt passiert.

Sie sandte einen kleinen strafenden Blick in Juans Richtung: *Bilde dir bloß nichts ein, Junge, hörst du?*

Er erwiderte den Augenkontakt ganz offen, keineswegs unverschämt, im Gegenteil: Sie las die Bewunderung in seinen erweiterten Pupillen.

Wieder ertappte Anja sich dabei, wie sie diese Bewunderung von Herzen genoss.

Und falls Thomas und Heike tatsächlich zu Hause miteinander ... dann habe ich auch alles Recht der Welt, mich dafür zu rächen, auf meine Weise!

Juan war jetzt endgültig mit seinem Vortrag fertig und kam zu ihr herübergeschlendert. Er trug zu dem Zeitpunkt lediglich eine knapp geschnittene Badehose spazieren, die seine imposante Männlichkeit unterstrich. Den Taucheranzug hielt er bereits in der Hand, gleich würde er seinen Prachtkörper darin verstauen, dann war es erst mal vorbei mit der Augenweide. Vorsorglich sah sich Anja schon mal satt an ihm, als er jetzt tatsächlich auch noch neben ihr auf dem Deck niederkniete. Dabei kam er ihr so nahe, dass sie den Duft seiner sonnengebräunten Haut wahrnehmen konnte. Eine Mischung aus Nussöl und Moschus – *keine Ahnung, wie er das hinbekommt, der schöne Juan.* Anja nahm jedenfalls einen tiefen Atemzug davon. Und gleich ging es ihr besser, die unguten inneren Gefühle verschwanden, dafür rauschte das Blut jetzt hörbar in ihren Ohren, außerdem fuhr ein Kribbeln ihren Rücken hinunter.

»Das Korallenriff hier ist sagenhaft!«, sagte Juan und sah ihr dabei direkt ins Gesicht. »Möchten Sie nicht vielleicht doch mitmachen? Es gibt Schwärme von bunten tropischen Fischen da draußen, die den Tauchern direkt aus der Hand fressen!« Seine dunklen Augen wanderten wieder einmal über Anjas Kurven, obwohl er versuchte, dies zu vermeiden, aber irgendwie wollte es ihm nicht gelingen, und sie amüsierte sich insgeheim über seine charmante Verlegenheit.

Und natürlich jagten ihr seine Blicke weitere Lustschauer über den Rücken …

»Nein, vielen Dank, aber ich möchte wirklich nicht!«, versicherte Anja dem geduldig wartenden Juan. »Ich bin auch noch nie getaucht, ich bekäme wahrscheinlich unter Wasser Platzangst.«

»In dem Fall müssten wir auch zuerst im Hotel-Swimmingpool üben!«, sagte er. »Aber mit dem Schnorchel könnten Sie es auf alle Fälle versuchen, das kann jeder Anfänger auf Anhieb, ich weise Sie gerne ein.«

Er gab nicht auf, selbst als sie heftig den Kopf schüttelte. »Ich kümmere mich bestimmt um Sie! Es ist auch überhaupt nicht schwierig, Sie werden sehen. Schwimmen können Sie doch – oder?«

Anja musste an dieser Stelle lachen und nickte dann zustimmend und durchaus zu ihrer eigenen Überraschung. Sie hatte nicht vorgehabt, heute überhaupt ins Meer zu gehen. Das Salzwasser konnte blonde Haare

und neonpinkfarbene neue Badeanzüge allzu leicht an-
greifen, hatte sie sich sagen lassen. Dennoch hörte sie
sich jetzt laut antworten: »Also gut! Schließlich bin
ich um die halbe Welt geflogen, um das hier einmal
zu sehen.«

Juan lachte jetzt auch, er klang zufrieden. Dann
reichte er ihr die Hand und zog sie hoch vom Deck.

Ehe er Anja wieder losließ, streifte er mit seinem
Zeigefinger leicht über ihre Handfläche, bis hinunter
zum Handgelenk. Sie zuckte zusammen, ein unerwartet
heißes Gefühl von Zärtlichkeit jagte durch ihren Körper.

Dann war es vorbei, sie wandte sich ab. Er sollte sie
nicht sehen, diese verräterische Röte, die ihr in die Wangen gestiegen war.

Einige Minuten später befanden sich alle, bis auf die Be-
satzungsmitglieder, im Wasser. Anja ließ sich von Juan
helfen, die Taucherbrille richtig anzulegen. Er schob
ihr auch den Schnorchel in den Mund und erklärte ihr
währenddessen das richtige Atmen. Später tauchte er
dann an ihrer Seite im Wasser auf.

Er zeigte ihr die schönsten Stellen des Riffs.

Anja war überwältigt von der lebendigen, bunten
Unterwasserwelt. Sie überließ sich Juans Führung,
bis er wieder zur Tauchgruppe hinuntermusste. Allein
schwamm sie zum Boot zurück, kletterte an der Strick-
leiter hoch an Bord.

Am späten Nachmittag nahm das Boot Kurs auf Key
West.

Der Wind hatte kräftig aufgefrischt, es herrschte
ideales Segelwetter.

Anja saß jetzt auf dem Oberdeck, ihre Haare flatterten im Wind, sie genoss das Auf und Ab der Wellen.

Juan hatte ihr einen eisgekühlten Rumpunsch gebracht. Er plauderte ganz in der Nähe mit einem der Matrosen. Unter halb geschlossenen Augenlidern hervor beobachtete Anja seinen braunen muskulösen Körper.

Er war wirklich ein sexy Typ, der Herr Tauchlehrer!

Die langen dunklen Haare trug er straff nach hinten gekämmt. Das hob die hohen Wangenknochen hervor und verlieh seinem Gesicht eine zusätzliche interessante Note.

Anjas Blick wanderte weiter zu den straffen Bauchmuskeln. Die Bewegungen des Segelbootes schienen sich in ihrem Körper fortzusetzen, sie spürte jetzt nämlich ein Ziehen im Becken, das immer stärker wurde, mit jeder Bewegung der Wellen.

Das Schiff hob und senkte sich im selben Rhythmus. Das Ziehen verstärkte sich, und Anja spannte unwillkürlich die Beckenmuskulatur an. Sie konnte dabei den Blick nicht von Juans Körper lösen. Wieder jagte ein Schauer durch sie hindurch, und plötzlich kam es ihr so vor, als würde sie im Innern explodieren: Der Orgasmus kam so heftig, dass er nur allmählich wieder abflaute. Immer wieder jagten noch neue Schauer durch Anjas Becken, sie konnte es bis hinauf in die Nippel ihrer Brüste kribbeln spüren.

In Key West verabschiedete Anja sich eher flüchtig von Juan. Der Hotelbus wartete bereits.

»Hotel Alexa, nicht wahr?«, flüsterte der Tauchlehrer

ihr noch zu, ehe sie einsteigen konnte. »Ich komme um zehn an die Bar. Okay?«

Anja zeigte keinerlei Überraschung. »Okay!«, sagte sie und verschwand dann rasch im Bus. Juan brauchte ja nun wirklich nicht zu bemerken, wie verlegen sie bereits wieder geworden war. Sie war nicht mehr ans Flirten gewöhnt, daran lag es wohl. Und – na ja – er verwirrte sie mehr, als sie sich selbst eingestehen mochte.

Und überhaupt war an allem nur diese Geschichte zwischen Thomas und Heike schuld!

Jawohl, daran lag es ganz eindeutig. Die beiden hatten was miteinander.

Zurück im Hotelzimmer, fiel Anjas Blick als Erstes auf das Häufchen Ansichtskarten, das geduldig darauf wartete, geschrieben und abgeschickt zu werden.

Warum nicht gleich? Juan kommt ja erst um zehn …

Sie griff nach den Karten und überlegte, wobei sie rasch zu einer Entscheidung kam: zuerst an Thomas ein paar Zeilen, dann an Heike.

Natürlich durchzuckte sie sofort wieder dieser Gedanke, ob die beiden tatsächlich miteinander …?

Na wartet! Ich werde euch ein kleines Rätsel aufgeben.

Anja legte zwei Ansichtskarten nebeneinander und begann zu schreiben.

Auf die linke Karte: *Lieber Schatz!*

Auf die rechte: *Liebe Heike!*

Dann ging es weiter: *Hier sind die Nächte einfach traumhaft. Über mir der Sternenhimmel, Palmen wiegen sich im Wind, Meeresrauschen dringt an mein Ohr. Eine Steelband spielt Liebeslieder. Es ist wie im Para-*

dies, nur die Schlange fehlt – bis jetzt! Ist das Wetter zu Hause noch so grauenhaft wie bei meinem Abflug?

Tausend Küsse und Grüße

Bis hierher eigentlich ein ziemlich belangloser Text. Ein Urlaubskartengruß eben an die armen Daheimgebliebenen. Nur war hier eine Kleinigkeit anders: Dieser Text war über zwei getrennte Karten einfach hinweggeschrieben worden!

So stand auf Thomas' Karte jetzt zu lesen:

Lieber Schatz!

Hier sind die Nächte/der Sternenhimmel, Palmen wiegen/dringt an mein Ohr. Eine/Liebeslieder. Es ist wie im/fehlt – bis jetzt! Ist das/wie bei meinem/Tausend Küsse

Und darunter setzte sie jetzt schwungvoll:

Deine Anja

Auf der anderen Karte stand zu lesen:

Liebe Heike!

einfach traumhaft! Über mir/sich im Wind, Meeresrauschen/Steelband spielt/Paradies, nur die Schlange/ Wetter zu Hause noch so grauenhaft/Abflug?/und Grüße

Darunter setzte sie jetzt noch ebenso schwungvoll wie auf Thomas' Karte: *Anja*

Sie lächelte schadenfroh in sich hinein.

Wenn die beiden sich tatsächlich treffen, dürften sie keinerlei Schwierigkeiten mit dem Text haben. Sie brauchen ja bloß ihre beiden Karten nebeneinanderzulegen. Jedenfalls wissen die beiden Turteltäubchen dann auch sofort, dass sie mich nicht für dumm verkaufen können!

Anja warf die Karten noch rasch an der Rezeption in den Postkorb, ehe sie an die Bar eilte.

Juan wartete bereits auf sie.

Er trug einen weißen Leinenanzug und sah darin schlicht und ergreifend *umwerfend* aus.

Nun, sie würde sich die Gelegenheit nicht entgehen lassen. Rache war wohl wirklich süß, wenn man es nur von der richtigen Warte aus betrachtete.

Oder mit anderen Worten: Was Thomas und Heike in Dortmund konnten, das konnten Anja und Juan auf Key West schon zweimal.

Juans Zähne blitzten schneeweiß, als er sie jetzt anlachte.

»Meine Schöne«, murmelte er an ihrem Ohr, »schenkst du mir diesen Tanz?«

Noch während sie in seinen Armen dahinschwebte, küsste er sie zum ersten Mal. Und Anja ließ es nicht nur zu, sie erwiderte den Kuss sogar. Ziemlich heftig noch dazu.

Ein Weilchen später fragte er dann: »Gehen wir hinauf?«

Sie nickte nur.

Als die Zimmertür hinter ihnen ins Schloss fiel, merkte Anja, wie sie am ganzen Körper auf einmal bebte. Gleichzeitig wurde ihr klar: Sie bebte vor Verlangen nach diesem gut gebauten schönen Kerl, nicht etwa vor Angst oder Reue oder gar schlechtem Gewissen. Gott behüte!

Als Nächstes spürte sie die Feuchtigkeit zwischen ihren Schenkeln.

Ans Aufhören war jetzt nicht mehr zu denken.

Juans heiße, verlangende Lippen pressten sich auf ihren Mund, gleichzeitig glitten ein Paar kräftiger Männerhände über ihren Körper. Sie stöhnte leise und wurde weich und nachgiebig unter diesen zupackenden Griffen.

Juan drängte sie energisch zum Bett hinüber, sie sanken engumschlungen darauf nieder.

Anja tastete sofort nach dem Reißverschluss seiner Hose. Sie hatte es auf einmal ebenfalls eilig. So eilig, als könnte er ihr plötzlich weglaufen oder als erwachte sie aus einem feuchten Traum und fürchtete sich davor, wieder allein im Bett zu liegen wie die Nächte zuvor.

Rasch und zielsicher befreite sie seine bereits steinharte Männlichkeit aus ihrem Gefängnis.

Juan stöhnte immer lauter, als sie ihn zunehmend härter zu kneten und zu liebkosen begann.

Er schob mit beiden Händen gleichzeitig den weiten Rock ihres luftigen Kleides bis weit über ihre Hüften nach oben.

Mit einem Ruck zog er ihr den dünnen Slip darunter aus und machte sich beinahe sofort über sie her.

Sein Gewicht senkte sich auf sie, und Anja genoss die Art, wie er ihr sein Begehren zeigte.

Sie wartete darauf, dass sein großer Schwanz jetzt gleich in sie eindringen würde, aber mit einem Mal schien Juan keine Eile mehr zu haben.

Sie spürte, wie seine Hand die empfindlichsten Stellen zwischen ihren Schenkeln ausgiebig liebkoste, dann versenkte sich ein Finger tief in ihrem vor Ungeduld und Gier zuckenden Loch, wurde wieder herausgezogen, fand dafür den Lustknopf in der Mitte, spielte damit, bis Anja vor Lust laut aufstöhnte.

Etwas Hartes, Großes und außerordentlich Steifes berührte ihren Venushügel, sie hob instinktiv ihre Hüften und spürte, wie das riesige Teil langsam in sie eindrang.

Augenblicklich begann Anja sich aufzulösen, davonzufliegen auf den Wellen der Lust.

Dies hier war noch viel besser als das kleine Intermezzo heute Nachmittag auf dem Segelboot!

Juan stieß jetzt heftiger, sie fing seine Stöße auf, parierte sie, keuchte und schrie – und kam auch schon.

Er bäumte sich nun ebenfalls auf und brach nach einigen Sekunden, in denen sein muskulöser Körper heftig zuckte, einfach über Anja zusammen. Mit einem Seufzer vergrub er das Gesicht in ihrer Halsbeuge: »Tut mir leid, ich war zu schnell, konnte mich nicht mehr bremsen.«

Aber sie schnurrte zärtlich lachend in sein feuchtes, wirres Haar: »Juan, Juan ... ich war sogar noch schneller als du. Außerdem haben wir Zeit, oder nicht?«

»Beim ersten Mal passiert das schon mal!«, versuchte er sich noch einmal zu verteidigen.

»Hör mir doch zu, Süßer, es ist alles okay, bestens, wunderbar. Du bist wunderbar ...«

Endlich schien er begriffen zu haben. »Wenn du meinst ...« Dann küsste er sie zärtlich.

Nach einem Weilchen fiel ihm noch etwas ein zu dem Thema: »Und du bist wunderschön und sexy. Deine Kurven hauen mich einfach um. Ich kann mich gar nicht mehr beherrschen!«

Sie lachte hell auf, ehe sie in neckischem Tonfall sagte: »Letzteres musst und sollst du ja auch gar nicht!«

Sie liebten sich in dieser Nacht noch mehrere Male, ehe er sie verließ: »Wir sehen uns morgen!«, raunte er zum Abschied, schon in der Tür. »Ich habe ein eigenes kleines Boot, wir fahren zu einem einsamen Strand.«

Die letzte Nacht war gekommen.

Das Telefon klingelte. Es war drei Uhr früh in Key West, Florida. Anja tastete nach dem Hörer. Juan schlief einfach weiter, den gesunden Schlaf des erschöpften, aber mit sich zufriedenen Helden.

»Liebling, ich bin es!«, sagte Thomas' Stimme. »Ich habe deine Karte heute bekommen. Diese unvollständigen Sätze ... ich habe gleich kapiert! Mir geht es ja genauso wie dir. Ohne dich fühle ich mich ebenso wie die abgetrennte Hälfte eines Ganzen. Das nächste Mal verreisen wir zusammen, das verspreche ich dir!«

Anja lächelte versonnen, ehe sie sich von ihrem Mann verabschiedete und leise den Hörer wieder auflegte.

Wie Heike ihre Hälfte des Rätsels wohl löst?

DER STRASSENMUSIKANT

Mit Robert ist es aus und vorbei. Sie reist alleine nach Graz, um zu vergessen. Dort hört sie in einer Gasse sanfte Gitarrenklänge und schaut kurz darauf in zwei eisblaue Augen. Und dann reitet sie plötzlich der Teufel …

Eigentlich hatten wir in diesem Herbst in die Karibik gewollt, Robert und ich. Aber dann musste er sich unbedingt diese Sache mit einer gewissen Angie leisten, und das war's dann mit der Karibik.

Ich meine, ich hatte ja keine andere Wahl, ich musste ihn rausschmeißen. Immerhin lief der Mietvertrag auf meinen Namen, ansonsten wäre ich eben gegangen.

Es ist eine echte Zumutung, wenn man den Kerl, mit dem man seit immerhin sechs Monaten Tisch und vor allem das Bett teilt, in ebendiesem Möbelstück mit einer anderen Frau vorfindet.

Zu allem Überfluss waren die beiden auch noch heftig mitten dabei, als ich unvermutet früher als gewohnt vom Job nach Hause kam.

Die Tussi stöhnte so laut – ich hörte sie sofort, als ich die Wohnungstür öffnete.

Er hatte sich von ihr an die Bettpfosten binden lassen, mit vier von *meinen* heiß geliebten Seidenschals noch dazu! Ich besitze eine ganze Sammlung davon, bringe von jeder Reise mindestens einen neuen mit nach Hause. Es war eine bodenlose Frechheit, dieses Weibsstück an meine Schals zu lassen, um …

Nein, ich bin nicht prüde, ganz und gar nicht! Es ist vielmehr so, dass Robert sich meistens stur für die gewohnte Missionarsstellung entschied, sooft ich auch gerne mal was Neues ausprobiert hätte. Ich konnte vorschlagen, was ich wollte, es ließ ihn kalt, wie es schien.

Im äußersten Fall ließ er mich schon mal gerne auf seinem besten Stück herumtoben, auch Französisch ließ er sich zwischendurch gefallen, ohne sich jedoch dafür zu revanchieren, wohlgemerkt!

Und jetzt plötzlich das: *Fesselspiele!*

Mit einem fremden Luder. Das zu allem Überfluss in einem offenherzigen Ledermieder steckte (die leuchtend roten Brustwarzen stachen durch zwei Löcher ins Freie), zu dem es schwarze Strapse, schwarze Seidenstrümpfe und ein Paar knallrote hohe geschnürte Lederstiefel trug. Und in der rechten Hand obendrein eine allerliebste kleine Peitsche.

Als ich das Schlafzimmer betrat, ritt die Lederdame meinen zu diesem Zeitpunkt zukünftigen Ex übrigens gerade, wobei sie das Peitschchen allerliebst über ihrem Kopf schwang. Wozu, ist mir bis heute schleierhaft, aber die Geschmäcker sind eben auch in erotischer Hinsicht verschieden.

Allerdings musste sie die Peitsche zuvor anderweitig eingesetzt haben, denn als Nächstes entdeckte ich breite rote Striemen, die sich quer über Roberts Schenkel und auch den Brust- und Schulterbereich zogen.

Sein Gesicht wirkte gerötet und aufgedunsen, außerdem schwitzte er heftig, während das wilde Weib auf seinem Schaft auf und ab flog.

Der Anblick seines edlen Spenders versetzte mich jedoch am meisten in Erstaunen.

Ja, ich war tatsächlich mehr erstaunt als geschockt. Denn was meine Augen da entdeckten, hätte einem Hengst (na gut, einem Pony-Hengst) zur Ehre gereicht.

Bei mir hatte Robert meistens nur so eine Art Halbsteifen zustande gebracht – » *Was willst du denn, Schätzle, ich weiß gar nicht, was du hast. Zum Liebemachen reicht's doch völlig aus?* «

Manchmal fiel ihm die Latte dann auch noch völlig zusammen, sobald er in mir steckte. Es dauerte jedes Mal eine ganze Weile, bis ich ihn wieder – mit Mund- und Handarbeit – zur liebesfähigen Halbsteife gebracht hatte, damit wir weitervögeln konnten.

Er schob es immer öfter auch auf den Stress im Job, und tatsächlich lief es seit einem Monat, von dem Tag an, als er seinen Job verloren hatte, schlagartig besser im Bett.

Ich sagte mir, dass Robert eben ein äußerst sensibler Mann war, und stellte mich innerlich darauf ein, in Zukunft alleine das Geld nach Hause zu bringen.

Es machte mir nichts aus, ehrlich!

Robert konnte gut kochen und tat es auch gerne. Außerdem scheute er selbst vor den notwendigen Putz- und Bügelarbeiten im Haushalt nicht zurück, die ich wiederum hasste.

Wenn dazu noch sein Appetit auf Sex und gleichzeitig die Ständerqualität zunahmen, so sagte ich mir, war ich gerne bereit, im Gegenzug die notwendigen finanziellen Mittel aufzubringen.

Nie im Leben hätte ich allerdings erwartet, eines Tages diesen Anblick ertragen zu müssen: Roberts Schwanz in voller siegreicher Heldenpose, während eine andere Frau sich vor Lust windet und dazu schreit wie buchstäblich am Spieß.

Aber das Höchste sollte gleich noch kommen.

Während die Tussi mich bloß blöde anglotzte mit ihren Fischaugen und einem ebensolchen offen stehenden Maul, grinste Robert mich lüstern an.

»Hey, Süße, zieh dich aus und mach mit!«, kommandierte er. »Los, lass mich zuerst deinen Arsch sehen, anschließend ficke ich dich dann da hinein, das wolltest du doch immer!«

In dem Augenblick gingen mir die Nerven durch.

Ich erinnere mich noch, dass ich dem Lederweib die Peitsche aus der Hand riss und damit auf ihren nackten Hintern und schließlich auch auf die Brustwarzen zielte.

Sie kreischte, sprang zuerst von Robert und dann vom Bett und raste aus unserem Schlafzimmer.

Ich wandte mich meinem zukünftigen Ex zu und gab es jetzt ihm mit der allerliebsten Peitsche.

Das Ding war wirklich nicht sehr groß, aber aus schönem Leder und vermutlich handgefertigt. Es pfiff so wunderbar in der Luft – ich war mir deshalb sicher, die Hiebe taten wirklich weh!

Als ich die Peitsche auf Roberts steifen Schwanz und die Lederbeutel darunter sausen ließ, jaulte er auf – und spritzte in hohem Bogen ab! Wobei das Teil zuckte und pumpte – ich konnte alles direkt mit ansehen und war gegen meinen Willen fasziniert.

Ich muss zugeben, hätte er nicht soeben abgespritzt gehabt, ich hätte glatt meinen Rock gehoben und meine Möse auf Roberts wilden Hengst abgesenkt, um zumindest einmal im Leben dieses Vergnügen genossen zu haben.

Aber leider war es ja nun zu spät dafür, und schließlich wollte ich nur noch, dass mir der Mistkerl aus den Augen ging, und zwar für immer.

Ich entknotete alle vier Seidenschals, die ich ebenfalls nie wieder im Leben tragen würde, wischte damit das Sperma von seinem Bauch und der Brust – o ja, der Hengst hatte weit gespritzt! – und warf ihm die zusammengeknüllten Tücher mitten ins Gesicht.

»Und jetzt pack sofort deine Sachen und verschwinde, Robert! Es ist aus und vorbei, ich will dich nie wiedersehen.«

Draußen hörten wir in diesem Moment die Wohnungstür zuknallen. Die Lederfrau hatte das Feld geräumt.

»Angie!«, rief Robert noch laut und irgendwie verstört klingend, aber ich bezweifle, dass sie ihn gehört hat.

Er ist übrigens noch am selben Tag bei der Tussi – Angie Müllermeyer: Man stelle sich das mal vor! – eingezogen. Das erfuhr ich allerdings erst später, als mir zum Glück schon fast alles wieder egal war.

So endete also mein Traum von einem Urlaub zu zweit in der fernen Karibik.

Dummerweise hatte ich die beiden Urlaubswochen bereits vor Monaten im Firmenplan eingetragen, und da kam ich jetzt natürlich nicht mehr raus. Alleine so weit verreisen mochte ich allerdings auch nicht, was also tun?

Hella, seit Jahren meine beste Freundin, hatte prompt eine ihrer abgefahrenen Ideen.

»Schau«, sagte sie an jenem Abend in ihrem Wohnzimmer – wir saßen bei einer Flasche Prosecco gemütlich beisammen –, »ich habe hier ein paar Reiseziele, die mir spontan eingefallen sind, auf kleine Zettel geschrieben. Du greifst jetzt in diesen Korb und ziehst dein Urlaubslos. Und der Ort, der draufsteht, ist dann dein Urlaubsziel. Basta.«

»Gib schon her«, maulte ich eher lustlos.

Ich tat einen Griff in das Körbchen und zog ein gefaltetes Stück Papier hervor.

»Graz in der Steiermark«, las ich leiernd ab, nachdem ich den Fetzen entfaltet hatte. Dann stöhnte ich entsetzt auf, als mir zu Bewusstsein kam, wohin ich also reisen würde.

»Du lieber Himmel! Hella, was soll ich denn dort? Du und deine spontanen Einfälle, o nein!«

Hella blieb ungerührt. »Das Orakel hat gesprochen! Mit Sicherheit zu deinem Besten, wir werden ja sehen, was du nach deiner Rückkehr sagst, Iris.«

»Vermutlich gar nichts mehr, weil ich vor Langeweile inzwischen gestorben sein werde«, ätzte ich.

Hella blieb ungerührt. »Graz ist super, du wirst schon sehen. Außerdem findet dort zur Zeit deines Aufenthalts immer der *Steirische Herbst* statt. Mit Jazzkonzerten, Theateraufführungen, gutem Essen und tausend Möglichkeiten zum gepflegten Flirten, wie es heißt! Die Österreicher haben es in sich, das kann ich dir aus eigener Erfahrung sagen.«

»Ich danke für den Tipp. Weitere Hinweise brauche ich nicht, aber eines kann ich *dir* sagen: Wehe, mir wird es dort zu langweilig, dann schuldest du mir was, meine Liebe!«

Hella grinste verschmitzt. »Schau mal«, sagte sie und zog einen weiteren Zettel, den sie zuerst entfaltete und dessen Text sie dann ablas: »Reise nach Holland, inklusive zweier Wochenenden in einem Swingerclub. Leicht zu buchen übers Internet.«

Ich starrte sie sprachlos an. Da sagte meine holde beste Freundin ungerührt: »Siehst du, es hätte auch schlimmer kommen können. Beinahe alle anderen Ziele enthielten so ein kleines unanständiges Zusatzschmankerl für dich. Um das Schicksal nicht zu sehr herauszufordern, habe ich das harmlose Graz mit seinem hübschen Herbstkunstfestival dazwischengeschmuggelt. Das Orakel hat gesprochen: *Iris ist noch nicht reif für die schmutzigen Vergnügen dieser Welt!* Also auf nach Graz, meine Süße!«

Zum Glück meinte es die Sonne gut mit Graz, als ich ankam.

Gleich am ersten Tag bummelte ich ausgiebig durch die hübsche Altstadt und bewunderte vor allem die schönen südländischen Renaissance-Innenhöfe.

Tatsächlich bereute ich es da bereits nicht mehr, Hellas Tipp gefolgt zu sein. Diese Stadt besaß definitiv Charme.

Was allerdings das *gepflegte Flirten* anging, von dem Hella geprahlt hatte, so war ich entweder aus der Übung oder trug vielleicht ein paar verkniffene Fältchen zu viel um den Mund herum spazieren.

Kein Wunder, dachte ich verärgert im Weitergehen. *Immerhin zerrt diese gewöhnungsbedürftige Trennung von Robert noch an meinen Nerven! Dazu der wochenlange unfreiwillige Sexentzug! Mein Östrogenspiegel muss mittlerweile derart abgesunken sein, dass es mich wundert, überhaupt noch weibliche Kurven zu besitzen.*

Dann fiel mir allerdings wieder ein, wie grottenschlecht der Sex, den ich mit Robert hatte, meistens gewesen war, und ich musste insgeheim kichern.

Ich schlenderte daraufhin schon etwas beschwingteren Schrittes weiter durch die Grazer Altstadt. Während ich gleichzeitig einen Plan für die weitere Vorgehensweise entwarf: *Es muss ja nicht gleich wieder Liebe sein oder das, was du dafür hältst, liebe Iris! Ein bisschen guter Sex, will sagen: eine richtig schöne heiße Affäre, täte es für den Anfang doch auch. Zieh den Bauch ein, Schätzchen, drück die Brüste nach oben und raus aus dem T-Shirt und lächle. Vor allem das, hörst du? Lächle! Lächle sie alle an, alle Männer zwischen acht und achtzig. Irgendeiner wird früher oder später zwangsläufig kleben bleiben.*

Schon spürte ich, wie meine Mundwinkel sich hoben. Ich malte meine Gedankengänge noch ein bisschen bunter aus, indem ich mir einen nackten wunderschönen Männerkörper auf meinem Hotelbett vorstellte.

Dermaßen in mich versunken, bog ich um eine Häuserecke und fand mich plötzlich auf dem Hauptmarkt wieder.

An einem Würstelstand flirteten einige Mädchen mit langhaarigen Jeanstypen. Irgendwo seitlich weiter hinten spielte ein Straßenmusikant auf seiner Gitarre einen Bruce-Springsteen-Hit.

Er sang gar nicht schlecht, der Knabe, also ging ich hinüber und gesellte mich zu den Zuhörern.

Überall lag buntes Herbstlaub herum, aber die Sonne wärmte tatsächlich noch fast so sehr wie im Sommer. Ich hatte einen echten Bilderbuchtag erwischt.

Plötzlich fühlte ich, dass mich jemand anstarrte. Und dann kreuzte mein Blick den des Straßenmusikanten.

Er hatte eisblaue Augen, und die sahen mich direkt an!

Er sang dabei weiter, und ich konnte das Lächeln sehen, das in seinen Pupillen tanzte. Es schien tatsächlich mir zu gelten.

Er musste ungefähr in meinem Alter sein, war groß und schlank und wirkte trotz seiner lässigen Jeanskluft sehr gepflegt.

Zu seinen Füßen stand der offene Gitarrenkasten, der sich allmählich mit Münzen und sogar Scheinen füllte.

Ich wandte, plötzlich verlegen, meinen Blick ab, konnte aber nicht verhindern, dass meine Augen schon bald wieder zu ihm zurückwanderten.

Er guckte immer noch!

Jetzt war ich mir sicher. Dann fiel mir mein Notfallplan von vorhin wieder ein: *lächeln!*

Ich lächelte also. Er lächelte zurück. Sein Blick vertiefte sich noch einen Tick.

He, Hella, du hattest Recht, auch in dem Punkt – ich befinde mich mitten in einem »gepflegten Flirt«!

Als Nächstes spürte ich dieses Kribbeln in der Magengegend, das sich bald schon weiter nach unten zu verlagern begann.

Die kurz darauf einsetzende Wirkung war unmissverständlich: Ich hatte plötzlich ein feuchtes Höschen.

Innerlich jubelte ich, denn das hieß nichts anderes, als dass ich über Robert hinweg sein musste. Die Kränkung war vergessen, ein anderer und dazu auch noch wesentlich netterer Typ bescherte mir soeben einen handfesten feuchten Traum.

Ich schaute dem Gitarrenmann wieder voll in die Augen, und er schaute erwartungsgemäß zurück.

Schließlich ritt mich der sprichwörtliche Teufel: Ohne lange zu überlegen, holte ich aus meiner Umhängetasche einen Notizblock, den ich stets mit mir herumtrage. Ich riss ein Blatt heraus und notierte darauf mit Kuli den Namen meines Hotels sowie die Zimmernummer. Sonst nichts, das musste genügen.

Ich faltete das Blatt zu einem kleinen Papierflugzeug und ließ es im Vorbeigehen in den Gitarrenkasten segeln, ehe ich dem Grazer Hauptmarkt den Rücken kehrte.

Auf dem Weg zurück zum Hotel staunte ich über mich selbst!

So etwas hatte ich doch noch nie gemacht, ich war Männern gegenüber immer eher schüchtern aufgetreten und hatte ihnen stets den ersten Schritt überlassen.

So fragte ich mich also, ob der Straßenmusikant den Mumm besitzen würde, die Sache weiterzutreiben.

Am frühen Abend schnurrte mein Zimmertelefon los – die Rezeption: Ein Herr erwarte mich unten!

Mein Herz hüpfte und klopfte gleichzeitig wie verrückt.

Er lehnte lässig an einer der Säulen in der kleinen Hotelhalle. Mit einem tiefen eisblauen Blick empfing er mich.

»Hallo, Iris«, sagte er, »ich bin Andreas.«

Einen Moment lang war ich verwirrt, weil er meinen Vornamen kannte. Dann aber sagte ich mir, dass die Dame vom Empfang wohl wie stets ein bisschen zu redselig gewesen wäre oder, als er die Zimmernummer genannt hatte, sicherheitshalber nachgefragt hätte: »Sie meinen Frau Iris Koller?«

Es konnte nur so gewesen sein!

Schon hörte ich mich drauflos plappern: »Ich freue mich, Andreas. Deine Musik heute Nachmittag am Hauptmarkt fand ich dermaßen toll, deshalb habe ich ganz spontan …« – ich brach irritiert ab, weil er mich mit diesem wissenden Grinsen im Gesicht ansah.

Ich dachte noch: *Lieber Mann, du könntest es mir auch einfacher machen, meinst du nicht?!* – als er einen Schritt auf mich zu trat und meine Hand nahm: »Komm«, sagte er, »ich weiß hier in der Nähe ein kleines, gemütliches Café.«

Insgeheim atmete ich auf, obwohl ich irgendwie auch enttäuscht war! Aber was hatte ich denn erwartet? Dass er mich wie eine Beute über die Schulter werfen und mit lautem Gebrüll auf mein Zimmer verschleppen würde?

Er ließ meine Hand nicht mehr los, während wir die paar Meter bis zum Café schlenderten.

Unterwegs plauderte er locker, erzählte, dass er eigentlich Musiklehrer sei, aber in seiner Freizeit gern als Straßensänger auftrete, nur so zum Spaß. Seine Schüler fänden das super, und ein nettes Zubrot verdiene er sich damit auch. Für Reisen, so zum Beispiel in Kürze in die Karibik!

Ich zuckte an dieser Stelle leicht zusammen, aber er schien es nicht bemerkt zu haben.

Im Café bestellten wir Wein. Unter dem Tisch spürte ich den festen Druck seines Knies. Ich zog mein Bein nicht zurück, es war doch längst klar, dass und wie einig wir uns waren.

Überhaupt war mir dieser Mann seltsam vertraut.

Wie er sich bewegte und wie er mit mir sprach, das alles war mir nicht fremd, ich hatte das unbestimmte Gefühl, ihn schon ewig von Gott weiß woher zu kennen.

Dieses Gefühl gefiel mir – und nicht nur dieses.

Mein Höschen war in seiner animalisch-körperlichen Gegenwart schon wieder feucht geworden, es klebte unter dem Rock des Kleides spürbar an meinen Schamlippen.

Als wir später auf die Straße hinaustraten, fröstelte ich unter der plötzlichen herbstlichen Abendkühle.

Da legte er einen Arm um meine Schultern und zog mich eng an sich heran. Ich schmiegte mich an Andreas, vor allem, weil sein Körper so schön warm war.

Okay, nicht nur deswegen …

Plötzlich blieben wir gleichzeitig stehen, mitten auf dem Bürgersteig, und fingen an, wie wild zu knutschen.

Zwischendurch murmelte er an meinen heißhungrigen Lippen: »Kommst du mit zu mir? Ich wohne ganz in der Nähe.«

Ich nickte bloß stumm.

Die nächste Szene, an die ich mich erinnere, fand bereits in seinem Schlafzimmer statt.

Wir küssten uns wieder, dieses Mal zärtlicher und zugleich intensiver als auf der Straße. Dabei brachten wir es noch fertig, uns gegenseitig auszuziehen.

Er nahm meinen Körper zuerst mit seinem hungrigen Mund in Besitz. Ich lag auf dem Bett, auf dem Rücken, mit geschlossenen Augen und weit gespreizten Schenkeln und ließ ihn machen.

Er war gut, verdammt gut!

Seine Zunge flink und feucht und lang und breit, dann wieder dünn und gerollt, es kam darauf an, welchen Erker er damit erforschen, lecken und schmecken wollte.

Ich verlor mich in der Zeit und in der Lust, die er in mir entfachte.

Ich hörte auf zu denken und zu kalkulieren, zu erinnern und zu hoffen: Ich überließ mich Andreas' raffinierten Zärtlichkeiten mit allen Sinnen.

Was seine Zunge allein mit meiner Klitoris anzustellen wusste, war sensationell.

Dann schob er zuerst zwei Finger in mich, und als er spürte, wie sehr mich das erregte, nahm er zwei weitere hinzu.

Nun war auch ein wenig Schmerz mit der Lust gemischt, aber das machte mich nur noch wilder, und ich stöhnte laut.

Sein Schwanz entpuppte sich wenig später als groß, gerade und bretthart noch obendrein.

Ich brauchte nichts zu tun, das Ganze kostete mich keinerlei eigene Anstrengung, es war genauso, wie ich es am liebsten hatte. Ich ließ mich nämlich gerne von Männern verwöhnen, ich liebte diese passive Rolle der sich unterwerfenden Liebhaberin.

Andreas vögelte mich dann geschickt und mit kraftvollen Stößen in alle Himmelsrichtungen und aus allen Himmelsrichtungen kommend. Jedenfalls kam es mir so vor.

Das Bett stöhnte und lärmte mit uns um die Wette, die Nachbarn hatten sicher ihre helle Freude an dem Ohrenschmaus.

Wie gesagt, ich hatte die Kontrolle über die Zeit und meinen Körper ohnehin verloren, demzufolge konnte mir auch nichts gleichgültiger sein als der Lärm, den Andreas und ich veranstalteten.

Ich kam mehrere Male relativ kurz hintereinander, während er immer noch steinhart blieb und mich nicht freigeben wollte, das spürte ich deutlich.

Außerdem raunte er mir gelegentlich ins Ohr: »Ich will noch nicht kommen, Iris. Wir haben doch Zeit, oder?«

»Ja, o ja!«, bestätigte ich mit vor Lust heiserer Stimme. »Mach weiter, mach bloß weiter.«

Ich merkte irgendwann, wie ich innen wund zu werden begann, aber noch überwog die Lust, also kümmerte ich mich auch darum nicht.

Schließlich kam es Andreas dann doch, ziemlich heftig. Seine Sahne würde meine wunden Stellen bedecken und quasi einsalben, dachte ich mir währenddessen. Die Idee gefiel mir.

Er ging hinterher kurz aus dem Zimmer, um aus der Küche Wein und Wasser zu holen. Als er zurückkam und sich zu mir aufs Bett setzte, sah ich es plötzlich auf seiner linken Schulter: Die kleine Tätowierung stellte ein Herz dar, und darinnen stand IRIS.

Er bemerkte meinen erstaunten Blick und lächelte, ehe er die Erklärung dafür nachlieferte: »Wir kennen uns seit beinahe zwanzig Jahren. Wir waren beide vierzehn, gingen in dieselbe Klasse. Du warst meine heimliche Schülerliebe. Ich hab dich nie vergessen. Heute auf dem Hauptmarkt habe ich dich sofort erkannt. Damals war ich so verliebt in dich, dass ich mir heimlich das Herz habe tätowieren lassen.«

Schlagartig war auch bei mir eine Erinnerung da. »Der Andreas Haserer«, murmelte ich, »ich kann's nicht fassen!«

Wir hatten ihn oft geneckt in der Schule wegen seines österreichischen Akzents. Und weil er »Paradeiser« sagte, wenn er Tomaten meinte. Es war lange her.

Ich hatte natürlich keine Ahnung gehabt von der Verliebtheit des Burschen. Irgendwann war er dann mit seinen Eltern in die Heimat zurückgekehrt, hierher nach Graz. Aus meinen Augen, aus meinem Sinn.

»Meine beste Freundin Hella glaubt an das Schicksal, an Orakel und solche Dinge. Ich hab nie daran geglaubt, aber jetzt fange ich gerade damit an«, sagte ich anschließend zu Andreas. Ich kuschelte mich ergriffen in seine Arme.

Er roch so gut, so männlich und frisch-herb zugleich ... mein neu wachgekitzelter sexueller Appetit meldete sich bereits wieder zurück.

Andreas lachte auf diese wissend-amüsierte Art und fing an, meine Brüste zu liebkosen und gleichzeitig meine Lippen zu küssen.

Nach den wilden Tagen in Graz war ich bei der Heimkehr programmgemäß wund zwischen den Beinen. Es machte mir nicht wirklich etwas aus. Hauptsache, die Dinge hatten sich beruhigt, bis wir in die Karibik abflogen, Andreas und ich. Bis dahin vermied ich das Tragen eines Slips und enger Hosen und wusch mich auch nur höchst oberflächlich und lediglich mit Wasser zwischen den Beinen. Trotzdem war ich froh, wenn ich am frühen Abend die Firma verlassen konnte. Während des Gehens oder Liegens spürte ich das Brennen in der Muschi nämlich kaum.

Ich rutschte mit den Pobacken wieder einmal auf dem Bürostuhl herum und brachte die beiden in eine andere und für den Augenblick bequemere Position, dabei blätterte ich im Computer mit Hilfe der Maus den Firmenkalender um. Es war mir gerade eingefallen: Ich musste dringend den Urlaub noch eintragen ...

AUF NACH SYLT

Was macht eine Ehefrau, deren Mann unbedingt im Urlaub zelten will, noch dazu wie jedes Jahr am Mondsee? – Sie geht eigene Wege und fährt allein nach Sylt ...

Rebecca schüttelte sich vor sichtlichem Widerwillen. Ihr hübscher Busen geriet dabei in Aufruhr und sprang beinahe oben aus dem knappen T-Shirt heraus. Aber Bodo, Rebeccas Mann, hatte keine Augen für ihre Reize, im Fernsehen lief die Sportschau, und der wandte er sich jetzt wieder zu. Trotzdem konnte sie ihren Mund nicht halten, obwohl sie genau wusste, dass ihr Timing im Augenblick einfach falsch war.

»Nicht schon wieder Mondsee!«, sagte sie noch einmal und starrte dabei Bodos Hinterkopf intensiv an. Sie hatte kürzlich in einem populärwissenschaftlichen Artikel gelesen, alle Menschen ließen sich durch intensives Anstarren ihres Hinterkopfes aus der Fassung bringen! Sie würden sich instinktiv umdrehen, um den Verursacher des diffusen Unbehagens ausfindig zu machen.

Natürlich kannten die Forscher Bodo Altmann nicht! Der war und blieb ein sturer Bock, Wissenschaft hin oder her.

Rebecca versuchte es erneut: »Hörst du? Ich komme nicht mit an den Mondsee, basta!«

Unbeeindruckt starrte er weiter die Mattscheibe an, aber immerhin rang er sich noch ein paar Worte ab: »Ich weiß gar nicht, was du hast. Der Campingplatz dort ist doch gut geführt und sauber obendrein.«

Sie holte tief Luft, um ihren letzten Versuch zu starten.

»Ich will nach Sylt, da wollte ich immer schon mal hin. Nach Kampen, und in ein nettes Hotel. Und wenn ich Papas Scheck opfere, den er mir zum Geburtstag geschenkt hat, können wir uns das auch leisten.«

»Schätzchen, den Scheck brauchen wir für das neue Auto!«, erklärte Bodo nun sehr bestimmt und riss sogar für einen Moment die Augen vom Fernseher los. Allerdings nur, um im nächsten Augenblick eine Bemerkung der besonderen Art zu machen – »Du hast schon wieder keinen BH an, das machst du immer, wenn du was von mir willst. Leider weiß ich genau, dass es dir nicht wirklich um Sex geht, also zieht die Masche auch nicht!«

Genau das aber hätte er nicht sagen dürfen! Allein bei dem Wort Sex aus seinem Mund zuckte sie unwillkürlich zusammen. Denn schlagartig kam damit auch die Erinnerung zurück an so manche eher missglückte Liebesnacht in Bodos Zweimannzelt. Nach fünf Jahren Ehe fehlte ihnen ganz entschieden jenes erotische Prickeln, das zur Zeltromantik gehört. Stattdessen gab es definitiv zu viele Stechmücken und Gewitter in diesen Nächten, jedes Jahr schien es mehr von beidem zu geben, dafür nahm die Sexfrequenz überproportional ab.

Nein, Rebecca hatte genug. Sie wünschte sich für

dieses Jahr ein schickes Hotel, wo die Zimmer ein eigenes Bad hatten und man abends tanzen gehen konnte. Sie war gerade dreißig geworden, es wurde Zeit, aus der Alltagsroutine auszubrechen. Sonst wären die nächsten dreißig Jahre futsch, und sie hing immer noch jeden Sommer am Mondsee herum.

Ihr Vater hatte ihr den großzügigen Geburtstagsscheck mit den Worten in die Hand gedrückt: »Erfüll dir einmal einen ganz persönlichen Wunsch, Kind. Man wird nur einmal im Leben dreißig.«

Der gute Paps wusste natürlich um die Sparsamkeit seines Schwiegersohnes.

»Also gut«, sagte Rebecca nun langsam und deutlich zu Bodos Hinterkopf. »Wie du willst. Ich fahre auf alle Fälle nach Sylt. Das Geld von Paps gehört nämlich mir, mir ganz alleine. Ich hätte dich durchaus gerne eingeladen, auf die Insel mitzukommen, aber du willst ja unbedingt an den Mondsee. Und für ein neues Auto verzichte ich diesmal nicht wieder.«

Leger in Jeans und Pulli, schlenderte Rebecca durch Kampen. Sie bemerkte stillvergnügt, wie sich gelegentlich Männer, die ebenfalls alleine unterwegs waren, nach ihr umdrehten. Sie war also noch im Rennen, kein Grund demnach, sich Sorgen zu machen, wenigstens in dem Punkt nicht.

Vermutlich würde auch der Appetit auf Sex zurückkehren, sie musste bloß ein wenig Geduld aufbringen, sich an die neue Umgebung gewöhnen. Dann die erste Nacht in weichen Daunen verbringen, eine ausgiebige Dusche, gefolgt von krönender Ganzkörperpflege – das Bad hatte sie ja nun für sich allein, draußen wartete kein ungeduldiger Bodo –, und sie würde ihr Körpergefühl wieder neu entdecken, sich Ruhe und Entspannung gönnen.

Vielleicht sollte sie sich sogar von Paps' Geld einen Callboy ins Hotel bestellen. Dann würde sie ganz schnell wissen, was Sache war. Oder traf Bodos böse Bemerkung tatsächlich zu, dass die Drüsen bei Frauen um die dreißig herum eben nicht mehr richtig funktionierten? Aus diesem Grund hatten sie stets eine große Dose Vaseline zu Hause im Schlafzimmer herumstehen.

Rebecca schlenderte langsam weiter, während sie sich ausmalte, wie der Callboy auszusehen hätte, damit sie ihn wirklich ins Hotelzimmer ließe. Und der ihre *Drüsen* tatsächlich wieder in Fahrt bringen könnte …

Groß, breite Schultern, kräftige Schenkel, aber kein Muskelprotz, die sind oft irgendwie zu ordinär.

Markantes Gesicht, am liebsten lange Haare, aber Totalglatze geht auch, wenn er eine schöne Kopfform hat, dann ist oben ohne sogar verdammt sexy.

Ups, ich steh also noch immer auf Gegensätze, aber was soll's!

Augenfarbe ist eigentlich egal, Hauptsache, sein Blick ist warm und irgendwie tief, er muss mich auf eine Art und Weise ansehen, dass ich mich wieder fühle wie eine Frau, die begehrt wird, auch wenn er's für Geld macht.

Und gut riechen muss er. Überhaupt gepflegt sein, von Kopf bis Fuß, aber kein eitler Lackaffe!

Man muss mit ihm beim Sex schwitzen können, ohne sich dafür schämen zu müssen. Etwa dadurch, dass er gleich danach aufspringt und unter die Dusche rast …

An dieser Stelle kam sie am Schaufenster einer schicken Boutique vorbei. Das lenkte sie sofort ab von ihrer

Bestandsaufnahme. Sie blieb stehen, weil ihr das freche schwarze Kleidchen in der Auslage ins Auge stach.

Das wär's doch! Früher hab ich mich so gerne schick gemacht für einen Kerl, auch für Bodo, am Anfang wenigstens. Ich mag es, wenn sie runde gierige Augen machen und einen bitten, sich umzudrehen, damit sie einen auch von hinten begutachten können, sie starren dir dann natürlich vor allem auf den Po und auf die Beine, aber das ist schon in Ordnung.

Die Blicke hab ich immer direkt auf meiner Haut gefühlt, und das hat mich dann bereits so angetörnt und heißgemacht, meistens ist mir der Saft dann schon die Schenkel hinabgelaufen, noch ehe der Kerl überhaupt eine Hand nach mir ausgestreckt hatte.

Sogar bei Bodo ist mir das anfangs passiert, ich hab mich fast geschämt dafür, mein Gott!

Damals hab ich gar nicht gewusst, was Vaseline eigentlich ist, hab ich nie gebraucht, das Zeug, ich hab von allein gesprudelt wie ein Springbrunnen.

»Geile nasse Muschi!«, hatte ein ehemaliger Freund immer gestöhnt, ehe er kam, tief in mir. Das fand ich wunderbar, ich fuhr total darauf ab, wie er es sagte, es klang nicht schmutzig aus seinem Mund. Er stöhnte es so, dass einfach klar war, wie verrückt er nach mir war und nach meiner geilen nassen Muschi. Und genau deshalb wiederum war ich auch so verrückt nach ihm!

Dieses Gefühl geht mir überhaupt am meisten ab in der Ehe. Ich fühl mich nicht mehr begehrt, auch wenn Bodo mich sicher liebt – auf seine Art. Aber wenn ich mir dieses schwarze Kleid nun kaufen würde, würde er höchstens über den Preis mosern, falls er das neue Teil überhaupt an mir bemerkt. Schwarze Kleider hatte ich immerhin schon seit jeher im Schrank, vermutlich fällt ihm der Unterschied gar nicht auf.

Apropos ...

Rasch äugte Rebecca nach dem Preisschildchen, das recht dezent in einer geschickt drapierten Rockfalte steckte, dennoch gut leserlich war.

Oh, und das nette rote Häkchen mitten durch die Zahl ... und daneben in Schwarz auf Weiß der neue Preis: *Tatsächlich reduziert um die Hälfte! Da kann selbst Bodo nicht mehr meckern!*

Glöckchen bimmelten dezent und herzig, als sie das Geschäft betrat.

Eine attraktive blonde Dame um Mitte vierzig kam auf Rebecca zu. Kühle blaue Augen musterten sie von Kopf bis Fuß, wahrscheinlich schätzte die Inhaberin der Boutique – um die es sich zweifelsfrei handelte – bereits ihre Chancen ab, aus dem grauen Mäuschen eine Femme fatale zu machen, für ein erkleckliches Sümmchen selbstverständlich.

Schnell versicherte Rebecca, ihr Herz hinge einzig und alleine an dem schwarzen Kleidchen aus der Auslage.

»Ah, das reduzierte, ja, natürlich! Ich hole es Ihnen gleich herein«, versprach die blonde und gut frisierte Chefin.

Rebecca erhielt die Anweisung, sich in der »Umkleide« schon einmal aus Jeans und Pulli zu schälen, wurde gefragt, ob sie passende Unterwäsche trüge, ansonsten wäre es sicherlich besser, gleich auch noch passende Dessous in Schwarz anzuprobieren, damit das fehlende Darunter nicht den positiven Gesamteindruck störe ... Kein Zweifel, die Dame verstand ihr Geschäft!

Trotzdem verweigerte Rebecca das Dessousangebot, immerhin trug sie einen winzigen Tangaslip am Körper, und einen BH konnte sie sich meistens schenken bei ihrer Figur, die noch immer top war, auch wenn Bodo das nicht mehr oder nur noch selten wahrzunehmen schien.

Der Callboy aber muss es bemerken, das erwarte ich von einem Profi einfach. Er muss es mir sagen, sonst ist er aus dem Rennen, ich schick ihn einfach weg, das steht mir zu als zahlende Kundin, oder etwa nicht?

Die Dame reichte das Kleid in die Umkleide herein, es baumelte an ihrem ausgestreckten Arm, Rebecca brauchte es bloß herunterzupflücken.

Sie schlüpfte rasch hinein, die Seide knisterte auf ihrer nackten Haut und bescherte ihr einen wohligen Schauer, der den gesamten Rücken hinablief.

Das Fähnchen sah tatsächlich hinreißend an ihr aus, stellte Rebecca als Nächstes fest. Bloß in der Taille war es eindeutig zu weit.

»Schade«, sagte sie zu der blonden Dame, »es sitzt nicht richtig.«

Die andere Frau lachte lässig. »Aber das ist doch nun wirklich kein Problem. Das haben wir gleich.« Sie drehte sich um, schritt hinter die Kasse und öffnete dann die verschlossene Tür, die dort in der Wand eingelassen war und ein Schildchen trug: PRIVAT.

»Lars, mein Lieber, kannst du mal rasch nach vorne kommen?«

Ein junger Mann erschien auf der Bildfläche, er mochte etwa Mitte zwanzig sein, jedenfalls nicht viel älter.

Er sah ungelogen gut aus. *Untertreibung, Rebecca –*

er sieht fantastisch aus, was ist los mit dir? Rosinen im Kopf?

Blonde nackenlange Locken, dazu blaue Strahleaugen, ein sportlich trainierter Körper mit Muskeln an den haarscharf richtigen Stellen, auf gesunde Weise gebräunte bronzefarbene Haut, den leisen Hauch eines Bartschattens, der dem Gesicht Tiefe und vor allem Männlichkeit verlieh.

Rebecca spürte, wie sie bei seinem Anblick rote Bäckchen bekam wie ein verdammter Teenager. Sie hasste sich dafür, aber was sollte sie machen?

Er wiederum musterte sie von Kopf bis Fuß, dann lächelte er: »Kein Problem, würde ich sagen.«

»Wirklich?« Rebecca bemühte sich darum, ihre Stimme tief klingen zu lassen – jeden Augenblick konnte ihr das verdammte Organ kippen und sie vor Verlegenheit piepsen. »Das wäre ja großartig. Ich finde das Kleid einfach toll.«

»Es steht Ihnen wunderbar!«, bestätigte er warm. Es klang nicht aufgesetzt, sondern echt.

Schon kniete er vor ihr und begann, die Nähte in ihrer Taillengegend abzustecken.

Ihre Arme waren dabei naturgemäß im Weg, sie wusste aber nicht, wohin am besten damit. Über den Kopf heben? Das sähe albern aus, gar nicht sexy! Also ließ sie die Arme lieber locker herabhängen.

Er konnte nichts dafür, natürlich streifte er leicht die nackte Haut daran, während er die seitlichen Nähte in der Taille absteckte.

Er schien es nicht zu bemerken, aber Rebecca spürte, wie sich ihre Brustknospen aufrichteten und gleichzeitig steif wurden. Auch weiter unten, etwa zwei Hand breit unter dem Bauchnabel, registrierte sie ein verräterisches Kribbeln.

Und dann hob Lars auf einmal den Blick, und ihre Blicke trafen sich.

Wie hypnotisiert starrte sie ihn an – so musste sich das Kaninchen fühlen, wenn die Schlange es fixierte.

Allerdings interpretierte Rebecca das heftiger werdende Kribbeln in der Magengegend nicht als Angst.

Im Hintergrund räusperte sich jetzt jemand dezent, aber hörbar. Die Boutiquen-Lady, natürlich.

Sofort erhob sich Lars aus seiner knienden Position. »So«, sagte er und begutachtete nochmals sein Werk von oben bis unten, »und jetzt bitte schön vorsichtig herausschlüpfen, damit die Nadeln bleiben, wo sie sind.«

Als Rebecca einige Minuten später aus der Umkleidekabine trat, war Lars verschwunden. Die Dame nahm ihr das Kleid ab.

»Wohnen Sie hier im Ort im Hotel?«

Als Rebecca nickte, nickte auch die Dame: »Wir schicken Ihnen das Kleid morgen zu, notieren Sie bitte hier Hotel und Zimmernummer. Danke.«

Erst als sie die Boutique bereits verlassen hatte, fragte sich Rebecca, ob Lars wohl der Sohn der blonden Dame war.

Am anderen Tag kam sie von einem langen Strandspaziergang zurück auf ihr Zimmer. Auf dem Bett entdeckte sie sofort diese flache längliche Schachtel.

Das schwarze Kleid befand sich darin, eingeschlagen in raschelndes Seidenpapier. Als Rebecca es hochhob, flatterte unten ein Zettel heraus.

Wir haben noch ein ähnliches Modell in Rot da, es müsste Ihnen fantastisch stehen. Vielleicht möchten Sie es anprobieren? Ich bleibe heute länger im Geschäft, Sie brauchen nur zu klopfen.

Lars

Rebecca war nicht einmal überrascht, obwohl ihr Puls schneller ging, im Kopf blieb sie kühl. Irgendwoher hatte sie einfach gewusst, dass er sich melden würde. Irgendetwas war gestern zwischen ihnen abgelaufen, es hatte höllisch geknistert, auch wenn kein wirklicher Flirt daraus geworden war. Immerhin stand die Chefin dabei und überwachte die Situation, kein Wunder also. Allerdings schürte so ein lauernder Wachhund eher ein Feuerchen, als dass er es ersticken konnte, das war ja fast schon ein Naturgesetz.

Einen Moment lang streifte Rebecca nun auch die Erinnerung an einen gewissen Bodo, der momentan am Mondsee weilte, wie zu vermuten stand. Wahrscheinlich saß er mit anderen Campingplatz-Freunden beim Bier und spielte stundenlang Karten, wie jedes Jahr.

Als sie sich die Szene bildhaft vorstellte, musste Rebecca sich widerwillig schütteln. Und schon war der kurze Anflug eines schlechten Gewissens vollständig dahin. Nein, für nichts in der Welt wollte sie jetzt dort sein, wo Bodo war.

Sie warf einen Blick auf ihre Uhr. Zeit für ein schönes heißes Schaumbad hatte sie noch.

Als sie eine Stunde später mit dem Knöchel sachte ans Schaufenster klopfte, trug sie das neue Kleid.

Lars schloss von innen auf, sie schlüpfte in den Laden.

An einer der Umkleidekabinen hing außen tatsächlich ein kirschrotes Kleid, das noch einen Tick raffinierter geschnitten war als das schwarze.

»Ich probiere es an«, erklärte Rebecca spontan bei diesem Anblick.

»Auch zu weit in der Taille!«, sagte sie, als sie kurz darauf wieder aus der Kabine trat. Sie lächelte Lars an: »Aber das haben wir sicher gleich?«

Er kam wortlos auf sie zu, griff nach ihr und zog sie hinter die Tür mit der Aufschrift PRIVAT.

Sie hörte ihr eigenes Herz hämmern, als Lars ihr die Träger des roten Fummels kurzerhand von den Schultern streifte. Das Teil fiel ungehindert zu Boden, so weit, wie es in der Taille war.

Rebecca trug nichts darunter, und sie senkte die Augen, um Lars nicht ins Gesicht sehen zu müssen. Denn plötzlich war da diese unerklärliche Angst, er könnte sich doch bloß einen Spaß mit ihr erlauben wollen.

Am Ende wollte er gar nichts von ihr, vielleicht auch nur mal antesten, ob er sie haben könnte, falls er sie wollte.

Bodo hatte ihr einmal großherzig verraten, Männer machten so etwas schon mal, um sich selbst zu beweisen, was für tolle Hechte sie wären.

Dann hörte sie, wie Lars vor ihr scharf die Luft einsog und leise sagte: »Ich habe letzte Nacht kaum geschlafen. Ständig überlegt, ob ich es wagen könnte ... sollte ... dürfte ... Ich war mir ganz und gar nicht sicher, aber schließlich konnte ich nicht anders. Und jetzt ...« – er brach ab.

Sie hob ihr Gesicht und sah ihm in die Augen, dann machte sie »Pssst!« – und verschloss ihm kurzerhand die Lippen mit dem Mund. Gleichzeitig spürte sie mit Erleichterung: Vaseline würde sie heute und hier nicht benötigen. Definitiv nicht.

Sie begann Lars' Hemd aufzuknöpfen, während seine Zunge in ihrem Mund wilderte.

Er drängte sich eng an sie, sie begann zu schwitzen vor Erregung, ihr war plötzlich so heiß, ihre Haut brannte, ihre Schenkel bebten, ihr Atem ging schneller.

Dann kniete Lars wieder vor ihr, wie schon am Tag zuvor bei der Anprobe, doch dieses Mal gab es da keine schützende Kleiderschicht mehr.

Sein Mund näherte sich dem Dreieck zwischen ihren Beinen, sie spürte, wie sein heißer Atem über die Perle streifte, und vor Lust begann sie zu stöhnen.

Dabei hatte er sie noch gar nicht wirklich mit den Lippen berührt, das kam erst jetzt. Seine Zunge leckte an der Perle, schließlich nahm er sie in den Mund, saugte zärtlich daran.

Rebecca warf den Kopf in den Nacken, sie spürte, wie ihre Knie weich wurden unter dem Ansturm der heftiger werdenden Lustwellen.

Beinahe wäre sie auch schon gekommen, aber Lars schien es bemerkt zu haben.

Er unterbrach das Lippenspiel, hob Rebecca hoch und trug sie hinüber zu der bequemen Couch in der Ecke. Er legte sie darauf ab, dann zog er sich vor ihren Augen langsam aus.

Sie lag nur da, sah ihm zu und genoss jede Sekunde.

Sie sah den knackigen Männerkörper, dem sie sich jetzt gleich völlig hingeben würde, und wenn draußen die Welt unterginge, wäre es ihr in diesem Moment auch egal gewesen.

Sie war vollkommen auf lustvolle Erwartung gepolt, wollte nur noch eines, nämlich von diesem Prachtstück von einem Männerschwanz aufgespießt werden.

Lars war gut bestückt, in jeder Hinsicht. Aber was das Beste an ihm war: Rebecca konnte in seinen Augen lesen, wie hungrig er war.

Hungrig auf ihren Körper, auf sie!

Er wollte sie vernaschen, mit Haut und Haar, daran bestand kein Zweifel. Ihn interessierte nicht wirklich, woher sie kam und wer sie war, solche Nebensächlichkeiten konnte man später immer noch austauschen. Nein, er wollte das Weib in ihr, die Verführerin, auch die Hure, die wirkliche Rebecca eben. Die sich wiederum danach verzehrt hatte, sich einem Mann, einem echten Kerl, auf genau diese Weise hinzugeben, ohne Reue, ohne Gewissensbisse, einfach aus purer Lust heraus.

Als er vollständig nackt war, kam er zu ihr auf die Couch. Er glitt zwischen ihre geöffneten Schenkel und ließ sich auf sie herab, sie brauchte ihm nicht auf den Weg zu helfen, er fand ihn von ganz alleine, ein Könner eben.

Mit einem einzigen Stoß drang er in sie ein, sie war nass wie selten zuvor, und es schmatzte leise, als die pralle Eichel zuerst die äußeren geschwollenen Lippen und dann den Muskelring dahinter am Eingang teilte.

Dann war er ganz drinnen, er füllte sie völlig aus, sie stieß ihm in höchster Lust das Becken von unten entgegen.

Innerhalb weniger Minuten steigerten sie sich wie zwei Wahnsinnige in einen gemeinsamen Rhythmus hinein, sie schwitzten und stöhnten und bebten, bis der

Höhepunkt sie beinahe zur selben Zeit von der süßen Qual erlöste.

Fürs Erste zumindest.

Lars blieb in Rebecca, während sie sich lange und zärtlich küssten wie zwei Tauben beim Vorspiel. Sie schnäbelten regelrecht.

Die Zärtlichkeit dieser Spielvariante führte dazu, dass Lars bald schon wieder hart wurde in ihr, was wiederum Rebecca mit wilder Freude erfüllte. Nur ein Mann, der wirklich scharf auf eine Frau war, brachte das zustande. Sicher half in Lars' Fall auch sein jugendliches Alter, dennoch – Rebecca wusste Bescheid.

Dieses Mal ließen sie sich Zeit genug, das langsame Anwachsen der Lust bis hin zum Gipfelpunkt zu genießen, sich dann gehen zu lassen und gemeinsam abzuheben.

Das hier war mehr als purer Sex, das war *Liebe machen*.

Einige Zeit später raunte Rebecca in Lars' Ohr: »Ahnt deine Mutter eigentlich, was du hier heute treibst?«

»Maren ist meine Frau. Sie hat mich ins Geschäft geholt und mir auch die Modeschule finanziert. Ich bin ihr sehr dankbar dafür.«

Rebecca konnte nicht anders, der Satz machte sich einfach selbständig: »Das merke ich!«

Lars wirkte keineswegs beleidigt, als er sagte: »Deinen Ehering hättest du auch ruhig am Finger lassen können, ich hatte ihn gestern natürlich bereits bemerkt. Wir sitzen im selben Boot, du und ich.«

»Vielleicht ist das auch ganz gut so, wer weiß?« – ihre Hand glitt von seiner straffen Bauchdecke aus wieder tiefer, weil sich dort erneut etwas zu regen begann.

Zum Teufel mit dem Rest der Welt, zumindest für die nächste Stunde noch. Besser als ein Callboy war Lars allemal. Und weder Bodo noch Maren brauchten je hiervon zu erfahren. Sie würden es ohnehin nicht verstehen, aber das wiederum war deren ureigenstes Problem.

Interessen und Geschmäcker der Menschen waren eben verschieden, oder etwa nicht?

Die einen fuhren nach Sylt und die anderen an den Mondsee.

Ganz ohne Tabus –
von Frauen für Frauen!

Scharfe Storys. 250 Seiten. Übersetzt von Claudia Müller
ISBN 978-3-442-36931-7

Erotischer Roman. 256 Seiten.
Originalausgabe
ISBN 978-3-442-36820-4

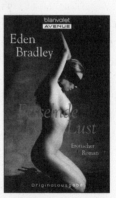

Erotischer Roman. 288 Seiten.
Übersetzt von Claudia Müller
ISBN 978-3-442-37034-4

Lesen Sie mehr unter: **www.blanvalet.de**